2020年度重庆市文艺创作资助项目

山清奕朗

吴景娅 著

重庆出版集团
重庆出版社

图书在版编目（CIP）数据

山河爽朗／吴景娅著 .—重庆：重庆出版社，2020.11
ISBN 978-7-229-15255-0

Ⅰ.①山… Ⅱ.①吴… Ⅲ.①散文集—中国—当代
Ⅳ.① I267

中国版本图书馆 CIP 数据核字 (2020) 第 167427 号

山河爽朗
SHANHESHUANGLANG

吴景娅 ◎ 著

责任编辑：杨 耘　　卢玫诗
责任校对：杨 婧
装帧设计：张 勖

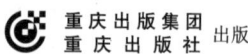重庆出版集团
重庆出版社 出版

重庆市南岸区南滨路 162 号 1 幢　邮政编码：400061　http://www.cqph.com
重庆天旭印务有限责任公司印制
重庆出版集团图书发行有限公司发行
E-MAIL：fxchu@cqph.com　邮购电话：023-61520619 13330303333
全国新华书店经销

开本：890mm×1240mm　1/32　印张：11　字数：198 千
2020 年 11 月第 1 版　2020 年 11 月第 1 次印刷
ISBN 978-7-229-15255-0
定价：48.00 元

如有印装质量问题，请向本集团图书发行有限公司调换：13883932183

版权所有　侵权必究

吴景娅,中国作协会员,重庆作协主席团成员、散文创委会主任,重庆散文学会副会长,中国西部散文学会副主席,重庆女性文化促进会副会长,重庆日报报业集团高级编辑。已出版《镜中》《与谁共赴结局》《美人铺天盖地》《温柔的西部》等散文集和长篇小说《男根山》。曾获重庆首届散文大奖,重庆文学奖(散文杂文类)优秀奖,中国西部第一届、二届散文奖,第四届中国冰心散文奖。

目 录

大门无形　　　　　　　　　　1

和我在解放碑街头走一走　　　13

红桥少年　　　　　　　　　　28

住在诗韵中的鹅岭　　　　　　42

曾家岩 胡蝶的来去　　　　　　50

中山四路 旗袍擦身而过　　　　59

少女之城　　　　　　　　　　62

一个人与一座山　　　　　　　66

莲花与刀　　　　　　　　　　78

古指纹　　　　　　　　　　　91

衲袄青红　　　　　　　　　　130

渝之北 城之口　　　　　　　　141

对面山上的姑娘　　　　　　　149

芙蓉之下，江之上　　　　　　167

你不知道上天何时翻脸　　　　182

白马在上	199
向神话致敬	232
绝色巫山	248
黄桷坪悠远的担当	262
写诗的时候 你叫南岸	271
梅花便落满南山	284
从黄桷垭出发的人	291
南山南 风清月白	305
海棠悬念	312
一座叫照母的山	319
东泉之水	324
重庆的眼神	329
很幸运，我活在了重庆（代后记）	335

大门无形

朝天门适合远眺……

朝天门适合远眺。

站在江北嘴或南滨路的某个角度去望,隔着一河又一河大水,隔着一种天之涯地之角有限与无限的空间,以及前世今生的烟云与迷惘,朝天门会在水声中哗啦而至,倏忽间又遥不可及。朝天门庞大的建筑再不是一个固体、一个地标,而是一种上天入地的奇异想象,水天结盟的行为艺术。

朝天门让人难辨雌雄。秋冬水瘦,它站立的姿态一览无余,像雄性士兵一般尽职尽责地站在那里,骨骼粗大、肌肉结实,岿然,充满斗志;春水奔涌,它伸出自己的尖角,似一把利剑刺破扬子嘉陵二水的纠缠,让浊者自浊,清者自清;夏季,它往往面临着汪洋倾城的考验。于是低头、华丽转身，恰恰变为一枚轻盈的叶儿，温顺自在地与暴虐的波涛同嬉戏共存亡，斜睨洪峰的来去。

若论识时务为俊杰者，非朝天门莫属。六百多年的星移斗转，多少楼台被岁月这把砍柴刀砍个七零八落。而朝天门总会在历史的接缝处，抖落过时的尘土，重装上阵，旧貌换新颜，去引领新时代的时尚。朝天门总在扮演呼风唤雨、指点江山的领袖或英雄角色。你要读懂重庆，首先便要读懂朝天门。朝天门是重庆的扉页、卷首语，甚至，是重庆为城的大标题。

一

细读这个重庆城的大标题、扉页或卷首语，有三个男人的身影会在字里行间飘飞——

戴鼎，一个在如今的电脑上再也无法被"百度"的家伙，隔着六百年的岁月，已无法去揣测他高矮胖瘦的模样——是会像现在一些贪官那般秃顶、形容丑陋，吊着一个十恶不赦的啤酒肚呢，还是会像在朝天门打拼的小老板，精瘦的身条，两眼贼亮，走路虎虎生风？但可以坐实的是，他曾是重庆城最大的野心家，很擅长见风使舵、溜须拍马的官场文化。明洪武四年秋，盘踞重庆多年的大夏王朝刚灰飞烟灭，作为掌管重庆城明卫指挥使的他即刻仿明都南京，垒石筑城。他要打造一个山寨版的金陵石头城来向疑心重重的朱元璋表决心。但，他还是来了点小创意，让十七道门沿江迤逦而立，像谜语般九开八闭。十七道门，道道若虎踞龙盘，气势不凡，而众门之首当属朝天门。戴鼎便拿这门当宝贝，成为他向遥不可及的朱元璋致敬的大排场。看看吧，一门朝天而立，朝滚滚长江东奔之水而立，其寓意昭然，那"天"便是朱元璋、是天朝金陵。而朝天门也成了迎天官、接圣旨的指定之所。

戴鼎从不掩饰他要巴结朝廷的那点心思，可谓结结实实、一点不偷工减料地修建了朝天门，以至于把它修成了壁垒森严的重重机关，由大城门、瓮城、三门洞组成，"朝天门"三个字便刻在瓮城门楣上。可以想见戴鼎的得意，他在山高皇帝远、蜀道之难难于上青天的地域创造了气焰嚣张的官场文化、官场建筑，让如此聚天地灵气的风水宝地经常干着"迎官接旨"的勾当。是时重兵把守，草根免进，连商船、民船也不能靠朝天门码头半步。朝天门对老百姓而言，不过是只闻其名，难近其身的冰冷官场机器。而戴鼎非常享受这样决绝的霸道，那是一种皇帝的感觉。他希望每一个为官者都能视之如命，把这样的享受延伸至千秋万代。

他却没想到仅仅三百年后，他的规矩就有了终结者。那便是遂宁人张鹏翮，一位有着人文情怀的清初名相。他到重庆巡察时,听说了朝天门数百年来的这般陋习,怒发冲冠,以另一种强权废除了在朝天门维系了几百年的官家特权,把这么一个风水宝地还给了老百姓,也真正还给了重庆城。

在百度一输张鹏翮,便有众多词条奔涌而出,可见良心臣相才能名存千古。虽然同样难寻张鹏翮的画像,但他的不少诗词却能像山河入梦般潜入你心灵的隐秘处。他写"歧路无知己,天涯畏影单。黄牛千嶂夕,白马一江寒"。透过他有些冷意瑟瑟的诗,你似乎已看到了天涯孤人的画面,对这位高官产生一种莫名的同情、体恤——原来他的内心还住着一个多愁善感、悲悯万物的张鹏翮,并非像他官帽般的强悍。便能想象这么个集文学家、诗人、教育家、水利专家、外交家于一身的人物伫立于朝天门时的情形:江风或许会吹动他的胡须(假若他也像关云长一般蓄着性感的美髯),吹动他的官袍,吹动他像江面水鸟倏然飞过的灵感,他也会涌动出二三百年后青年诗人海子的诗情,面朝浩瀚无边的水域,内心一片春色,开得桃红李白;或者,他会受朝天门暮色的诱惑,陶醉在一片"渔灯明远近,树色隐青葱"的意境里,感受真切的家园之感,不再天涯畏影单。因为他永远不会是一个人在战斗,懂得感恩的重庆人早把他视为乡亲。

第三位男人叫潘文华,重庆建市后首任市长。他是位行伍出身的军人，川军主将，曾被授予"植威将军"的称号，可见他拿枪的手何等果敢决伐。这么一双手用来搞市政建设，同样雷厉风行——拆城墙、建码头、修新区，重庆城区的第一条公路、第一所高等学府重庆大学、第一座中央公园、第一个机场珊瑚坝机场都是在他执政期间诞生的。当然，也是为了拓展朝天门大码头，他下令拆掉了朝天门的大城门、瓮城等，让朝天门成为了无门之门。以现在保护文物的意识来看，潘市长似乎有些军人的冲动，缺乏地域文化发展的眼光。然而，那毕竟是上世纪二三十年代，所谓的重庆城仍在乡野的泥泞中艰难徘徊。可以想见一位渴望有所作为的市长如何心急如焚。潘文华有个绰号叫潘鹞子。鹞子属鹰科，小型猛禽，飞速极快。从这个绰号便能窥见老潘性格二三。老潘长得倒不生猛，眉眼清秀、面善，戴一副无框眼镜，倒有几分文质彬彬的文人气质。作为现在的重庆市民，我对这位首任市长仍充满感激，因为毕竟是他首先用城市文明之光来照亮我们曾破败不堪的母城。

　　这三个男人分别扮演了朝天门修筑者、改造者、摧毁者的角色，而朝天门也在他们手中不断变换着自己的内涵与外延——从横空出世，大开大合，到步入大门无形的境界，经历了大官场、大码头、大商地的更迭之路，成为了重庆最崇高、气派，最具形而上力量的一座门。

二

朝天门对于每一个体的重庆人来说，可谓悲欣交集。它曾是重庆人大派对的社交场、歌舞厅，每个人似乎都可以去那里吼一嗓子，撒一把野；它是渝州版的灞桥，上演了人世间太多的重逢与告别，黯然销魂与胜利凯旋。

可以说，每个人心目中都有一座朝天门，对它的描述无不烙上自己人生悲欢离合的印痕。记得二〇一一年在北京遇见八十九岁的东方女神秦怡，提及重庆，年迈的她少女般地一偏头，若有所思。忽而便宛然一笑说，当年爬朝天门的石梯，哎哟，我的腿哟。那石梯真是挂在悬崖上的天梯。秦怡指的当年是她十六七岁娇嫩的当年。她是坐着"皇后号"逃离危险地带，投奔陪都重庆的。她说，当"皇后号"抵达朝天门码头时，她一直站在甲板上眺望。十月，山城已有淡雾弥漫，高高低低的灯光破雾而来，像有灵性的萤火虫成群飞舞。她在异乡的天穹下，泪流满面，透过泪水去望朝天门，如望见美国纽约自由女神一般欣喜、踏实。的确，重庆是秦怡的新大陆。重庆让这个举目无亲、怯生生、只想当小学教员的女孩转眼间成为了叱咤话剧、电影舞台的女神，一红几十年。而当她在舞台上眼波流逸、万端风情时，当年朝天门绚丽的灯火便化作了底色。

抗战时，我外公外婆也扶老携幼带上一家十几口从江苏辗转来到重庆。朝天门也是他们踏入重庆城的第一片土地。"重庆人好哇，码头上好些人卖洗脸水。外乡人来，一下船便能洗把脸，照照镜子，不至于蓬头垢面进城。"外婆是北师大毕业的知识分子，颇具北方人的精神气质，把面子与尊严看得比肚子的温饱还重。当年重庆人在朝天门的这桩柔情买卖给她这个外乡人留下了终身不可磨灭的好印象，以至于抗战胜利后还乡，她笑吟吟地把自己的几个儿女留在了重庆读书、工作、婚嫁，开枝散叶，于是才有了我这个北中国与南中国融合的女儿。

朝天门在重庆五六十年代出生的那批人记忆库里，是一部情节复杂、没完没了的连续剧，可能是励志片、言情片、青春片，也可能是火光冲天的战争片。

我的一位当过知青的朋友，每每说起朝天门常用五个字来形容——"家园的大门"。十七岁身形单薄的他是从朝天门码头出发，去下川东的奉节当知青的。他说，离城的那天，当汽笛一声响，轮船把水面犁出惊心动魄的一片白浪，朝天门像往事似的无处可觅，船上的女生几乎是集体在哭泣，而男生们眼神惶惶，唯有沉默，心里一遍又一遍温习朝天门的模样，像怕走丢的孩童拼命去记住父母姓甚名谁。而当他每一次回家探亲，依稀望见"红港"大楼在烟云间耸立，总会恍然觉得那里有人在焦急地等候着他。虽然一瞬间便清醒过来：自己的父亲还被关押，母亲重病在床，兄弟姐妹散落他乡。但仍喜欢把这种幻觉一遍遍享用。朝天门让他有了被等待、被需要、被拥抱的感觉，忘掉自己与这座城曾有的恩怨，而恨不得跪下来，一级级去吻朝天门的石梯坎，因为它已成为他心目中的长辈、智者、偶像与精神领袖，它宽阔的水面仿佛是一种令人动容的肢体语言，告诉所有的归来者：欢迎回家。

三

朝天门于我更似一堆强弱不定的音响——码头上此起彼伏的汽笛声，扛着大包的力哥走过闪悠悠踏板的吭哧声，上下船的旅客推推搡搡的抱怨声与叫骂声。而最让我浮想联翩的是当年缆车叮叮当当爬上爬下发出的声响，那很像一种雄鸟求欢时的鸣叫，春情亢奋，谁也无法阻挡它的进攻。

前些年我常于仲春之夜坐在朝天门码头那坡石梯坎上发呆。那真是个发呆的好去处：一眼望去，水天浩荡，辽阔的空间似乎能承载辽阔的心事。尤其是在星满苍穹的夜色里，已看不清两江交汇的奇异之景，唯觉黑漆漆的大水化作千万匹闪闪发光的绸缎在脚下哗啦啦翻滚。这水声有时像风尘女子在放嗲，有时又似童言稚语；有时竟是一片天籁，令人禁不住心驰神往。一瞬间，便觉背后有动静，恍惚见着一二小和尚提着灯笼匆匆而至，灯笼上明明白白写着"金竹寺"的字样。小和尚的面容在灯影中真实无比，包括那淌在脸颊上的汗珠。

重庆民间一直流传着"金竹寺"的故事，那是渝州唱晚中最神秘的一章。虽版本众多，却万变不离其宗，都是在叙述一个重庆力哥，即现代山城棒棒军的祖师爷如何受人之托，从成都跋山涉水捎一封书信给朝天门金竹寺住持的神奇经历——

千辛万苦的征程对力哥倒是小菜一碟，令他痛心疾首的是，来到了朝天门，面对汪洋一片的水域，他已无路可走。上哪里去寻金竹寺的踪迹呢？他有些绝望了——这该死的大河难道要摧毁一个重庆男人的信誉么？

也是在月华如水的夜晚，也是在力哥对水发呆的朦胧中，一阵脚步声由远而近，有一两个提着"金竹寺"字样灯笼的小和尚来到他身边。接下来的情节堪比好莱坞的神话电影——朝天门的大水陡然分开，出现一条笔直的石梯直抵水底，那里伫立着一座金碧辉煌的庙宇。力哥像诗人但丁紧跟贝亚德神女般跟随着两位小和尚，终把书信交给了这里的住持。住持问他何以谢，这位憨厚者答，不用谢。若是可以，砍寺中一截竹子予他便可。他是力哥，靠棒棒求生。送信的忙乱中，他丢失了自己的劳动工具。

他果得一竹棒棒，心满意足重返陆地，只当自己完成了一种功德。待回首望，仍只见一河大水波涛汹涌。再一细看自己的竹棒棒竟变成了金棒棒。他被惊吓得不轻，才知神奇的朝天门让他遇见了仙人。

想来"金竹寺"的传说在重庆流传了好几百年了吧，它几乎在影响重庆人对神话的态度：宁信其有，不信其无。甚而锻造了重庆人的浪漫气质，他们真的相信每一片水域下都可能藏着另一座重庆城。今年初春在南山上，一帮文人就着几瓶高度酒浇灌出的亢奋"侃大山"，便有一男作家信誓旦旦地说自己也见过"金竹寺"的。那时，他还是朝天门年轻的码头工人。大旱年，水往江心撤退，几乎成了小水塘。他下去游泳，一蹬脚，身子竟被下面建筑物的飞檐擦破了皮，血流不止，只好上岸。待伤愈再下水，却再也找不到那水中的飞檐了。另一男诗人当即表示赞同。说自己年轻时与女朋友谈恋爱，一宿宿泡在朝天门的石梯上，干一些普天下男女都会干的事情。夜半，江风疾吹，竟从水下传来一阵阵敲钟声，惊了他们的好事。是谁在那里敲钟哇？急湍的水流、成精的鱼，还是忙着赶路的时光？或许，就是"金竹寺"自我的发泄——它受不了人们的不相信。男诗人站起身，眼里闪动着奇怪的光，把一只手伸向众人，激动地一再重复地问：谁在那里敲钟哇？我需要知道。

我的一位女性朋友也是"金竹寺"传说的坚信者。她是朝天门大正商场搞服装批发的女老板。十多年来，她总在凌晨四点披星戴月赶到自己的店铺，下午四点赶回家为老的少的做饭洗衣，晚八点准时上床睡觉。每天，向着朝天门的进发之路，都是危途——她数次被抢，差点被强奸。但她咬着牙坚持了下来，把自己从一个下岗、凄苦无依的单身母亲拯救为住联排别墅、送女儿出国留学的独立女性。她最喜欢世界著名女建筑师扎哈的名言："强悍的人生无须解释。"但她做起生意来却懂得柔情似水：人家称她一声姐，她就实实在在当人家是妹。她说：为什么那么多的重庆人都靠在朝天门做生意做发了？还不是沾了"金竹寺"的光。千万别当它是说着耍的神话，它是在教重庆人做人呢：偷奸耍滑，你就只得个竹棒棒；守信坚持，便会得个金棒棒。

每每置身于朝天门批发市场，我都会百感交集——它像这个世界上最硕大无朋的奇妙机器，吞进了无数吨的渴望、欲求、汗水、痛苦的泪以及拼搏时的呼喊，吐出的也许是财富、胜利的笑容，也许就是无奈与绝望。但，更多的人仍选择不撤退；它像一列单程列车，阅尽重庆城这四十多年的光阴，走过春色也走过苦寒天，对每一个被挤下车的旅客都抱以同情却又束手无策，只顾着无所畏惧地前行、前行。

那么盘桓在朝天门的"金竹寺"传说意味着什么呢？

可以说这个重庆城最绚丽迷人的故事，在这里、在重庆人打拼的聚集地经久不息地流传，是为了揭示、感召、传播一种几百年来积淀而成的朝天门精神。它也是重庆人精神的内核之一。它更在提醒所有的重庆人：假若你站在朝天门码头离水最近的地方，望着滔滔大江东去，一回头便会发现重庆山高坡陡、地势险恶，是没有多少地盘与机会供你去虚情假意、狡诈、算计、回旋、前怕狼后怕虎的。重庆人必须耿直、诚信、勇敢、吃苦耐劳，才可能在这比上青天还难的地方活着，活得欣欣向荣，生儿育女，千秋万代。这，便是重庆人的命。

细数数，满世界都没有哪个地方的哪道门敢以"朝天"命名，唯有重庆敢。重庆人命大福大，门朝天开，朝自己的心窝子开，朝自己艰难的命运与不屈的人生开，那无形的大门便成为了天下最厉害的一张嘴，最滔滔不绝的语言——代言重庆，时时刻刻。

和我在解放碑街头走一走

如果说早晨代表着青春,那么重庆每天的青春都是从解放碑开始觉醒!

好久没到解放碑的街头去走一走了,甚至很多时候都把它给遗忘了,就像遗忘自己也曾有过的焦躁不安的青春。以为自己从来都是如此稳重、不慌不忙地在搞定一切麻烦:人际、职场和男女间的羁绊。

我们人生中需要一个解放碑吗?

我笑。

偶尔也会揽镜顾盼,被突然闯入的几缕白发惊吓一跳:不速之客啊,在我一天接着一天、密不透风的光阴中,你们是如何削尖脑袋加塞进来的啊……

三月四日晚,解放碑倒是自己跑到我梦中来了,只是,变成了另一种情景——一座波光粼粼的大湖,东西南北四条路也变成了河流。水,源源不断向着大湖奔涌,大湖却是不增不溢,波澜不惊。中央的那座碑仿佛在慢慢挪动自己的身体,举起自己的船桅……

我贴着大湖的水面翱翔,头是十七八岁时的我,身子却成了夜鹭那样的水鸟。两只手长成了一双木桨,哗啦……哗啦地弄出了水声。我以这样奇怪的模样回到了解放碑……我一个人的解放碑!

解放碑的钟声敲响了……我翻身坐起,抓起手机看,已是三月五日的凌晨三点,惊蛰驾到,开窗聆听,夹裹在云层里的雷正闷闷地吼叫……

一

我在春寒料峭的深夜翻看朋友才拍的解放碑照片,竟与我的梦境有某种相似:寂静无人的解放碑,月光幽清地照下来,让雨后的地面有着亮晶晶的反光。四周的高楼像冷冰冰的崇山峻岭,只把自己黑黝黝的影子和缀在自己眉眼间彩灯的影子拖在了地上，使那里如同一泓盛满光怪陆离色彩的大湖，也像红汤沸腾的大火锅……而解放碑却是个瘦削的男人，孤独又坚毅地站在大湖的中央或火锅的中央，沉默，陷入冥想。解放碑成了罗丹的思想者！它在想什么呢，自然是我还不能知道的。它多少岁，我才多少岁……

这样的解放碑肯定是重庆人从没见到过的解放碑。

搜寻完我们记忆库的旮旮旯旯，解放碑这个重庆的城中之城，仿佛天生就属于繁华、热闹、喧嚣。无法想象，剥去这一切，解放碑还叫解放碑吗？

这里的街头巷尾白天总是悠长，夜晚总是短促，一车从江北机场赶赴过来的鲜花就可以作为先进代表，在凌晨二点去撩开另一天舞台的幕布；然后是八一路上那些小吃店哗啦啦开启卷帘门的声响。他们的白案师傅已汗流浃背地在和面、擀皮……鲜肉大包或酱肉小包已热腾腾起笼，正严阵以待地迎接着波涛汹涌的早餐大军；而鲁祖庙那一带的小面馆也敲打击乐似的响起了切葱花声、剁蒜泥声，此起彼伏。重庆小面靠的就是作料的五彩斑斓，口味的猛烈霸道，红的绿的白的、酸的麻的辣的，它们是小面的天时地利，再碰上好这口的人，小面的神性呼之欲出。

小面对于重庆人来说，是一种必须遭遇的初恋，又是少年的夫妻老来的伴——哪个人的青春没在小面里徜徉过、迷失过、战斗过！

而解放碑就曾是重庆的小面江湖，各种气质、各种流派的小面都要跑到这里来华山论剑，搏一个高低。

小面是许多重庆人早餐的主要饮食。如果说早晨代表着青春，那么重庆每天的青春都是从解放碑开始觉醒；如果青春主要的症状是浪漫，那么重庆的浪漫也是从解放碑开始发酵、孵化、传播开去的。

而解放碑的青春也好、浪漫也好却是这样始于食——民以食为天的食，而终于每一位穿行者揣进记忆的故事。

你敢说你不曾迎着野心、欲望、期许走向过解放碑，在那里的街头呼吸一下密集人群共呼吸的空气，与暖融融的人流摩肩接踵，以嫉妒或不怀好意的眼睛去捕捉那些衣着入时、容貌超群的帅哥美女，去时代广场里的世界品牌店打望一下今春阿玛尼衣裤或LV包的上市新款……解放碑其实是个慷慨仁慈的地方，完全不需要你一手交钱，一手交货。你可以消费它的精神，它可以消费你的时光，尤其是盛夏四十度出头的高温天，你还愿意在几乎无法遮阴的解放碑街头瞎逛，不畏头顶的阳光暴风骤雨地落下来，脚底下滚烫的花岗石地砖让你如同踩在了烈焰上的话，你便会被一种奇妙的东西醍醐灌顶，而后格外酣畅，格外清澈，似乎，你与一片天地肝胆相照了——解放碑帮你完成了自己真正的成人仪式。

所以，从某种意义上讲，解放碑便是重庆好几代人共同的青春王国和青春乐园。然后山高水长地盘桓于他们内心的隐秘处，成为共同的乡愁。

二

哪个人年轻时没在解放碑那一带傻费过哟？

一位年近九旬的老人的话让我两耳陡竖。"傻费"两个字比一碗大麻大辣的小面还让人血脉偾张。这个无比沸腾的重庆方言，其实是个形容词加动词的组合，表达一种精力旺盛得嗨到非理性的地步。但只要把它拿来与普通话一对应，便完蛋了，便完全消灭了这个词语所具有的万丈光芒，一下子便味同嚼蜡。"傻费"只能在重庆人之间通用。一说起，大家会眉毛一挑，嘴角含笑，懂了……

老人是近九旬的年岁，十二三岁的心。他说当年日本人宣布投降后的接连几天，他几乎都没睡过觉，夜夜都从大梁子的家跑到"精神堡垒"那一带去看热闹，燃火炮，舞龙玩狮子的。看到美国人开敞篷车过来游行，会给人家比一个大拇指，叫声：顶好！还会向人家要烟抽。美国兵哥哥就会笑烂一张脸，拍拍他的头：NO！NO！小朋友！他好生气，觉得十二三岁的自己已是半截幺爸了，差不多就是男人了。

他不能荒废自己使不完的力气与一个伟大时刻的相逢。逮着机会就往那些游行的军车上爬。他指望着能站在军车上看满街沸腾的人群，那不就像领袖在检阅军队？那是他们半截幺爸间最提劲的事情！果真还爬上去了一辆。但满满当当的男女军人，哪有他的立足之地？忽然就有位女兵伸过手来把他拽到自己跟前。他看清楚了，女兵大不了他几岁，圆溜溜的脸，一笑便跃出俩酒窝。八月大热天，她仍紧束着皮带，扣好军装的每一颗扣子……皮带倒是把她的身材勒得凹凸有致，却也让衣服完全黏贴在了她的身体上，汗水从那里汩汩流出，渗透她的手臂、前胸……也沁入他的背脊——

这是他长到十二三岁，除了母亲以外，离一个女人身体最近的一次。那柔软又热烘烘的一座山，给了他作为男人许多奇妙的感觉。他听到女兵用好听的"下江人"的口音在那里喊：回家了！我们要回家了！他却在这狂喜的高呼声中莫名地鼻子发酸：是为终于等来的胜利日，再不提心吊胆防着敌机的轰炸，还是为刚刚撞上掀起青春波澜的那个人，转瞬就要告别？他不知道！只能任自己流着一脸泪地看着满大街已不见了街，全是人头攒动，一条两条三条……全部是由人的笑脸、呼喊、热泪盈眶组合成的街……他没想到重庆、解放碑竟能装下这么多人。好像装下了全中国的游行队伍。每个人都肝精火旺、声音高亢。

每个人都漂亮雄壮、喜气洋洋——娃娃一下子长大，老家伙返老还童……他的下巴也突然蹿出硬邦邦的胡楂，完全可以去刺痛女人的脸颊……但他那时除了与众人一样的欢喜，还有独自的忧伤。他不知道该拿自己的忧伤怎么办。

忘不了啊。他说。

近九旬的他还在想着那个自己十二三岁遇见的姑娘。她顺利回家了吗？嫁了个好人家了吗？生了几个娃？还活着吗？……他说，快入土的人了，忘了眼前，倒记得过往；忘了衰老，只记得少小……

一位大律师的记忆库里同样装的是自己小时候解放碑的样子——

大概是一九五五年或一九五六年的那些年份，学苏联，流行跳交谊舞，一到周末，这里几条路的口子便封闭，解放碑街头成了大舞场。许多工厂、学校、机关、部队用大卡车把年轻人都运到这里来"活跃生活"。律师那时五六岁，最淘气的细娃儿那种。家住兴隆街的他不管戴红笼笼的执勤者怎样严格把守，总能从人家的眼皮子下溜进去，在大舞场里窜来窜去，扰了那些正兴致勃勃眉来眼去男女的好事。

"想一想吧，解放碑的每个地方都是双双对对、拉着手跳舞的青年人。男的一律的白衬衣、蓝裤子，女的穿布拉吉，两条系着蝴蝶结的大辫子呼呼狂飞。解放碑是歌如潮，花如海……"

律师打开的画面最让我心绪纷纷的是那些穿白衬衫蓝裤子和大辫子飞舞的年轻人，差不多就是我们的父亲母亲。我从来都以为，他们活着一直都是这样的苍老、小心谨慎、死气沉沉，只会重复一些别人重复过一千遍的口号和思想……没想到，解放碑也曾赐予过他们芳华——为另一颗年轻的心而心神不定，为另一种荷尔蒙的高涨而满脸通红！他们现在还记得自己在解放碑的好时光吗？

一位朋友有关解放碑的记忆却是最梳理不清的乱麻。一九六九年二月二十三号，十七岁的他要下乡去丰都。临走的前一夜，他和一群同学在解放碑街头胡走一气，从此端到彼端，竟瞎逛了一整晚。他们滴酒未沾，但都像些趔趔趄趄的醉鬼，一脚又一脚恶狠狠地踢向每一个垃圾桶——那些暗夜里静静待在街边完全无辜的垃圾桶。踢不翻时，他们会动用双手去掀翻……

现在已六十好几的他，仍不太明白当初他们那群崽儿为何要这么"千翻"、捣乱？是自以为作为社会天之骄子的自己遭到了某种出卖，必须要发泄、要报复，还是对未来的恐惧让他们无所适从？谁能替他们回答啊？他们或许只能这样挑衅或破坏一下自己心目中的神圣，譬如解放碑，以求得与神圣的平起平坐。更重要的是，不要被神圣所抛弃！

但，他说，他们也仅仅如此地在解放碑的街头撒上一夜的野，天亮后还得各奔东西。

三

对于从小生长在北碚的我，解放碑更是一种遥远而巨大的神圣，也是陌生又熟识的存在。我闭着眼都能以手为杖从临江门摸进来，找到左手的颐之时、和平电影院，右边的交电大楼（现新世纪百货），往前右拐的三八商店（现重百大楼）、红旗棉布商店，对街的长江文具店、冠生园、外文书店……这些名字后面都闪动着一个人或一个家族的艳与寂，有着气味、呼吸、可触摸的泪水和滔滔不绝的话题……这张解放碑二十世纪七八十年代的地图沉入我的脑海，如同泰坦尼克号沉入冰洋底，偶尔会在午夜梦回时诱我潜入海底，在它们的残骸里逗留，看能否找到一些有用的东西，把它们打捞上来。有时还真找到一些东西，譬如又找到了那个小女孩的脸——那是张孤独无依的脸，只有一个手掌大。在浩如烟海的解放碑，她连一条鱼都算不上，所以她总是左右张望、神情慌乱地走在解放碑的街头，仿佛身后有人跟踪……她被这个当时重庆的物质和精神高地所吸引、所鼓动，偶尔会意气风发。但更多的时候却因这个陌生之地随时会发生的变数或遇见而惊慌失措……

应该是十七岁的夏季吧，我在临江门站等一路电车。一位二十岁上下的男孩，从一堆候车的人身后闪出来，朝我扬扬下巴，高举一只细长的手在空中晃动，很熟络地问：你这是要去哪里啊？我仔细打量了一下他，个儿高挑，裹了件八成新的军大衣。盛满笑意的脸庞，鼻梁挺拔，眼窝深凹，黑眸子亮晶晶，有些像连环画《钢铁是怎样炼成的》中的保尔·柯察金……

见我琢磨他，他愈发挨过来，用手肘轻轻碰我一下："邻居，这是要去哪里啊？"我的脸腾地烫了，立马退了几步："我不认识你！"我声音里带着凛然！"我认识你。我住江家巷的巷口，你住在巷尾嘛。"

我转身，又厉声说："我们不认识。我根本不是解放碑的人。"

他呵呵一笑，和颜悦色地说："对了，我想起来了，你的确不住江家巷，住上安乐洞还是下安乐洞吧……"

我一身大汗淋漓，眼睛在寻找突围的路，憋住的泪水像一群小蚂蚁在悄悄蠕动。环顾四周，候车的人、过路的人都在忙着自己的事，谁也没发现有人陷入了危机……

终于车子来了。车子来拯救我了。我和着众人拼着命从窄小的车门往上挤，我要摆脱那个大麻烦……他却偏偏凑在我背后用手使劲把我往上推，还大声嚷嚷："往后边走，后边有空位。"然后又大声叫道："我住江家巷巷口，一来就找得到我……"

　　回到北碚的学校，我满腔激愤地对闺蜜述说了自己的遭遇。她却挤眉弄眼："咹，你是遇见绕女的了。""绕女？"身处安全地带的我，被这个词逗笑了。朗朗乾坤，青天白日的，我怕个谁！

　　许多年后才发现只要是大街，就会发生这样的事情。愈是经典的大街，这种事情的发生率或许更高。这也是一种青春恣意的样子，虽然有点邪乎。在北京，它被称为"拍婆子"——这三个字看着说着怎么都挺让人难受呢，带着北方男权文化对女性的轻蔑。拍的动作多直截了当啊，有点豪强霸占的意思。而婆子的称呼更会令哪个年龄段的女人都厌恶之极；"绕女"相对要婉转得多，似乎揉进些南方文化的温存和细致入微。弯弯绕绕，假道伐虢，不用点心思，不费些口舌咋行呢？其实，说来说去，二者都是现在所说的"撩"。而"撩"多精确又不伤大雅啊。

　　"拍婆子"和"绕女"都已成为被废弃的语言，当作垃圾倾入大海了。突然被打捞上来，才发现它们其实也是镜子。对着镜中人，会欣喜相逢：原来你在这里啊！

　　……

四

　　始料不及的是，我后来的人生会和这个叫解放碑的地方产生这么深的纠缠，前后算起来有三十多年吧。我在这一带谋生、打拼，时而春风得意，时而如履薄冰。我的血液中已渗透进了这里雾霾深重的空气；呼吸中也混杂了这里市井的气味。那几条大街似乎在给予我骨骼和筋络，期待与方向。但不时又给我迷茫甚至绝望……

　　我承认，我曾在解放碑的街头痛不欲生！那是二十年前深秋的一个下午，我在这里的一家相馆拍护照登记快照。一小时后，我必须拿着照片到市公安局办好证件才能尽快地飞泰国曼谷，去奔丧！早上，旅行社突然通知我，父亲在那边因病离世……

　　那天我流干了一生的泪！每一分每一秒，泪，无法遏制地往外奔涌，不但从我的眼睛，还从我的头发、耳朵、手心、身体的每一个毛孔……我从来不知道一个人的身上隐藏着泪水的大海。不停地流泪让我拍护照相也成了大问题。好心的摄影师递了几包纸巾给我，柔声提醒：只要克制一秒便成了。否则你的照片无法过关……

　　拿着照片我从"纽约·纽约"的黑大楼出来，见着前面有个瘦削老者抖擞而行……我冲着那背影唤起："爸……爸……"他走进人群，走出我的视野。我模糊的泪眼让我把父亲弄丢了……

　　一年后的深秋，我和我报社的团队在解放碑的碑底下搭起一百八十度的超大舞台，举办重庆市首届"国际面孔"的时尚大赛。八〇后的孩子瞬间长大，在Ｔ台上目空一切，眼神像飓风一般横扫过来。

　　这样青春的飓风一直为解放碑垫着底，这里的大街就是为那些跌倒又爬起来的人准备的！

　　我仍会流泪，一想起父亲，内心的那片泪的海洋便会波涛翻滚。但我更想活成他期待的样子，时常觉得是背负两个人生命的重量、两个人对人间的希冀和善意在活着。所以，我要玩命奋斗！作为两张报纸的管理者之一，我对解放碑每一个报摊位置和售报量的熟悉，就如同熟悉我每一位员工的面容和业务能力。当然也有因为工作不顺，买醉倒在了解放碑某个酒吧厕所里的囧事。我用双手费力地去攀住那些色彩狰狞的墙壁，以求能让自己勉强站立起来，还喃喃地安慰自己：小姑娘，没什么丢丑的……

　　也就是前些年的跨年夜，我和几位朋友从深埋在"纽约·纽约"负一层的精典书店爬上地面，像一群去大海晃荡了一圈返回大陆的水手，我们刚刚翻动过书页的手指此时由僵硬变得灵活。新年钟声响起，它仿佛是披着厚沉沉雾气棉大衣的不速之客。有位朋友在黑暗中说：陪我走过今晚解放碑的人，此生为友！

我却想冲着黑夜里的解放碑喊：那个住在江家巷巷口的崽儿，你来撩我啊！

五

如果要让重庆人来排列他们心目中的十大宏伟建筑，解放碑肯定是第一名。而我还觉得，它不仅应该是重庆人心目中的宏伟建筑，也应该是全中国的——

一九四一年，当时的民国政府在这里的十字街头、被炸毁的周家大院上建起了一个木质结构、外涂水泥、呈锥形，类似碉堡的粗糙建筑物，取名为"精神堡垒"。后被敌机炸毁，人们又在该处用杉木棍杵在那里，上扬旗帜，仍当它是被逼到绝境中国人的精神堡垒；抗战结束后的一九四七年，依然在该址，耸立起一座那时在该地区绝对"高大上"的纪念碑，取名"抗战胜利纪功碑"。它不仅是抗战胜利的精神象征，是中国唯一一座纪念中华民族抗日战争胜利的纪念碑，而且也表达了对重庆这片土地、重庆人的深深谢意和致敬！

重庆解放后，这座碑改名为"人民解放纪念碑"，时任西南军政委员会主席的刘伯承为其题写了碑名。

"该碑正面向北偏东，为八面柱体盔顶钢筋混凝土结构，碑通高二十七点五米，边长二点五五米，碑内连地下共八层，设有旋梯达于碑顶，碑顶向街口的四面装有自鸣钟，碑台周围为花圃，总占地面积六十二平方米，保护范围面积六百四十二平方米。"

抚摸解放碑一路走来的脉络，内心会澎湃，无限感慨……

解放碑属于恢宏的历史，伟大的主题。它一直像一棵大树站在那里，渐渐长出自己的枝蔓——大街、小巷、高楼、院落、轨道列车……它骨骼宽大结实，足以顶天立地。但它之所以气血充沛，通体丰满，还在于承载了万千小人物琐碎的悲欢——它们写不进史册，却因真实而动人，因动人而在民间永垂不朽……

六

假如，那个真是住在江家巷巷口的崽儿还活着的话，恐怕也是年过花甲的抱鹢子老头了。

然而，解放碑街头又有新一茬年轻的崽儿在雄起。每天的早中晚，你都会发现出没于那些写字楼的青春大军闪闪耀眼……包括较场口日月光那一带总会聚集几十个跨着摩的的快递小哥，他们在他们的地盘上稍作休整：吃自备的伙食、交流信息……他们旁若无人地高声谈笑，总让我恍惚觉得是临战前一群侠客在研究方案：马儿已喂饱，刀剑已锋利，他们在期待出发！

红桥少年

它在山河间恰恰的好。

一

二〇二〇年元月九号的夜晚,我和几位姐妹意犹未尽地从重庆大剧院出来。刚才听的那场来自美国好莱坞交响乐团的电影交响音乐会,让我们通体舒畅,步履轻盈。

出门,抬头,皓月当空。圆润、黄澄澄的月亮像一张小鲜肉明星的脸,满满都是奢侈的胶原蛋白。然后,我看到了它——

它几乎站在了与皓月同一的高度上。在广袤无垠的夜空里,它的桥塔像一个巨大的合十手势,又如一把刺破天空的匕首。但我更想把它比喻成是一个篮球少年,肌肉发达,风驰电掣地在举臂投篮。哦,穿二十四号球衣的科比,我的想象力也在接近月亮的所在,画面宏大得接近无垠,任凭那个穿橘黄色球衣的科比,在天上跳腾。

其实这座桥白天去看,颜色会是橘红。晚上,被暗夜以及近处游轮、远处洪崖洞的灯火缭乱或渗透,它的色彩有些接近殷红了。当然,它的色彩一点都不重要。这座桥让我兴奋和偏爱的是,它在山河间恰恰的好!生得逢时逢地、情景交融!

对,我说的是千厮门大桥。

那夜我指着它对同伴说,看,红桥少年。

那是己亥的猪年留给我的最美背影,我已看到庚子鼠年隐约的优美轮廓。我走路的步履不由得有些急促,急促得有了慌张,似乎在向前扑腾。我哪里会知道,蹲在鼠年门口的是一场举国的灾难,新型冠状病毒就像它的宿主菊头蝠一样悄悄潜入我们的血液中,翅膀在不停地扇动,搅动着五脏六腑,我们欲生欲死!而我心目中永远的篮球少年科比在鼠年的第二天再一次腾空投篮,他把自己投向了天际!

接下来是举国上下的禁足,大门不出,二门不迈。那段时间,我莫名地焦虑、恐惧。甚至觉得自己的身体正被黑暗中一万只蝙蝠盯住,稍一动弹,它们就将扑上来……我开始手心发烫,浑身汗津津,气喘不过来……只要闭上眼，梦就层出不穷，白天亦然。梦，怪诞离奇，老会梦见自己或家人赤身裸体坐着、站着，甚至在大街上行走，对滚滚涌动的人流视而不见。但，突然便会发现自己白花花地站在日头下，身无寸布，羞耻难当……

我一直不知自己为何反复做这种梦，怎样去解释它。但我在揣摩那个人类发明衣服第一人的初衷：他（她）除了要拿衣服来为自己御寒，是不是还要为自己提供一所可移动的房子，第一层家园？人待在衣服里也多少获得某种心理上的安全感？

也就是那几天，我看了部英国的电影《编写美好时光》。写的是二战时期两位俊男美女的电影编剧在伦敦被空袭的时光中，边编写电影《敦刻尔克》边暗生情愫的故事。在风光秀丽的德文郡海岸大堤上，阳光舒展，海风徐来，女主的侧影被粼粼波光撩动，真像住在卢浮宫里的希腊女神雕像。他们却在此时谈起了死亡。男主巴克利说他们同事有一个当兵的孙子，不久前上岸休假时被电车撞死。女主凯特琳马上接一句：这样的死多没意义。巴克利哲人般地盯住女人，谈起了电影中的悲剧和人生中的悲剧。大意是电影中的悲剧是有预设和构架的，似乎有一只手在指向悲剧的发生，并赋予那些悲剧一种意义。然而人生中的悲剧往往猝不及防、毫无兆头。它发生了，或许毫无意义，没有轰轰烈烈……果然，男主在电影的后半场，在他和女主终于相拥热吻后，转身，却被拍电影的高大灯架砸下来，没有告别，生命便戛然而止……

人生的确不是电影！

如果老天是一个可以贿赂的贪官多好，我愿意把自己整形成绝世美人，或努力成为比比尔·盖茨还比尔·盖茨的巅峰富翁，与老天来一个权色、权钱交易，只想换得一个时间回放键：我要把时间揿回到二〇〇〇年前，父亲仍步履矫健地走在他去北温泉的江岸小道上；揿回到二〇二〇年一月二十号前，我正在花市里左顾右盼，恨不能把那些万紫千红全拎回家；至少，揿回到二〇二〇年二月六日二十一点前，让那个叫李文亮的大男孩——已是孩子他爹的大男孩再趿拉着拖鞋，冒着小雨去买一笼橘子吃……

一场吊诡、阴险的病疫，让我感觉到死神正在身边布局，响声很大，我却无法看清它的位置，更无法与之对质！

有一个声音一直对我说：他人即地狱！路人或亲人，都可能是病毒携带者，每个人都值得怀疑、警惕，每个人都可能是你的灾难之源……

出门，与人迎面相逢，竟都没认出戴着口罩的那个人便是几天前还把栏聊得热火朝天的芳邻……还隔着四五米远呢，她迅速地背身大叫：快走！你快走！我也如临大敌地疾奔而过，仿佛在摆脱死神的追捕……

我不知从什么时候开始，对死亡这件事有了如此的敏感：是从前年，还是这次鼠年？

那座红桥像一只体积巨大得无与伦比的蝙蝠，朝着我，跃跃欲试！

二

二十五岁时，我就住在红桥之上的沧白路，那时红桥还没诞生。

坐在沧白路边的石头矮墙上，去看千厮门那一带的嘉陵江，皆是满目白花花的鹅卵石簇拥着一条纤瘦的江水。尤其是到了冬季，那水真是细若游丝……

我在那年当上了梦寐以求的记者，整天揣着一个巴掌大、厚拙拙的绿色记者证奔突于大街小巷，如一位手持利剑的侠客，眼睛里老是闪烁着明察秋毫的锐利目光，嘴角时不时会浮现出拯救者无比自豪的微笑。

那时的记者的确有点无冕之王的气势和权威。尤其是女记者，如果够年轻、够不丑，更是会扮演横扫千军如卷席又飒爽又性感的正义天使。有一次我坐一路电车从解放碑到沙坪坝采访，几趟车都没挤得上。穿着小粉短裙的我，直奔车头的驾驶台，敲门、挥动手中的记者证，高吼：开门，我是记者，有紧急采访……中年男司机可能从没遇到这种阵仗：一个小女子手持个绿本本就如此地威风凛凛、胆大妄为？他把门开了条缝，拿过绿本本快速翻了翻，然后扑哧一笑。但，还是把门打开，拉了我一把："上嘛。"……到现在我仍没搞懂男司机为何有那么一笑。我好尴尬，就像正在片场煞有介事地演戏，却被对台词的人莫名其妙地笑了场……

我也真干出了几件行侠仗义之事——

春寒料峭，我收到一对残疾夫妻的投诉信，告他们的镇领导欺负人：他们在自家门口搭了一间小偏偏房，卖点小零碎东西维生，镇上却非要拆他们的"违章建筑"。信中写道：记者救命！我们要活下去！他们谁都不怕，就怕报纸……我腾地一下坐直了，心子被信里的每个字燃烧！

那个乡镇在綦江临近贵州的大山旮旯里。我转了三次长途车才到达。暮霭氤氲时分，我穿着细高跟，抹着大口红走在镇子的青石板路上，橐……橐……橐，我听到脚下的声响在泄露我的忐忑不安、甚至恐惧……因为这里比我想象的都更陌生和苍凉。所谓镇子也就是被两边的木板房夹出的一条街，放眼也看不到多远，因为它把天空也剪裁得又窄又细，似乎是半条灰裤腿，把镇子死死捂住了。只有几根凌空的电线上站着密密麻麻的麻雀，集体的叽叽喳喳、骚动，才让人觉得这个镇子有活物在出没……

事情的解决比我预想的顺利。顺利得我必须对手中握着的那个绿本本感恩戴德了。所谓的乡镇领导对我这个市里来的记者毕恭毕敬，言听计从。他们一口一声叫我这个黄毛丫头为"领导"，可能的确没搞清楚一个记者究竟在市里是多大的官……

第二天回城，山路崎岖，蜀道之难，那辆破旧的长途车如一叶扁舟在汹涌波涛中颠簸前行，抖得我吐出了五脏六腑……

又是黄昏，我远远望见了千厮门那一带的河滩，嘉陵江面有了薄薄的霭云，来去踟蹰，像农人房舍上的炊烟。我突然有了一种后怕，很想回家……

我被领导训斥：忙活了好些天，那对夫妻会在我们报纸上打广告吗？我英雄气短！

晚上，怒火中烧的我在沧白路上徘徊，每一幢建筑，每一棵树，每一粒石子都成为我的敌人。我对围困我的敌人说：啊呸！你们是什么东西！

那时，沧白路拐弯的地方有一个索道车站，抵达的是对岸的江北城刘家台。

我登上索道车，往返……往返，一趟又一趟。检票员一次次剪我的票，表情从疑惑到怜悯，"这女人疯了吧……"他眼睛在说。

我借助索道车，在千厮门那一带河滩的上空飘飞，终于把河滩的好些细节看清楚了，这是我一直很好奇的事情，这个河滩上究竟有什么呢？那夜恰恰也是皓月当空，明晃晃的月光让河滩上大大小小的鹅卵石在光影中沉浮，像有着各种表情的人脸。它们让我想到了芸芸众生，风起云涌的众生们，沉默不语的众生们。而我也看见自己的脑袋在其中晃动——她低着头，两眼苍茫，真的像个疯子……哐当一声，索道车撞击到站台的墙，检票员正告我：下班了！

三

重庆被称为桥都。几十座大桥像是我们用试管制造出的婴儿，哗啦啦就长大成人，一个比一个雄壮地占领了嘉陵江或扬子江的某段江域。

怎么我就独爱千厮门大桥呢，像个偏心的母亲？

看着一个比你大几万倍、几亿倍的儿子这么高不可及，内心或是自豪，更多却是恐惧或无奈感吧，它究竟是来报恩的，还是讨债的啊？

现代的桥，作为用钢筋水泥以及现代工业建造技术催生出来的家伙，我对它的情感总是五味杂陈。一方面知道它能为人们的生存带来利益，另一方面又觉得它是大自然与人类间粗暴闯入的第三者……除非这座桥懂得敬畏，千方百计地去奉承自然，把自己打扮成上帝派遣来的使者——

千厮门大桥便有着一副男神的容颜，桥身设计为单塔单索面部分斜拉式，主塔为一百八十二米高，足以让它玉树临风。据说设计者的初衷是把它设计成天梭或钻石状，我却更愿意把它想象成具有挑战性的匕首；而一条条的斜拉索整齐有序排列而成，宛如主塔伸出的一只只手在抓住大地，又如蝴蝶长出的薄薄翼翅。并且，它更是位懂得衣着色彩搭配的时尚达人：主塔是银灰色，桥梁为橘红——燃烧的火焰中，银凤凰涅槃而出……

橘红色，"度娘"上说它比罂粟花色或红辣椒色黄且淡。因鲜艳、醒目，常用于交通警示标志。橘红在中国文化语言中代表着富贵吉祥，而橘红玫瑰的花语是友谊和青春……

它又是一座懂得进退之桥。进，把自己的手臂轻轻地搭在了解放碑的肩头，还对洪崖洞的吊脚楼群来一句sorry，说：我们共生共存吧，井水不犯河水；退，用自己的激情去激荡曾经有些冷寂的江北嘴。每至夜晚它都在急不可待地叫醒临江而立的那些高楼：别偷懒了，该玩灯光秀了。否则，你们有什么脸皮混成重庆的"陆家嘴"？

一座桥的知趣真是一座城的福气：你看来福士那庞大的建筑群不可谓不宏伟吧。但它们却像个莽粗粗的大汉压将过去，把娇柔小巧的朝天门那片水域硬生生给弄疼了。国泰艺术中心的造型不可谓不奇妙吧，它与二〇一〇年上海世博会中国馆模样的相似度达百分之七八十：二者都巧妙地运用了很民族的中国斗拱建筑元素和极高色彩识别性的"中国红"……中国馆站立在世界各馆的群芳中，怎么个争奇斗艳，都是高天上的流云，令人仰望。而重庆的国泰艺术中心却混迹于五四路江家巷那一带密密麻麻的房屋森林中，委委屈屈地被憋在一个狭窄的空间里，伸不开腿，展不了臂，还被周围若干像WFC这种巨人般的高楼加以藐视，哪里还能炫出自己的壮丽、优雅、中国风……

嗨，怪谁？是这些建筑不知趣，还是我们这些摆弄建筑的人不知趣啊？

倘若，我们把来福士大楼搁放到更阔绰的江岸，它绝对就是个天地间的伟男子！我们把国泰艺术中心送去平坦的宽坝子，不许闲杂人员围追堵截，一身红装的它不知会怎样个搔首弄姿，艳光四射……说到底，还是我们辜负了这些本该称为艺术的建筑作品，我们没给它们用武之地，结果让珍珠沦落成了鱼目……

而千厮门大桥便成了那个难得的胜利！它是幸运儿，山河不负它，它不负山河！

它实在耐看！你在哪个时段，哪个季节，哪个角度都会发现它在审美意义上的高级。

而我尤其喜欢坐在"概念98"酒吧的长廊外，去眺望千厮门大桥——那里给了我一个绝佳的、全景式的视野，甚至带了些魔幻意味的视野。尤其是初夏下午的五六点钟，太阳收敛起它的锋芒，只以柔和的金黄在普度众生。照在千厮门大桥上的那些光线犹如他乡遇故知，把所有的橘红元素都加以提携，使橘红们变得更正大仙容，不带丝毫的杂念与犹豫，真诚而壮丽。

好家伙，它成了不折不扣的红桥。

它像是被那一带风水慢慢熬制出来的长篇小说，缺哪一段章节都不行——就得要远处隐约的南山天际线，朝天门与大剧院隔水相望形成的辽远空间，以及嘉陵江在要与扬子江交合前突然变得开阔平缓……它的桥下似乎总会有舞美高手挑选一些迷人的道具布置在那里，比如几只小船或游艇，使你确定这真是一座桥，不是虹影……

四

守着江过日子的人，很容易产生恍惚感吧，因为江水就是特别无从把握的事物。你以为它醇良、安分、友善，像一个亲人，可忽然就会在一个晚上，爬上岸来咬你一口。"概念98"酒吧都不知被这文绉绉的嘉陵江咬过多少次了——典雅的大理石拼花地板，上等橡木的护墙板，被大水伙同沙泥说淹就淹……有什么法子？唯有耐着性子等着水退了，这里的老板季鸿带着她的员工清理沙砾、污泥，冲刷地板，细擦玻璃，消毒，重新布置，又开张……二十二年了，这样的经历总会再现，如同老在播放一部老电影。我也问过季鸿，为何不搬？她垂下眼睛，莞尔一笑，然后答：买都买了。再说，这里也有这里的好。那倒是，人和一个地方一旦签订了某种契约，就得相守。我们重庆人不是么，这么个坡坡坎坎、冬夏都受罪的地方有什么好，可我们与我们的祖宗的祖宗，都不搬……嗨，我们又能搬到哪里去呢？

记得有个外地的朋友曾对我说，你们重庆人说话嗓门大，斩钉截铁的，像战吼一样。不过这样也好，让你们这里六七十岁的人总还显年轻，中气充足嘛！我握住他的手，感激又感慨，视为知己。重庆人嘛，从小到大都是肝精火旺的，再老，也是崽儿兮兮！

五

二〇一九年十二月三十一日那天下午，我与大学同学慧姐从大剧院步行走过千厮门大桥。那真是重庆难得的阳光灿烂的好天，空气清爽，江风温柔，春的意味已一寸寸潜入我们的肌肤。桥附近的银杏树上，已成焦糖色的树叶仍翻飞在树枝间，像一只只孩童的小胖手，晃晃，说再见了……

再见了，又是一年过去。我们不急不缓地走在桥上，看到这里到处都是熙熙攘攘的川流不息，像个集市，又像在搞时尚派对。有几个穿着白纱裙的女孩，像举起一座桥似的举起自拍杆，低头，收拢下巴，夸张的假睫毛忽闪忽闪；一对小情侣飓风般地从我身边飞奔而过，那个男孩几乎是把女孩整个地镶嵌进了自己的身体……

我一直在看前面云卷云舒的天际边——那里曾经存在过一座真正的千厮门，就如那句民谣中唱到的："千厮门，花包子，白雪如银……"

明洪武年间，戴鼎修复和新筑重庆城八闭九开十七道门时，这里竟拥有着两道门：千厮门和洪崖门（洞），一开一闭。

"嘉陵江流域的粮棉都在千厮门卸货入仓，所以说棉花打包的'花包子'，雪白如云，也是千厮门得名的由来。千厮门名称的使用，至少在宋朝就已经出现，在蒙古入侵宋朝的史料中有明确记载。千厮门名取自《诗经·小雅·甫田》：'乃求千斯仓，乃求万斯箱，黍稷稻粱，农夫之庆。报以介福，万寿无疆。'盖以当年城门内有贮存粮棉的千仓万仓而得名，是祈祷风调雨顺，丰收满仓之意，预祝农事丰收。""老重庆"如数家珍。

这些门、如雪的花包子……都似乎被刚刚从我身边奔跑而过的那对小情侣裹挟走了；被这桥上涌动着的青春送去了遥远的地方——那个地方叫历史……

我走在桥上，总看见前面有个熟悉的背影——她穿着娇嫩的短粉裙，手里捏着一个绿本本，煞有介事地大步流星。橐、橐、橐，她的细高跟把凼坑里的水击打成了米粒似的水花，湿了她的双脚。可她仍走得那样飒，又可爱又滑稽……

六

二〇二〇年二月六日，华龙网拍下了宛如空城的重庆。过于寂寥的河山，空荡荡的隧道，杳无人影的解放碑，孤独地闪烁着红绿灯的街衢……抹去了车水马龙、人声鼎沸之后仍存在着的城市。

镜头扫过了洪崖洞那一带，千厮门大桥的橘红像刚从树上采摘下来的橘子，一个个胖嘟嘟地排列在那里，新鲜诱人——恨不能去咬它们一口又一口，让蜜一样的汁顺着下巴流到嘉陵江，源源不绝！

红桥，以钢铁的名义呈现出了大智大勇的橘红，并把这种色彩所能表达的激情、力量、战斗性以及亲切倾其所有……

红桥，它从来都不是什么科比或大蝙蝠，更不是其他。它就是个重庆崽儿，站在那里，抄起双手，嘴角扬起挑衅的微笑。他说：你过来嘛，老子不得虚，虚了是龟儿子！

住在诗韵中的鹅岭

这是一座被各款夜雨浸泡过的山峦。

　　一直觉得鹅岭像一个唤不醒的孩子,只顾专心致志地酣睡在自己的古典梦中。也一直觉得鹅岭应是一个杜鹃出没的地方,鸟的鸣叫会比他处多几分意味。我产生这些想法皆因一个男人,我抬起头时,总能瞧见他望着一池猛涨的秋水发呆。

　　其实阻碍人到中年的他返回故乡的未必是巴山无尽的秋雨,恐怕还有更重要的原因,比如说一个男人的志向或野心。可惜他却不明白自己的处境——身处曾经轰轰烈烈大唐的末世，纵有千般才干，却也只能在荒郊野岭中叹几句无用之诗而已。

那是乱世，也就是不让男人干事的时代。但也幸亏如此，幸亏那个时代蹉跎了这个男人的仕途，才给我们留下《夜雨寄北》这么一首千古的好诗，这么一位千古的好诗人，也为鹅岭这片山水播下诗歌的种子。君问归期未有期——对于岁月，这个叫李商隐的男人似乎永不退席，永远未有归期：谁见着他曾起身离开浮图关下的客栈，骑匹瘦马，穿过崖岩边飞溅而下的阴水，向着他心中的目标迤逦而去？

那么，我们不妨等候吧，等候一身幞头袍衫的他随时款款而出，表情不再凝重忧郁，像所有归家的游子，坐在我们对面，轻松地欢声笑语，举起时光之剪，与我们共剪一截又一截的西窗烛。

这样的等候对于鹅岭似乎自然而然。清道光年间，重庆人便在诗人借宿的浮图关建起夜雨寺、秋池等庙宇亭阁，以此来向这首诗歌致敬。那时便有不少的文人骚客大老远跑来此地，试图像李氏一样在缠绵的雨声中寻找到点灵感。于是夜卧浮图听夜雨，渐成时尚。浮图夜雨也成为古渝州人必须打卡的十二美景之一。

关于李商隐写下《夜雨寄北》的地方，历来有诸多争议。但我坚定地认为它应该就在今天的鹅岭、浮图关一带。

那一带真是令人遐想、赐人灵性之地，平白无故，一座山脊横空而出，卧龙般伏在两江之间，分割二水，让扬子自浊，嘉陵自清。而它偏偏要撇开水的纠缠，突兀地凌空高蹈，更以三面的悬崖峭壁推开尘世的纷扰，单留一条盘桓于山脊间的小道向幽深处延伸。那是山一程，水一程的路。埋伏着虎狼与匪盗的路。

走完山重水复的英雄们，才可抵达外面的世界。

可能也因其坐于两水之中，鹅岭便有了巨大的蓄水功能，终日的江水蒸腾，让它云遮雾绕，难见真颜。湿漉漉的岩崖上青苔繁荣、野菊丰茂。黄葛树下根须虬曲、四处蔓延；黄葛树上却老树新芽，换了人间。湿漉漉的鹅岭的Logo，恐怕就是庞然大物般的黄葛树了。这强大的绿色军团，擅长呼风唤雨，所以鹅岭多雨，多夜雨，哪是别处可以比的？若论巴山夜雨处，除却鹅岭，谁还会更典型？

可以说，这是一座被各种款式的夜雨浸泡过的山峦；也是被各种诗词歌赋营养着的山峦。无论高耸的峭壁，还是岌岌崖边，甚至每一条石缝间似乎都弥漫着一股子诗赋的氤氲。

谈及文人骚客咏鹅岭，我反而喜欢不在文人圈混的蔡锷将军的几首诗。想起早些年与朋友攀爬于鹅岭峭壁间，清秀的嘉陵水在不远处作响，弄出的风像来自亲人的耳语，缓缓萦绕于面，沁人心脾。不经意便见着石壁间的字，被绿苔乱藤模糊。读来无法连句,却仍觉有意象在心中浮现。后查寻资料才知,竟是蔡锷的《咏猿公石》。

民国初年,护国讨袁(世凯)的名将蔡锷受鹅岭前身——礼园主人李耀庭相邀,来此避乱,待了不少时日。见过大山大水万千气象的蔡将军,显然被这藏于渝州深处山岭的奇异风貌所吸引,朝夕流连,满心喜悦。这里的一岩一石都能唤醒将军的诗赋灵感。他见一怪石酷似猿人,便咏曰:"猿公穷坐万松巅,日日江头数过船。赤县飞腾经一瞬,青萍化去忽千年。昔闻巴峡连巫峡,凄绝崖边与路边。坐忘天均冥失语,碧秋瑶月几回圆。"将军的这首诗无疑是借写景状物来浇自家胸中的块垒,其英豪之气溢于言外。打动我的却是它对百多年前鹅岭景物风貌的忠实记录。一读到"凄绝崖边与路边",巴渝那时的荒凉山水便扑入眼帘。

其实蔡锷还有一首咏鹅岭的诗更响遏行云。诗中有"四野飞雪千峰会,一林落月万松高"之句,读来回肠荡气,铿锵昂扬。它在展现鹅岭怎样的意境呢?它写出了鹅岭万松之国的气势,明月故乡的多情。可以想象当月亮冲破云雾的羁绊,升上鹅岭的高空,像气宇轩昂的帝王君临天下时,多松的鹅岭便会像在黑夜中行驶的巨轮,挟裹着如惊涛击岸般的松啸声,浩浩荡荡地直抵朝天门,然后随东去的大江,奔赴远方。那该是如何的大气象。

看过许多蔡锷将军的照片，内心疑惑：照片与照片之间，仿佛承载的不是一个人呀。戴帽时威武逼人，单眼皮、细长眼，配粗短浓眉与两片上扬的胡须，像天光下晃动着的大刀，让人生怯。而他的脱帽像，眼神温暖，无胡须的嘴部地带像少年般干净清纯，完全是翩翩文公子。

蔡锷对鹅岭而言，只是过客。但已让鹅岭处处记得他的如何来又如何去。现在鹅岭石屋壁刻的中国地图与世界地图也依然记得将军深邃又思虑的目光。这两张图不知充实过他多少时日。

百年不短，足供许多风云人物在鹅岭来来往往；百年也不长，许多传奇恍如昨日。鹅岭厚道，不愿忘。

从某种意义上讲，鹅岭本身就是一首诗，小情小调又诡异独特，有点淡愁、婉约又暗蕴激情狂野，上阕是柳三变的雨霖铃，下阕却是东坡的念奴娇。比如说，你以为它的园子像秀丽温柔的苏州园林，却会突然来一段山水参差、惊心摄魂的表达。依山而建的多层面多角度的立体性，使它的站姿带着惴惴不安的仓皇之美；它保留了那么多的崖边曲岸，似乎又是在为放飞野性的眺望做准备。由此看来，当初礼园即鹅岭的策划人、设计者相当聪明。百年前中国富人的审美情趣比起今朝的土豪们是有过之而无不及，令人深深敬佩。

我对鹅岭的第一次印象并非来自真实，而是照片：我少女时代的姨妈与一样穿着白旗袍的女同学们站在题有"鹅岭"两字的石碑前，排排照。显然，有明晃晃的太阳。女学生们都微微眯着眼，只把嘴角月牙般地扯得老高，笑得很卡通。那是一群干净的旗袍，干净的青春，尽显民国女子的清纯与洋派。以至于我如今仍觉得鹅岭就适合女人穿着旗袍娉娉袅袅行走在园中之园，崖外之崖。也因此我对抗战时宋美龄来渝便选中鹅岭为栖息地，而且一直喜欢鹅岭胜过南山不足为奇。那恰恰是她的盛年，不肥也不瘦，穿旗袍的好时光。能想象她穿着花旗袍走过绳桥、榕湖那一带时的情形么？国破山河在的四月天，黄葛树更替，新枝旧叶都会像炸弹似的飞向她。美人走起路来未必安生。

曾经的鹅岭的确像一首古诗在坚守自己的避世原则，不管是哪个时代的风云人物在它身体上如何地索取，仍葆有宁静致远的气质，踩着文艺范儿的节奏，慢吞吞地走自己的路，拒绝被同化、主流化。

但近些年我发现，重庆的文人愈来愈不待见鹅岭了，写鹅岭的诗文也寥若晨星。难道是他们已把和蔼可亲的鹅岭视作了老妻，而以满腔激情去亲爱更幽远的别处？或者是文人们已薄情寡义，忘了鹅岭的好，忘了曾经无穷无尽地消费过鹅岭？

他们当然记得。尤其会记得早些年他们想行暧昧激情之事时，鹅岭是多么宽容、方便的广阔天地、"青山旅馆"。推而广之到整个重庆市民那里去，细数数，几乎每个人的青春都与这个前世为礼园、今生叫鹅岭的地方擦出过火花：我们曾在这里春游童年，约会青年，赏菊中年，歌舞晚年，一寸光阴一寸金，那金子便是鹅岭记忆。

但为什么现在的鹅岭让重庆文人集体失声？

我最近一次到鹅岭是去年初春，陪几个外地客。客人们看过我的小说《男根山》里对鹅岭的倾情描写，认为那是重庆不可多得的神秘之地，均欣欣然前往。结果，眼前的鹅岭却让他们失望，我羞愧难当，那种感觉如同自己以凋零的面容示人。

鹅岭是因岁月流逝而韶华殆尽？怎么可能呢？鹅岭的魅力本来就是靠时光叮叮咚咚雕刻而成的啊。根本在于，它不能被阉割与整容，这是鹅岭的尊严。身处一个被篡改的鹅岭，我只能别过头去，不去看那些古与今滑稽的嫁接，不去看那些叫水泥和马赛克的家伙们如何理直气壮地进入一个艺术的身体而毫无犯罪感。那一瞬，我对我们一些拥有奇怪审美情趣的管理者有了愤愤之火。说到这，不得不凭吊那座向诗歌致敬的夜雨寺了。清道光年间修建的该庙，一路走来天知道是怎么个不容易——天灾人祸，改朝换代的攻城夺池，日本人的大轰炸……能走到二十一世纪已是奇迹，一步脚印一寸金，真该以捧在手中怕化了来宝贝它、珍惜它。可就在二〇〇九年，竟灰飞烟灭。据说当推土机挺进夜雨寺、将其夷为平地的时候，一位与寺庙相邻而居的老人泣不成声，那一天鹅岭下的雨冷得人直哆嗦。

对夜雨寺的消失，大多数重庆人并不知晓，也不关注，包括应有的愤怒，更别说会有人为此反思与忏悔了。我们的知识分子、我们的文人骚客也不过在慷慨激昂地来几句国骂之后便选择遗忘。大家实在太忙碌，一座寺庙的存亡毕竟无关饮食男女、人生沉浮。

有时候，幻想着自己能有一种魔法把鹅岭深藏起来，藏在诗歌里，让它大门不出，二门不迈。如果够不着古诗古韵，藏进一首朦胧的现代诗也好，譬如张枣的《杜鹃鸟》。

不知为何，鹅岭总让我想起已故诗人张枣的《杜鹃鸟》。我无法证实这首诗是否与鹅岭有关，我的联想皆来自他诗的前面题有李商隐《锦瑟》中的一句"望帝春心托杜鹃"，以及他这样来铺排他的诗句："岩崖旁她张开企望的翅膀 / 一个夕照的酒杯 / 一个柔软的倾向 / 绿洲化的水波 / 已经拥有水泥码头与船只 / 杜鹃的声音不来 / 她竟微笑着不去 / 呵，语言使人忧郁……"

不是么？情景或情绪的联想有时美得很诡谲……

每每夏夜，重庆高温至摄氏四十度的时候，站在鹅岭峰巅的险峻处，有种不可名状的大快活。往往向着黑漆漆的嘉陵江，鸟打开翼翅般地打开自己，打开自己决绝的冲动。刹那间，借山巅的风，腾空而起，便可在山与水之间畅通无阻。

曾家岩
胡蝶的来去

那树桐籽花紫莹莹地开着,像开在了旷野里……

重庆曾家岩的那条路,像一段爱情,一直在我心底垫着底。我想,因为它,我对重庆这个以火锅著名而充满干燥、形而下物欲的故城,多了一分敬爱。

春秋两季,我会找着许多理由,溜达于这条路,看一路的黄葛树不分时节地各自凋零或发芽。枯黄与嫩绿间,没有道理,只有自顾自的一生一世。

今年清明后那一天,我又去了那里。我坐在庞大的旅游客车上,像个过客一样穿行于自己的家园,却没料到马上就被一种背叛激怒——曾家岩,也称作中山四路的这条路,已被房地产商侵入、割据。灰色的长围墙圈住的地盘，一幢幢曾经住过风云人物而显出神秘气质的小楼，被肢解得七零八落。兵荒马乱的工地上，一树桐子花紫莹莹地开着，没有房屋的作衬，它几乎像开在旷野里，孤寂、绝望，却仍是深情厚谊的。

我很疑惑的是，这许多年的来往，从没注意到桐子树在这里也渲染出颓丧却清幽的氤氲。尤其是这棵桐子树几乎高大得可怕，风吹它的花瓣，落在青色的楼廊里，不经意，一夜就会有厚厚一层。紫色的残败，在万物朝前赶着的春天，更是一种苦大仇深似的残酷。

那个曾经客居这里的女人，看到这树桐子花，看到这样粗糙的花朵的飘飞，也有自己多愁善感的态度吧，会作如何的感想呢？她该是注意到这树紫莹莹的桐子花的，毕竟只是一墙之隔，而它又那么具有川东地区的风情和天涯之感。这都是这个上海女人当初无法设想的——天远地远的重庆，破旧欲坠的吊脚楼，阴湿天气里，想一晌贪欢，也会冷得瑟瑟发抖。

我说的这个女人，叫胡蝶，中国电影史上第一位影后。她曾在这里的戴公馆内蹉跎了好些时日，真像飞得飘摇的蝴蝶，一入黑漆大门，便已万劫不复。那样森然的大门，那样高厚的墙本身就是为紧锁和密封准备的。谁也无法冲破这黑压压的坚固。胡蝶不行，她的丈夫潘有声不行，甚至连戴笠自己也不行。

所谓的戴公馆是二〇〇三年才被重庆市政府列为文物保护对象的。这又证明现代的人愈来愈有客观的态度。而我如此看重它,一点都不因为戴笠,只为胡蝶曾有的来去。尤其是春意阑珊的傍晚,倚靠着依然森森的大黑门,目睹里边的动静,我会突然想起些什么……

这里真是换了人间,一幢三层楼的房子,拥挤着纷纭的人家。走廊上挂满了质地低档的衣裤;有人家用换气扇拼命往外排油烟;石坎上,一辆脏兮兮的拖车被粗大的铁链子套在黄葛树下,防盗。

也算是报应了,当年戴笠机关用尽,滴水不漏的戴公馆,如今也就是个大杂院,喧闹着普罗大众琐碎日子的嬉笑怒骂。但一切都有着热腾腾的明朗,我甚至嗅着一股子缥缈的香气。望望楼屋前两棵黄葛树正破旧出新,它们与香风是无干的。我透过底楼的门洞,看得见后院低矮的石栏杆,黄野菊在那里风姿绰约,还有更多的树木草丛组成的绿意。或许它们中的一二会散发出可人的香气来,又或许它们的杂生也会制造出不可知的清新。还因为坡下就是嘉陵江了,江水也可能吐气如兰呢。

我真的就想起点什么——海子的那句诗。他说,姐姐,今夜我不关心人类,只想起你。

我想起的胡蝶,也一直是我心深处的姐姐,再白发苍苍,也无法当她是老祖母。她也从没像周璇那样天真烂漫过，似乎一出生就是女人了，坐在那里，抿着嘴，连淡笑也不是，却弄出了深不可测的酒窝。

仔细地看过胡蝶的许多照片，发现她其实是不太会笑的女人。总是笑不露齿地端着、拿份儿，美得不动声色，或者是造作。但你把她丢到上世纪三四十年代的那群女明星中去比较，她仍是比阮玲玉的眉眼更雍容，比周璇的小家碧玉更大家气质……有时候，我们也会怀疑牡丹艳冠群芳的能力。但牡丹率性而开时，那样的气定神闲、呼朋唤友，总让人有着意外的惊心。

我一直觉得上世纪三四十年代中国娱乐界打造的那批女星，才是真正韵味上的东方美女：缓缓滑动着的留声机，让她们的歌声有了不清晰的迷蒙；修身窄瘦的旗袍让她们的舞步碎小而婀娜。她们总有着各自的愁绪，凝结眉头，便是《诗经》与唐诗宋词中的儿女情长。而我们如今的一些明星，容貌倒像一台精密仪器样，找不出什么破绽。但除了会飞叉叉地笑，与男人的勾搭像一场又一场无休无止的阴谋外，便连流泪都很难真实了

当年的胡蝶便是带着哀愁、配合着窄旗袍弄出的碎步，在戴公馆的坡坡坎坎间徘徊的吧。这里的确设置得曲折、坎坷，犹如它心机颇深的主人。我也见过戴笠的不少照片。乍一看，他不如蒋介石长得那么武气和飞扬跋扈，甚至有点一本正经的斯文。但你盯着他的眼睛不放，就会

发觉他的眼神与老蒋惊人地相似：有着阴冷的寒意，以及对人的疏离和防备感。这样的男人天生具有攻击性和掠夺欲。即或是他的爱，都是利己的霸气，不会考虑别人的感受。

当胡蝶被戴笠如痴如狂、近乎变态地爱着时，我相信她多少有着窒息之感。这毕竟是一种不伦亦不堪的关系：亲夫相当于被放逐去了昆明，身边尚有两个幼子和白发苍苍的老母。进又不甘，退亦不能。曹雪芹曾说：千古艰难唯一死，伤心岂独息夫人。

胡蝶的尴尬或许胜过古代从蜀被俘入宋的花蕊夫人。胡蝶的一条命要担负太多，她不能因自己而生死。苟活，有时比死还需要理由和勇气。胡蝶所能做的也唯有徘徊而已……

她还被戴笠"藏娇"般地藏进了雾气深重的歌乐山杨家山公馆和以后新建的别墅。那里，好些年前我也去过。一近初秋，歌乐山的云很凉，零星的银杏树再枝繁叶茂也形不成秋色，歌乐山真的是重庆血气太重、凄风苦雨的地方。那里的老人只知道杨家山公馆住过好些神秘人物。只见到车辆的来去，却从没见过任何人影的晃动，更别说看见胡蝶了。

胡蝶在这样的地方，无声无息地走路、吃饭，在镜中端详自己开始衰老的容颜，并挑剔着戴笠：公馆的窗户太小光线不足；楼前的景致平庸，爬坡太累；重庆的水果不好吃，拖鞋不受用。胡蝶几乎把自己打扮成杨贵妃，让戴笠忙乎着动用军用飞机去印度运水果，去巴黎运鞋子……

胡蝶只能这样耍性子，戴笠也只能这样百般奉承。男欢女爱变成了威胁和恐吓，戴笠倒是虽九死而不悔，朝夕对着一张美人脸，恐怕是他阴谋与暗杀生涯里难得的人之况味。他曾给胡蝶留过这样文人酸气的字条：君乘车，我戴笠，他日相逢下车揖。

魔王转身的多情，恐怕也吓了老天爷一跳，它竟是不信的——正欲把胡蝶明媒正娶、与美人天长地久的戴笠，突然就飞机失事，一堆火焰在南京的戴山宿命地腾空而起，戴笠做鬼，永别了美人和风流。

然后有了胡蝶的后半辈子。

上世纪三四十年代的美人多是没有后半辈子的。所谓的红颜薄命，她们活不过风佻时的狂躁，更不能见忍于色衰后的惨淡。

胡蝶却好好地一路活过来。年过半百的时候，她的电影生涯在香港东山再起，甚至还以《后门》一片获得第七届亚洲电影节最佳女主角奖。

她与影星林黛有一张合影：中年的脸庞，少了些青春的妩媚眉眼，不再咄咄逼人，但也没有了造作的拿份儿——利索的笑容，朴实的表情，胡蝶不只会在天上颠，回到人间也能安稳入眠。正因为她学会了平凡,甚至是随波逐流的随遇而安,才可能走向美人的高龄,八十一岁那年在加拿大的温哥华寿终正寝。

其实,给了胡蝶后半生的是这样一个男人——坚毅与大气的潘有声。他不是以屈辱和隐忍的男人宽容来接纳有"污点"的妻子,而是以坦荡的君子之心,相濡以沫的夫妻之情来承担爱人之痛。这样的承担甚至由不得怜悯,只能是从血管里喷出热腾腾的温柔抚慰女儿心。胡蝶好敏感,也有抹不去的心悸。还好,潘有声给了胡蝶六年的深情厚谊,朝朝暮暮,夫唱妻随,纵是仇怨深似海,也有普度众生的观世音。

六年后潘有声病逝,胡蝶生不如死:潘郎是静悄悄地走入自己的生活,又静静地走了。胡蝶缺了爱蝶人,无以舞翩跹。有感于丈夫的深情,移民加拿大后,胡蝶改名潘宝娟。他们演绎了一场张爱玲《半生缘》的真人版。只是胡蝶霍然回头,人海中连擦肩而过的那个人也没了。情爱中的大恨,莫过于阴阳永隔。

现在这对璧人都在云端之上了。也不知人间四月天,天国是何年?

也许胡蝶梦回,死也不肯再来重庆。我等守着一堆残败景象来怀旧,真正是白担一回虚名,文学爱好者的搔首弄姿。

干脆就用一辆仁慈的推土机,把这里推个精光好了,包括欲说还休的戴公馆、开紫莹莹花的桐子树,以及暧昧、绯闻式的流言传奇。只要了曾家岩眼目下的男欢女爱——无畏的接吻,趁着清亮的天色。

后记:经过几年的拆建,中山四路总算安顿、安静下来了。还好,恢复修缮后的这条路仍称得上是重庆最美的街道,包括后面补充的青砖矮廊也还顺眉顺眼融入进历史的烟云。若干厚重的大拱门隔街相望,如同隔空喊话的一张张嘴。戴公馆也被完全清理修整出来,成为了巴渝会馆。每次从那儿经过,仍喜欢探头探脑地向里张望。我在寻找什么呢?

其实,在它居住着普罗大众的上世纪九十年代,这里还藏有一家小饭馆,菜品介乎于江湖菜和私房菜之间,在民间很有口牌。老板是一对母子。妈妈五十岁上下,瓜子脸,细眼斜挑。喜欢一边给你说话,一边用手把两鬓的发丝尽数拢进耳后,而后又用这手去切白萝卜丝、红萝卜丝……丝丝灯影下透亮。凉拌三丝是她家的一绝。

那时,我们隔三差五地就会踩着嘎嗞嘎嗞的破木地板、摸着黑左拐右拐去她家吃饭。她站在有亮光的门边,手侍弄着发丝,懒懒地打句招呼:来了?

我一直想找一张胡蝶八十岁的照片,想看看美人迟暮的光景。却始终没得逞。她安息在离重庆十万八千里外的加拿大,晚年生活已是三生三世了。

巴渝会馆修缮得很好,里面红漆地板,深咖色的楼梯。外面是修竹绕黄墙,大黄葛树还站在后院,只是不见开紫莹莹花朵的大桐子树了。可能是嫌它贱,花落时不懂规矩,过于狼藉。

前两年盛夏去巴渝会馆参加一个时尚派对,人多,被挤在楼梯边的旮旯里,热得心发慌。不由得推窗透气,却见后院墙角站着一穿白旗袍的女子,举扇慢慢地摇动着。她真不怕热啊,外面可有四十好几度的高温啊,我想。挤过人群到后院,却不见什么白旗袍女子。来来回回看了来参加派对的人,都不见其踪影。心中突然讶异。转眼又笑自己:穿越了,穿越了……

中山四路
旗袍擦身而过

如同飞镖一样射中历史的敏感部位。

每条路都有权保持沉默,就像它上面行走的女人都会动用血,乃至生命来捍卫自己的隐私。

中山四路,总让我想到秘密与爱情:那像水一样载舟又覆舟的秘密,以及像飞镖一样射中历史敏感部位的爱情。

中山四路上的秘密与爱情都有着在刀锋上行走的传奇色彩——大开大合,充满着紧张、血腥的刺激感或有不可名状的诡谲。显然,这也传染给这里的黄葛树了,使它们具有一种奇特的峥嵘气质,凛然而从容,把历史的盘根错节、枝繁叶茂表达得淋漓尽致。更使它们像一个忠于职守的盒盖，把这条路往昔的纷纭复杂和欲说还休都严丝合缝地盖上，呈现出来的景象是被上百年的月色与阴雨一遍遍滤过的，唯剩下温柔、细腻和不可思议的单纯。如果仍要以历史长河来形容这条路，它早已是一条凝固的河流，保留着奔腾的姿态，骨子里却陷入沉思。

中山四路，长不过八百米，却有着一个令人惊讶的拐弯，像一首平缓的抒情歌曲突然就攀向了高音。而切换间却相当轻盈，轻盈得像那个喜欢穿黑旗袍的龚澎倏然地转身。据说当年她挎着乔冠华的手臂在这条路上散步，才子佳人，羡煞黄昏，成为了当时陪都一景。当然，彼时彼刻，这条路上也徘徊着好些断肠人。他们与佳人擦肩而过，见着她裙裾飞扬、腰肢摇曳，黑眼睛恰似温柔一刀，那么利索地就斩断了陪都生活的暮气、消极与脏。然而，他们也只能眼睁睁地看着她挎着夫君一拐弯，飘逝，隐没于历史的烟云中，去做她永远的龚澎，留下这条路的记忆犹新——有时，一条路远比史书更公平。它清楚地知道：如果没有龚澎，中山四路的传奇会过于坚硬并色泽冷冰。可为何，中国却很少有路以女性的名字命名，尤其是那种漂亮的女人。

当然，那些年中山四路上也走着另一种女人。她们不如龚澎那般走得光明正大、神采奕奕。她们可能前怕狼后怕虎，有着隐忍与难以言说的欢忧，比如那个叫胡蝶的影星。我总觉得她在戴公馆的年月已把自己变成了人去楼空的城池，苍茫无边，连上帝都干瞪眼。

但，这同样是中山四路的一部分。既然中山四路有着河流的功能，自然就有包容与悲悯一切的情义。它的沉默也是它宽厚的表现。你看，大水盈满河床的时候，河床除了承受，已别无选择。

每次走过中山四路，都心怀忐忑。它从十九世纪重庆开埠以来已跨越了三个世纪，而我注定是匆匆过客。它的古老与永恒犹如一柄达摩克利斯剑，随时会从岁月的深处掉下来，解决我们与这个世界短暂而慌张的联系。但，或许正因为有了敬畏，中山四路才不只作为一个名词而是作为膜拜的动词，让我们走过的时候，不敢张狂地大声喧哗，以免惊扰那么多熟睡的灵魂。

少女之城

磕石便这样偶尔露出峥嵘。

有首台湾诗人的诗常让我感怀：午夜 / 什么才能解渴呢 / 最好回苏州去 / 骑匹小毛驴 / 不要带书童 / 七拐八拐的走进 / 青石弄堂……

回北碚，也是一种解渴。虽然失去了毛驴这个重要道具，也无法扮演穿靛青花衣的田园牧女。要带的东西么，也只能像所有的过客带着一生一世的匆忙与漫不经心。然而，北碚仍是午夜要回的地方，一个叫永远的地方。

想着的并不是走高速公路，而是穿过鸡公山下的隧道以及滴水成帘的老鹰岩，望着对岸白庙子一带的峨大山势、烟雨人家发一会儿呆。嘉陵的水在秋冬明显瘦了，把江中嶙峋的怪石暴露无遗。却原来，磕石便是这样偶尔露出峥嵘。

这是我向往着的回故乡的方式，有些曲折，如同陶渊明的武陵人接近他的桃花源——穿越黑暗、逼仄的狭窄、命运的不可知，那便是归属，柳暗花明，豁然开朗。

要论气质，北碚与苏州倒真有几分相似，河生雾，雾生烟，烟生树，树生露，多水而多情。只是苏州像沉郁的少年，多有湿漉漉的忧伤；北碚更像少女，老做着水灵灵的梦。

有时候真有点怜悯现代人贫瘠的心灵：想找个地方发发呆，已是奢侈。我也是。这些年，抓住空隙，就满世界找地方发呆去，丽江、夏河、普罗旺斯……然而，发呆，不过是短时逃避，对漫长的人生不见得有多大的修正和建设。而做梦就不同了，它是那种让人眼睛发亮的东西。有梦的人，会化平庸为神奇。

北碚是个让人做梦的地方，小情小调，大爱大恨，几乎成为一种基因，传承于北碚人的骨血里。反哺于斯土，小城便成了梦城——竹海的吐故纳新，梧桐叶的焦脆作响，都是梦呓，说着唐诗宋词般的语言，谁也无法复制的语言。小城人的眼睛就顾盼生辉，性子却淡泊，出诗人，前潮后浪般地涌出，无怨无悔地爱着自然与文学，让小城离乡村很近，离优雅很近，离一切的形而上很近。

我二分之一的人生是属于北碚的。小城，给了我无限宽广的时间做过无限宽广的梦。天知道，北碚的光阴为何比其他地方缓慢了许多，时间在那里很像磨滩河或龙凤河，水波不兴，静若处子，却又是气定神闲。

那一年也就十八岁吧——仲春时节，同学少年一群人沿着温塘峡峡口的小路往上走。西山坪的万丈悬崖间，隐约着的石门和栈道，被萋萋荒草湮没，传说是三国张飞走过的路。而少男少女的我们是前不见古人的，只望得见半山腰的桃花粉色。我们竟是在三月的荒草与桃花间，拉着手跳交谊舞，双双对对，一步一个石梯地跳上山的。或许，那是上世纪八十年代最漂亮的一个白日梦。

还有一次，与父亲去缙云后山。父亲带着去走他的"俄罗斯小道"。沿着微波站铁塔向南、舍身崖往南，走过碧云般的矮竹林，叶阔爪密的蕨鸡草，然后是气味浓郁的樟树、柏树、松树组成的植被群落。远近无人，空山静寂，只有遗世而独立的树木清香宛若天籁，洋洋洒洒蜿蜒而去，直抵璧山。八月的璧山正是稻谷熟了的季节，层层叠叠的梯田，层层叠叠的金黄，奢侈而富足的年月。

当年父亲对北碚的忠诚常让我不可思议。他每每到渝中区，第一个动作便是抽动鼻子，嗞嗞两声，表达对逼仄的一切——空气与空间的拒绝。回到北碚，尘埃落定般地踏实，天真地笑着，说话哐哐有声，并以少女般的情怀为北碚写了几十首长诗短韵。他一直以为会终老在这座自己无比热爱的小城里。但，一生唯一的出国，却让他冤死在异国他乡。

　　对于父亲的安置家人曾有过争议，都因工作远离了北碚，若把父亲独自安置在那里，会不会孤寂？父亲却托了梦来，让把他的骨灰撒在金刚碑一带的嘉陵江中。

　　一直知道，那片江水是他最喜欢的——春来，嘉陵的水先从那里碧绿，岸边有豌豆花开得草根却绚烂。上面的金刚碑镇，黄葛古树巨硕的根须盘旋在青石间，像一大堆被温塘峡边的纤夫遗忘了的纤绳，几生几世了，仍伴着吃豆花饭男女们的朝朝暮暮。

　　父命难违。

　　原来，北碚这地方是让人生死相许的。

一个人
与
一座山

这些巴山上花朵一样的东西,最易惊动艺术家的灵感。

一

一直在想六十多年前的那场离别——当歌乐山在傅抱石眼里渐行渐远,他会有着怎样的心绪?

自然不得而知。

那是巴渝的十月天,暑热已是强弩之末。但偶尔也会像聒噪的老鸹一般在金刚坡的悬崖上盘旋。被夏天日头舔过的南竹与云豆杉,头端还有些焦枯,一派绛黄,倒像明代文人画里常用的暗淡色泽，装点着一个破碎河山的世外气息。只是初秋的歌乐山难以捉摸。一场冷雨下来，顷刻便有入冬的寒凉，草木瑟瑟，全家院子里那棵百年古银杏的叶儿会迅速褪去碧翠，开始向着金黄艰难跋涉。而雾，借势而来，像被洗涤过的黑森林，向深灰色渐变，然后，毫不犹豫地再蚕食一些山峦与沟壑；更像出窍的魂魄，去意彷徨，充满一种世俗的忧伤。有那么一瞬，歌乐山在世间有了短暂的消失，至少，被撕作了许多奇怪的碎片：雾的暴力强大无比——那么轻薄无形的东西，竟可不费吹灰之力抹杀了一座山。

此般景象会再次令傅抱石惊叹、不解？

会的。

我相信一九四六年他正是带着这样的满腹疑惑、顺江而下走向南京的。以后，在他远离重庆的岁月，他一直都像个用功的学子在试图解答这些疑惑。

八九年后，已是全国闻名大画家的他，完成了著名的作品《歌乐山之雾》。画，立轴，由着山势升腾，巴渝古风盎然。山下，墨色松柏如冠，笼罩蓝衣歇脚人、挑担人与路边的茶馆酒肆；山腰，裸岩百尺千仞，岌岌可危。天梯如虹，向着不可能的高度蜿蜒。偏偏有抬滑竿者与坐滑竿者赫然存在，像一群登天的仙人；山顶，并非仙境，仍是巴国的寻常天地：薄田、疏木、青瓦房。而关于雾，画家不着一墨，它却像幽灵一般萦绕于松柏间，徘徊于天梯上，与山涧的湍流共飞溅。它无形却磅礴，轻盈又尖锐。它是天地间最真实的谎言。

显然，傅抱石一直都在被这种谎言所诱惑。他想以歌乐山之雾作为媒介来达到对巴渝山水的破译，对重庆的破译。可惜，被称为雾都的重庆天生就喜欢作弄人：答案是有，但神乎其神。远观可以，一触及，便就像一条狡猾的鳗鱼，"嗞"地溜走。所以，傅抱石也只能站在他的《歌乐山之雾》面前，怀想一个湿漉漉的世界，一种巴渝决绝的温柔。

这样的怀想似乎绵绵无尽期，以至于他在一九五三年与一九五四年间不断画出《金刚坡山麓》《全家院子》等一系列与歌乐山有关的作品，可见斯人对巴渝的岁月有着致命的惦念。也许，他一直都在想：告别的手怎么放得下来呢？

二

二〇一二年岁末，我攀三百梯、下金刚坡，回旋于高店子街与小天池，奔走于歌乐山的阴阳，只为寻得傅抱石在这里曾有的寓所。问了数不清的路人，皆不知。最要命的是，偌大个歌乐山竟无人清楚傅抱石为何许人也。在金刚坡下一座栽有两棵银杏树的岗亭边，我问一位二十出头的警察同样的问题，他瞪着一双青春无敌的眼睛领导般地正告我：大画家怎会住在这荒郊野岭？大画家会住在大别墅里。

我戚戚焉。细数数，从一九四六年到如今，才半个世纪过去，一些经历那个岁月的人还健在。但已有一把无形的刀，把我们与这个城市的过去分割。我们患上了集体的健忘症，该死的健忘症。

傅抱石是谁？郭沫若曾说：中国绘画，南北有二石。北石即齐白石，南石即傅抱石。其实，傅抱石在中国美术界的地位不仅是他可与齐白石、徐悲鸿、黄宾虹、潘天寿等一干人齐名，更在于他是中国画的拯救者——"新山水画"的代表。曾经，几千年毫无创意的因袭，让中国画渐成一潭死水。在一些死守勾皴点染程式的画家手中，中国画不再是艺术，而是规矩与帮派，成为一种江湖；不再是爱情，而是权贵们的风雅。

而傅抱石便在这暮气沉闷的画坛上当了一回偷来火种的普罗米修斯，用微弱的光去拯救了画坛。当然，他的举动不会是小心翼翼、轻脚轻手的。这位南昌城边修伞匠的儿子，其草根身世注定他会豪放地去解决人生的许多问题，包括艺术这桩事儿，尤其是他痛饮了高度酒之后。

能想象他被酒精燃烧后的情形吗？

那时候的他已不是在作画，而是以少年的痴狂在与纸、笔、砚、墨，缠绵、舞蹈、决斗。他是情人，更是勇士，在锐不可当的冲锋中，他把中国画传统呆滞的勾、皴、擦、点染抛弃，一气呵成创造了散锋乱笔的著名"抱石皴"。这是一场大无畏的革命——突破了中国传统美术体系中对"线"无条件的千古膜拜与愚忠，突破了千篇一律线描程式带来的老朽气息。它打开了一扇窗，让中国画在另一股清新之风中逃生。甚至，重作青春。

三

倘若告诉你，让傅抱石占尽天时地利，使其画风变得"磅礴大气、酣畅淋漓、空灵多姿"，开创他"抱石皴"之路的福地，并非他处，就是重庆的歌乐山，你会很吃惊吧？会陡然回身去庄重地再端详一番那座一直被你忽略的渝西第一峰吗？无疑，歌乐山也算名声在外。但那种名声总与血雨腥风联系在一起。有位诗人写道："歌乐山的云很凉"，凉飕飕云下的歌乐山似乎总在上演一场又一场的人间悲剧。

这种印象对歌乐山是多么深的伤害。这座山虽不敌天下幽的青城、天下秀的峨眉，但自有自己的个性魅力。歌乐之名，据传是上古的大禹在此宴请诸侯、享以歌舞而得来。它是娱乐之地，欢喜之地，充满着世俗的明媚与感恩。如果说有些山属于雄性，属于激荡、振奋、豪气冲天，要去担负大任，而有些山注定有着这般的宿命——阴性，充满文艺范儿，神秘而深邃；有些山总是穿梭着来去匆匆的政客，有些山不过是徘徊一些诗人与少女。由此看来，抗战时，歌乐山上驻扎了郭沫若、冰心、臧克家、傅抱石等大批著名的作家、艺术家也绝非偶然，因为歌乐山很凉的风或许不太适合硬心肠的政客久待，倒适合文人骚客亘古的多愁善感。

傅抱石享年六十二岁，其中有整整七年的时光是在歌乐山的金刚坡下度过。七年超过了他生命十分之一的长度，更凸显他生命才华横溢、灿烂辉煌的高度——从一九三九年三十六岁入渝到一九四六年四十三岁返回南京，一个男人荷尔蒙旺盛期所应有的激情，一个艺术家该有的爆发力，歌乐山都赋予斯人。傅抱石的创造力不可遏止，犹如黄河之水天上来，犹如飞流直下三千尺，一切都在喷薄而出：《万竿烟雨》《长干行》《丽人行》《屈原》《琵琶行》《山鬼》《九歌系列》《兰亭修禊图》等大批代表作源源不断地问世；在重庆、成都举办了像"壬午重庆个展"这样影响中国国画史的大型画展。这，就是被中国美术史家们津津乐道的傅抱石"金刚坡时期"。它的闪亮与荣光，不仅属于傅氏个人，不仅是对彼时灾难深重的国家有着莫大的安慰，更对整个中国画的发展有着山高水长的建设意义——

只是当年傅抱石的艰辛我们常人又怎能体会？傅氏不过文弱书生一个——敌寇逼近，山河破碎，他要扶老携幼地逃难，还要维护一个中国知识分子的体面，其强大的意志不得不令人惊叹。好不容易辗转千里来到重庆，却又迫于敌机轰炸的威胁，拖家带口转移到乡村，租歌乐山金刚坡下的一户农民茅屋为居。

旧时代川渝的农舍可想而知：竹篱笆抹上黄泥筑就的土屋已年久失修，冬来风袭，夏来闷热，无窗，室内潮湿、阴气逼人。人在这黑咕隆咚的空间里，唯靠房顶几片亮瓦渗进的光线来摸索前行。居此陋室，能苟且偷生也就罢了，还企望在艺术上有所建树，这不是近乎天方夜谭？而傅抱石却不管不顾——在国民政府政治部三厅工作之余，在中央大学教书之余，他不但要自己日日发奋于丹青，还要突破前人的桎梏，绘自由之山水，他是要把自己逼成超人啊？

其实不，他只是一个在丹青世界里彻底沦陷的儒生。

傅氏曾在自己的一幅画作上题道："余以艰苦之身，避地东川。岳母李太夫人俱来。战时一切，均极激荡，而我辈仍不废笔墨丹青，所居仅足蔽风雨，所衣皆丁丑前之遗，真如大痴家无担石之储也……"

每读此寥寥数言，我都端然而坐，穿越暖气充足、蜡梅飘香的二十一世纪的居所，去遥想当年金刚坡下那对画家夫妇的境遇。仿佛，就见着那个被我们称作大师的男人在寒冷无比的黑房子里如何搓着手跺着脚，以此取暖。他实在不适应巴渝山地刺骨钻心的阴冷冬季。但他仍把全家用作吃饭的小木桌一次次举向门口，就着唯一的光亮与数九的寒风痴痴作画。

我还见着了大师的妻子，那位叫罗时慧的女人。她出身于南昌城的大户人家，眉眼间似乎有着无尽的娇弱与愁绪。事实上，她却何等果敢与强悍，具有何等的现代意识。即使在乡野荒村，这位傅抱石曾经的学生仍是把自己收拾得优雅、漂亮，站在院坝里举手投足一点也没丢弃女艺术家的范儿。深冬里，棉旗袍丝毫不妨碍她矫健地行走在狭窄蜿蜒的冬水田坎上。只需稍稍拂一拂旗袍，她井里打水、生柴灶、煮甑子饭、照顾一群孩子也都样样利索，把异乡困苦的日子过得云淡风轻。她还扮演了一个重要角色——丈夫画画前，她在旁抻纸磨墨，自谑"磨墨妇"；丈夫画毕，她指指点点，做一个诚实的评论家。她就这样高调做妻子，低调做人，安静、聪慧，深海扬波。

不知为什么，我好艳羡这对在凄风苦雨中相依为命的夫妇。无论外界怎样，他们的爱、生育、创造，样样都不放弃、都没耽搁。他们那样幸福，尤其是他们相视一笑的时候。因为那一瞬他们都深知对方的幸福所在，并能彼此分享。罗时慧这样来形容傅抱石作画时的状态："他习惯于将纸摊开，用手摩挲纸面，摸着，抽着烟，眼睛看着画纸，好像纸面上有什么东西被他发现出来似的……忽然把大半截烟头丢去，拿起笔来往砚台里浓浓地蘸着笔往纸上扫刷。"

不仅如此，傅抱石对老天爷安排他与歌乐山水相逢，简直是欣喜若狂。他引古人石涛诗自比："年来我得傍山居，消受涛声与竹渠。"他把寒舍称为"金刚坡下抱石斋"。以浪漫之笔描写自己的居所，"左倚金刚坡，泉水自山隙奔放，当门和右边，全是修竹围着，背后稀稀的数株老松，杂以枯干"。他还美滋滋地说："确是好景说不尽，一草一木，一丘一壑，随处都是画人的粉本，烟笼雾锁，苍茫雄奇……"

于是，在金刚坡山麓，许多农民总见到被他们称为先生的那个人，时而在森森苍松下呆坐，时而在山泉池塘边连流。他们会嘀咕，这个长衫布鞋、干干净净的先生得病了么？怎么像一个年轻崽儿谈恋爱似的，有点疯疯痴痴……傅抱石自得其乐。他着长衫子的瘦弱身影如薄透的宣纸，由着风势，在寂寞山野里站立、坐下、仆倒，甚或就如春笋似的一头扎进泥土深处，形象地注解着辛弃疾的那句诗："我看青山多妩媚，料青山看我亦如是。"在他眼中,歌乐山慷慨又诚挚,亦师亦友。人生得一知己,足矣。而他,得到的竟是一座山。

是的,歌乐山改变了他——如果说进山时他还只是国内优秀的画家;出山时,他将成为大师。

而歌乐山仿佛也一直在等待他的到来,等待一次狭路相逢与惺惺相惜。等待一个艺术黄金时代的横空出世——

傅抱石"金刚坡时期"最好的三件作品为《潇潇暮雨》《万竿烟雨》《大涤草堂图》,从中皆可看出歌乐奇异山势与诡谲多变的万千气象对画家的影响。比如,他会从屋后的几棵苍松,悟出散锋用笔的画法。从金刚坡一带乃至巴渝山形特有的肌理产生对国画传统皴法的质疑——

传统皴法主要来源于对北方裸露山岩的表现。而歌乐山这样的川蜀山势,松阴蔽被、绿意森然,又总被云雾缭绕,属于"没骨山水",更神秘与虚幻,哪里是国画传统的"斧劈皴"、"披麻皴"能去表达的?傅抱石便像一个好奇心极浓的孩子,干了所有儿童都会干的事,尝试以新手法来描绘自己发现的"真山水",使日后影响画坛的"抱石皴"渐显雏形。

还得要说一说歌乐的烟雨、歌乐的雾,这些巴山上花朵一般的东西,它们的绽放,最易惊动艺术家们的灵感。它们一次次出现在傅抱石的作品里,像交响乐中令人陶醉的复调,成就其诗意磅礴的"风雨山水"样式。傅抱石绝望地明白，灵魂这东西，他有些管不住了，它变作一匹野马，追逐着歌乐烟云上天入地去了。

这是一种福分哦。他和妻子相视一笑，歌乐实至名归——还有什么人比一对有信仰的夫妇更快乐呢？

四

写这篇小稿时，我曾为两个标题纠结：《一位大师的歌乐山》，或《一个人与一座山》。而最后，我选择了后者。这缘于我对大师这个称谓的愈来愈不待见——它已形容可疑，甚至泛滥成灾。安在真正的大师头上时，怕是亵渎了。奇怪的是，竟有直觉感到天上的抱石先生也赞同我的选择——在恢宏的大自然面前，谁又敢称大师？

他与歌乐山，缘定三生，是情到深处的相看两不厌；是给予与付出；是彼此共赴永恒。歌乐山成全了他、升华了他。而他手无寸金，唯有赤子之心与挥毫不止——让歌乐山水凝固于画纸上，以巴渝的情义，呼应天堂。

这便是一个人与一座山的故事。未见得是传奇，却有一种深情令人动容。

也就是在二〇一二年的年末，我终于打听到傅抱石在歌乐山金刚坡旧居的下落。可惜，已拆。从全家院子对面往里走，再无崎岖小路通向当年的"抱石斋"了。眼前是一片无边无际的大工地，犹如波涛汹涌的海洋在淹没一切，包括我们对过去一些人一些事的惦记。

站在这无边无际、海洋般的大工地上，我试图以抱石先生的角度去望一望金刚坡。恍眼望去，歌乐山的烟云开始有些熙熙攘攘了。好忙，只争朝夕，仿佛那里是人潮涌动的街市。再往深处看，它却更像是沉默大山的一种语言——掏心掏肺的、平庸唠叨或怪异发声的，需要人去聆听……

后记：

二○一八年重庆沙坪坝区西永街道香蕉园村头，立起了傅抱石旧居简介牌。沙坪坝区文化部门寻找了好些年，反复甄别，才最后确定下来这里的岑家大院曾是傅抱石的居所。

岑家院子现在还住有人家，女主人快八十了，有一个很壮阔的名字，岑远谋。她说自己的祖父就是傅先生当年的房东。而细娃儿时的她曾为作画的先生研墨……

从《重庆晚报》上看到这样的消息，仿佛是见到失踪于大海上的帆船归港，万般庆幸又充满感激，感激那些默默做事的"文化搜救者"——一座实实在在的故居所能传递出的丰厚内容，远胜于我们的遥想，这样与历史握手的时候，多少能感受得到来自岁月深处的体温。

莲花与刀

> 柔弱的善终能翻山越岭去打败强硬的恶——莲花战胜了刀……

夜声

应该说,黑暗成为了我的知己,石梯不再是陷阱,而像柔软的身体躺在我的臂弯,像细长的丝巾搭在那里,我的向上攀登如同滑过梦境,即使气喘吁吁,又有什么可抱怨的呢?

我已觉得攀登是接近神圣的某种仪式,或许只有折磨肉体,才能让灵魂瘦身,再没有一点多余的脂肪。它飞起来,才有鹰的感觉。

黑夜模糊了一切,包括时间,包括个人史。比如我第一次爬大足北山是上世纪的一九八〇年。转身,便抵达了今夜。我不知是什么东西能把三十多年的时间之差缝合得严丝合缝,连个线头儿也看不到。

不真实的也包括黑夜中的声响:近处明明有佛经的《大悲咒》海潮般起伏,而耳畔轰响的却总是两种铿锵之声:一种是铁凿进攻石壁的声响。叮当、叮当,刺破了石壁坚硬的肌肤,毫不犹豫、毫无怜悯;一种是铁锤借助淬火进攻铁元素的声响。叮当,叮当,是征服,又像安抚。厚实的铁变薄了,像男人的性觉醒,变得锋利而战无不胜了……刀,跃跃欲试。

两种声响,彼此搏击、决斗,又彼此致敬与缠绵。有时它们像玫瑰的歌唱,带着春情勃发的迷人劲儿;更多的时候却像烽火的咆哮。叮当、叮当,暴风骤雨般地来,挤满了整个夜,也占领了我的内心……

夜任由我被这些声响淹没,它袖手旁观。直到我抵达佛湾摩崖造像的洞窟前,开始去读那一万尊菩萨的面容,犹如阅读一部厚重的佛教艺术史的时候,我才察觉到:夜,启齿一笑,如释重负了。原来它一直在引领着我从一些浅薄的诱惑中突围,向上,心无旁骛地往有光亮的地方走。

柔软

夜,想让我看到些什么呢?

佛湾躺在灯火通明处，身姿蜿蜒，甚至性感。

我明明知道面对的已是千多年高龄的躯体了，但却真真实实嗅到来自婴儿肌肤上的气息，乃至是六月柑橘花举起青白色花蕾时的那种合度的芳香……

然而，它恐怕还不算这个夜晚最想告诉我的事实吧。如果我的阅读浅尝辄止，立马便会跌进许多浮云中，不能自拔。会觉得夜如同沙漠，不动声色地拿走了周遭的树、花草、房舍、砖石，投在地上的人影，各种魔幻般的声光效果——

只让一万尊菩萨栩栩如生！乃至，让我感到，它们从来就是活着的。

刀遇见石头，竟是呼风唤雨、起死回生的。刀与石头，一对硬邦邦的狠角色，皆可杀人如麻，伤物无数。但一物降一物。再不可一世的石头，在刀与时光的双重夹击下竟改弦易辙，更换天性，变得柔软，薄如蝉翼……

北山上的石刻让我看到了刀与石是如何在化敌为友，恩情似海的……

有人称重庆大足北山摩崖石刻是"中国观音造像的陈列馆"。其中千手观音、文殊菩萨、水月观音、数珠手观音等都堪称绝品。其数量之多、造型之美、品相之高在世界佛教石窟艺术中很是罕见。

对大慈大悲、亦男亦女观音形象的描绘给了中国艺术家们几千年的想象力与创造力。可以说,每个艺术家、艺术工匠都会因自己对信仰、世界、爱与悲悯的理解不同,捧出一尊具有个人印迹的观音像来。

然而,北山的观音像却有一个明显的共性:皎若明月的神性之美与春暖花开的世俗之美犹如天意,那么唇齿相依地融为了一体。

可以想象刀对石头的进攻吧,是摧毁也是重塑。

其实,刀,什么都不是,工具而已。有灵性的是握它的那只手。在不同的手中,刀,或许是鲁莽的士兵,石头的破坏者,制造出粗糙、滑稽的雕像仍是石头,仍是没有语言的沉默家伙;或者是创造者夏娃。她吹一口仙气,线条便灵动起来,雕像的面颊吹弹可破,躯体呼之欲出,微笑与莲花都从石头里返回人间。

无法想象的是工匠们在天天面壁,日复一日,一锤一凿打造这些观音像的时候,他们各自的眼前会浮现些什么景象。

或许是那样的冬月天,稻谷收拾干净的瘦田,灌上了水,一块连接一块,宽宽窄窄,高低错落,一座大湖,立体而生。只有盈盈一握的田坎成了通天之路。她摇曳腰肢走在前面,他紧赶慢赶跟在后面?

或许是开春的分离?告别的脸颊,贴住另一个脸颊。那一张人比桃花的脸颊翻过了几道坡坎还追逐而来,犹如川东清明前的雨，欲罢不能……

或许完全与女人不相干，只是老屋、古井，挂在屋檐下的衣衫，晒在坝子里的萝卜干？……

他们活在一个乱世，波诡云谲：唐朝气数已尽，一步一蹒跚走向末路；五代像一个过客，列强喧喧，藩镇割据，却早早退席；陈桥兵变出了个篡权者赵匡胤。这个小名香孩儿的北方粗鲁大汉在当了十六年皇帝后，便在"烛影斧声"中被所谓手足情深的兄弟赵光义弄死……

如此动荡、血雨腥风的世界，覆巢之下，安有完卵？强者都岌岌可危，弱者更是命若蝼蚁，朝不保夕。唯其如此，他们偏偏要抓住一些坚硬、结实、亘古的东西，比如刀，比如石头——他们要用一把凿刀、一把锤子来与石头对话，来把自己对好事情的记忆，好生活的向往与祈祷，以及作为人的尊严通通说给石头听，让它们长记性、知恩怨，懂得什么叫悲欣交集。

他们雕刻的何止是遥不可及的观音菩萨，何止是那份敬畏与信任？更是在雕刻自己人性中的光艳。光艳渗进石头的体温之中，让暖和的更暖和，渐渐不朽……

莲花

一百一十三号龛的宋代水月观音像，活脱脱是一个生长于丘陵云雾间的川东女子，纤柔中有蓬勃的野性。她端坐于金刚台上，头戴花冠，仿佛顶了一座繁花似锦的花园；而浑身上下华丽又动人："加身的天衣，上为荷叶形短披衫，下系裙衩，袒胸露臂，散发垂于肩，璎珞珠串遍于体，肘带披巾上下飘动。"

她一手置膝握数珠，一手斜倚右膝；一腿横卧，一足却跷放台面。

虽然大足石刻中所有的水月观音像都令人惊艳，然而像这样邻家气息扑面而来的女神像仍让人欲辨已忘言。

它突破了世人对水月观音描摹的约定俗成——外门楣及两侧门柱上虽也有着细腻的水波纹，并且在灯光的照耀下，它们也有波光粼粼的动感。但，与其说整个龛在表达"观音坐水旁，静观水中月"的主题，不如说只是在展露一个面容姣好、身姿优美的女子自由自在的生活场景。

她要什么水，观什么月啊？她自己就是水与月——丰盈的面颊就是皓月当空。平视的目光里银光熠熠，那便是娇媚的月亮眼神；而俏皮地跷起的那只脚，仿佛随时都会放下去，戏水；迤逦而至金刚台下的裙带如风，那就是深不可测的水啊……

她的神性是孤鹜,人性是落霞,在我们想象中的长天里,齐飞。

这般美轮美奂丽人似的观音何曾在云岗、龙门石窟中见过?她只能是家住南方的女神。是古昌州万千美女的缩影。

所有的神像都不是凭空捏造的。是那些艺术家、工匠两眼放光,逮住的是人世间最美的面容。唐代也有"菩萨似宫娃"之说。只是唐代的观音像比较肥硕、丰腴,有着母亲式的正大仙容,慈祥中透着威严。那是拿来让人敬的。

而北山的许多观音像已从唐朝的脸庞、身形丰腴圆润,薄衣贴体,渐变为宋代的脸型俊俏,双眉细长,黑发披拂,全身裙裾飘逸了。艺术语言已被注入新元素,所谓的"曹衣出水,吴带当风、满壁风动"的技法在这里落地生根,达到了极致。最典型的莫过于备受人宠爱的"数珠手观音"——

如果说一百一十三龛的水月观音还尚存着唐朝遗风,而"数珠手观音"却完全是佳丽云集的古昌州府美人的代言。因为那时偏居一隅、暂无战祸之乱的昌州,有的是大丰大足的物质来养育自己的女儿。

"数珠手观音"有个更娇艳四射的昵称:媚态观音。

这尊在大足石刻中颜值最高,堪称国宝的观音像,让我一想起她就会下意识翘起兰花指,去迎阴雨绵绵里不怀好意的寒。

　　三十多年前，初次见媚态观音的时候只觉其姿态别致动感而已，并没深味她有何等的媚法。这次再用已呈沧桑之色的眼睛去端详，尤其是透过夜的气息，灯光制造出的迷蒙感、舞台感，陡觉，世界在变大，她在变小——在离我十万八千里的地方，小得像隐匿于莲心里的一粒种子，躲藏在巢穴里的雏鸟。她踩着莲花的身子也愈发飘逸，仿佛一阵风来就会随风腾空。只有相挽的两只手像树的根须牢牢地扎进了石头里，微倾的脸庞，斜睇的眼都是大树上生机盎然的叶……

　　我迷失于她身上无以言说的缥缈神性和很熟悉的世俗气息。甚至觉得这个美少女，从来都不是来自于天上，而是来自人声鼎沸的大足街市。好像在白昼里刚刚与我擦肩而过——那些樱桃般的女子，像当季的水果，有着没被化肥催熟的笑和芬芳。微翘的嘴角像纤瘦的上弦月，弓一般拉开……

　　原来，媚态观音的媚并非是那种大张旗鼓地让你臣服于她的裙裾下、无法动弹的霸权，而是亲民的，滴水穿石的。见她，如见镜中的自己，相视一笑，任时间如白驹之过隙。

　　这样的观音是拿来爱的。见她如见明月，从黑暗王国中开出花来！

观音像创作至此，审美取向已有了质的变化——从佛教初来中国时的"勇猛男子观自在"，到唐朝丰满成熟的母亲式威仪，再到宋代俏丽年轻的邻家女儿，佛教由西至中原、至西南……一路在本土化、世俗化、亲民化。

佛徒们日益领悟，愈是心目中的天神，愈该是位风清月白的美人。她坐莲而来的时候，才能剪开黑色的欲天恨海，普度人们的罪与恶。她便是莲，莲便是她。她穿过千难万险而来，就像那种穿过污淖却通体干净的植物，走过了全世界，走过了自己，才能成为你回头时的岸……

回头

大足人幽默地说，在他们一百多万人口之上，还应加五万尊菩萨。他们是在与五万菩萨同行。

五万菩萨，声势浩大的军团，它们像茂盛的森林覆盖了大足的宝顶山、北山、南山、云篆山、石门山……

大足石刻是世界八大石窟之一；也是与敦煌莫高窟、云冈石窟、龙门石窟、麦积山石窟齐名的中国五大石窟之一，成为了世界文化遗产的重要部分。它历史与宗教方面的研究价值，尤其是艺术价值，随着时光一寸一寸向前碾动，愈发熠熠生辉，不可估量。

然而大足石刻却存在着许多未解之谜——当李唐王

朝那不可一世的英姿化作了佝偻的背影渐渐隐入历史荒原时，是什么缘故让在中原已偃旗息鼓的石刻造神运动南迁至这偏远的小城？难道它就像一粒种子的播撒，嫁与东风，吹到哪，就在哪儿落脚谋生？

而且，如果我们得知，轰轰烈烈的大足石刻造神运动的创始者竟是一介武夫，杀人如麻的唐末将领，一个山寨王的时候，会不会笑出声来，觉得历史这家伙太不按常规出牌了？

韦君靖，一个大足石刻必须铭记的男人。关于他，百度词条是这样介绍的："生卒年不详，客籍，今陕西扶风人，唐将领，创大足北山石刻。任昌州刺史，充昌、普、渝、合四州都指挥使时，主持首凿大足北山石刻。韦君靖还在永昌寨内雕毗沙门天王像为自己助威壮胆，以求毗沙门天王的保佑。"

北山石刻之首还立了一座韦君靖碑。四千多字的碑文记述这个秦川汉子的过往，可以解读出这些内容："在黄巢起义、唐僖宗逃避成都，蜀中藩镇酷斗的晚唐，时任昌州昌元县（今荣昌）令的韦君靖，趁势合集义军，雄踞昌州。继而蜀中发生著名'三川'之战——涪州韩秀升起义，西川陈敬瑄征讨东川杨师立，王建讨伐陈敬瑄。韦君靖是无役不从。由是步步荣升为静南军使，成为统领四州、虎视川东的封建领主。在王建夺取西川虎视东川的情势下，韦君靖为求自保,便在维龙岗(今北山)建永昌寨,周围二十八里,筑城墙二千余间,建敌楼一百余所,粮贮十年,兵屯数万。"

读到这里大致能揣摩出这位"战神"的形象——手握刀剑,崇尚武力,横眉冷眼打量着这个世界,带着对自己与他人生命的双重蔑视。

而就是这么个杀人不眨眼的屠夫却信奉神灵。为求神灵的庇佑,除了凿出毗沙门天王像,还"于寨内西翠壁凿出金仙,现千手千眼之威神。具八十种之相好,施舍回禄俸,以建浮图,聆钟磬于朝昏,喧赞呗于远近。"

他造的佛像开创了北山佛湾摩崖石刻乃至大足石刻的先河。铁锤、凿刀击打石壁的声响,叮叮当当在北山回荡,然后又向宝顶山、南山、云篆山、石门山蜿蜒而去……

山下龙水湖畔的小镇上,炉火正旺,打刀的男人汗流浃背,户户传出了另一片叮当声。刀、斧、凿,各种五金件源源不断奔赴他乡,远走高飞。大足龙水刀闻名遐迩。

而北山上的工匠依然日日面壁,用新出炉的凿刀与锤在造他们内心的那尊神。

终于有了片刻的山河宁静。韦君靖竟也可以放下手中刀剑,去听晨昏庙宇的钟声如期而至,像寻老巢的燕,落在他内心最暖和的地方。他把玩刀剑的时候,也许会想到它们的其他用途——比如可以去为人寻找食物、解决食物、比如，可以拿来作为娱乐道具，在晓风残月的清晨闻鸡起舞；或者，干脆就把它们置于案，悬于墙，去戏弄春风……

历史的河流不是我们定式中以为的那种非白即黑。灰色，甚至说不出色彩的浪花永远在拍打着我们智力的堤岸，人心很多时候就是肉长的。宗教与艺术也就是在人心如铁的时候，戳到你心尖尖，看它流出的血还是不是鲜红的。

只有接受真相才是我们接近真理最近的一条路。

韦君靖的消失让人愁肠百结。也如仓央嘉措最后的结局永远令人得不到答案一样，唯其神秘便有着无法言说的凄美——

在前蜀皇帝王建攻破永昌寨的前两年，韦君靖竟消失于历史的烟海中，连个模糊的背影也没有，只有似是而非的传闻在江湖上隐约：一说，他为护城战死沙场；一说，他皈依佛门，敲破木鱼独善其身；一说，他改名换姓，成了王建的养子。

我愿意相信第二种。相信在古佛青灯的照拂下，他交出了自己曾紧握屠刀的双手，交出了灵魂。佛，收留了他。

佛诞生之时，大泽的莲花盛然绽放，形如车冠。佛站其上，手指天地，说：天上地下，唯我独尊。那时他还是北印度迦毗罗卫国的悉多达王子。当这位王子舍弃红尘，于菩提树下幡然醒悟,绕树而行时,奇迹艳丽:一步一莲花,遂有十八朵莲花随缘而生。佛愿意等得每个人的回头,勿论早晚。

韦君靖回头,第一眼能看见的,定是莲花浩瀚的世界里观音的现身。她剥开他魔鬼一般的躯壳,露出其向善的那一丁点核仁。

最柔弱的善终能翻山越岭去打败最强硬的恶——莲花战胜了刀!

古指纹

中国的乡村若有了图书馆、古指纹般的博物馆，还会担忧其魂不守舍？

有一个地方不应该只有少数人知道，否则，愧对列祖列宗！

生活是一切艺术水质清澈又水源丰满的上游，倘如我们要把关于这座乡村博物馆的故事比作一部影视大片的话，片头首先会推出两个字：璧山。

亲爱的璧山！故事从这个名字讲起，古风扑面而来！璧山因"山出白石，明润如玉"而得名，它让我联想起李商隐的"蓝田日暖玉生烟"。烟云弥漫的后面，是我们对上天美意的难以领悟：它为何让一山藏玉，还玉白明润？

如果，用书法来写各体的璧山，总有一种像极了如玉的美人如虹的剑。

重庆大圆祥博物馆便藏于璧山的乡野，这是一种天注定！信不信？这就是老天爷在挥斥方遒，让所有神奇的发生都有其神奇的上游。而它给予"大圆祥"的命题是：等待，如同俞伯牙在等待钟子期，李白在等待杜甫，王勃在滕王阁隔着一个朝代，等着登上岳阳楼的范仲淹……

但愿我们也是大圆祥等候着的那个人。

一、被美征服的人彼此为友

璧山城南约二十公里，步入有稻田、黄油菜花、紫萝卜花的乡村，只觉缀满青白花的柑橘树如同哨兵一般站在各个山坡上瞭望，身携闷闷的香气拽着绚烂的春色一起扑向金剑山。山下那个叫健龙镇新石村的地方，有一座清代工业遗址——天福碗厂，始于清咸丰四年，兴于民国，盛于上世纪六七十年代，然后衰落。

而今，它叫重庆大圆祥博物馆。一个曦露农耕文明微笑的敞亮之地叠加一个具有工业身世的强壮之地给了"大圆祥"广阔的空间，甚好！而博物馆原封不动地保留了六根大烟囱和十几幢旧式生产车间、办公楼、职工宿舍，保存了历史最真实的底片，甚好！

从一个烂朽朽、差不多是废墟的"天福碗厂"，蜕变为中国名气很大的乡村博物馆，你不得不惊觉：天福啊，这像是个冥冥之中神安排的幽秘暗道……二〇一三年,在"三"这个携带着古中国神秘信息的字数之年,重庆大圆祥博物馆呱呱坠地。它一诞生就仿佛诞生了一部传奇,一部关于巴蜀人成长史、艺术辉煌史的传奇……而很多重庆乃至中国人可能都没意识到,这些传奇会给我们的城、我们的国家、我们的生活,带来什么,甚至在改变什么。

在吱吱咔咔推开大圆祥博物馆大门之前,我也是带着一颗司空见惯的心。我去过大英博物馆、巴黎的卢浮宫、奥赛美术馆、美国大都会博物馆、埃及国家博物馆、希腊国家博物馆……更是几进几出我们的故宫。这些地方每每让我震撼、兴奋、流连忘返,为人类创造了这么恢宏伟大的文明、艺术而自豪、感恩戴德。然而,这样的震撼与情感都是预料之中的。但,走完"大圆祥"的展厅后,我的大脑却是在山呼海啸,有一种情难自禁的东西流淌全身,甚至有了窒息感。

是的,窒息感!因为"大圆祥"所展示、所给予的,似乎已超出我的审美经验,超出我所能承受的容量!

我知道自己人微眼浅,世界还有许多庞大的美是我还没遇见并能消化的。

然而"大圆祥"也同样"惊吓"了许多专业人士和大咖——

韩国一美术馆馆长朴天男在"大圆祥"神思缥缈,说:

我像在梦中一样，不可思议，太不可思议了！

梁思成、林徽因的孙子，中国文物学会常务理事、青铜器专业委员会秘书长、青铜镜收藏家梁鉴先生在跋山涉水来到这座藏于深山的博物馆时，大吃一惊："真的没想到重庆会有这么一座博物馆，真是太了不起了！这个博物馆不仅西南罕见，即使在全国范围内也是一流水平，博物馆里的每一座雕塑，每一件藏品，都值得被记忆永恒镌刻。"

大火电视剧《庆余年》中密探老手"肖恩"于荣光也兴冲冲来到"大圆祥"。这位在影视剧中常以铁血汉子著称的型男，探看与琢磨这些收藏品时，却眼波温柔，专注深情，不仅对藏品的背景故事倾神聆听，还不时就疑惑的地方与馆长刘健进行研讨。他们的交谈给人的感觉犹如江湖高手过招，有种恰逢对手的知遇之情。于是，"过招"从博物馆过到了刘健馆长居家的"翰林山庄"：酒逢知己千杯少，话逢投机更是要滔滔不绝了。

最"夸张"的还是成龙空降"大圆祥"了，那真是像他主演的电影《环游世界80天》，富有刺激感，仿佛从天而降——他坐自己的专机飞抵重庆，心无旁骛，直奔璧山，直奔"大圆祥"，然后身手了得几个翻腾似的就落定在博物馆的展厅里，让刘健馆长都吃了一惊。成龙扬起他招牌似的微笑，说是慕名而来，早就想来！

我们在影视角色中见到的成龙，几乎都是无法摧毁的英雄，步履生风，带着一股对尘埃的扫荡气势，大大咧咧，似乎没有什么是他搞不定的。其实生活中的成龙是很有顾忌与敬畏的人，对收藏的热忱也是异乎寻常。他在"大圆祥"看到镇馆之宝——宋代三世佛时，就立马献上自己的赞叹：哇，好美啊！从这一声开始，他把这句看似口头禅的惊呼献给了目光所及的每一件藏品，自始至终。近四五个小时，大英雄、大咧咧的成龙不见了，他把自己作为人的骄傲，明星的骄傲都彻底地交出去了，唯余虔诚而渺小的心在"大圆祥"藏品的海洋里游弋……他似乎又在演自己的那部电影《我是谁》，因为从上午看到下午三点，竟忘了自己还没吃中午饭……

毫不夸张地说，几乎每个人在推开"大圆祥"大门时，都会感到是在面对海洋——海洋般深不可测的历史底蕴，海洋般汹涌澎湃的美；都有程度不一的被征服感。

我们千万不要为这种被美征服陡感慌张、自卑，反而要庆幸和自豪！对美的感知、敏锐、鉴赏、深情与希望拥有，是人这种高级动物与低级动物相区别的重要边境线；也让人类获得了超越种族、国籍、身份、贫贱、语言的共同语言；美是一面旗帜，它能让归于它麾下的人们容易平等、沟通，容易成为爱人。

也许，我的观点中仍有以人为中心的狭隘和傲慢。世间的万事万物既然是一个体系，一个生态链，那些所谓的低等动物真的对美没有倾心与爱慕之情？曾发生在"大圆祥"的一件奇异事，便为我生起了质疑的烽火——

"大圆祥"的镇馆之宝——北宋三世佛，每尊佛盘腿安坐于莲花之上，造型优美，笑意神秘。其石刻的面颊宛若有呼吸有温度，衣袂仿佛随时都会迎风飘飞。这三尊佛差点就被人弄到海外去了，馆长刘健花了大价钱才请回来，让其永远留在了故国。安置这三尊佛像时，门外大雨滂沱，声声震耳，如鞭炮齐鸣；安置刚毕，雨，霎然停息，天上出现了众多老鹰围屋盘旋，一步三回头，久久不去。佛教中有鹰为护法使者之说，难道神话与现实在无缝对接？而我更愿意相信，是美在感天动地。站在鹰的高度，对美的东西可谓明察秋毫，它们或许比我们人类更能毫无利害可图地去热烈拥抱美。所以，它们举国上下蜂拥而来，在天际上欢呼，载歌载舞庆祝美的到来。只是我们听不懂它们欢叫与交谈的语言。但如果我们有灵性，应该视它们为知音啊。这样人鸟共爱一桩美的事物，我们为何非要强调其不可思议呢？难道鸟的审美热情会贬低我们的"美商"？据说，很多观者在面对三尊佛像时会突然地泪水盈眶，如见到自己的亲人，如同回家一般。他们会悄然地扭过头去擦拭，为自己的失态不好意思……

别啊！当知道那么多人都在为"大圆祥"竞折腰时，我们就不会觉得自己可笑或孤独了。"大圆祥"那条"狮丝相联"（丝丝相联）的路上已走着这么多同道中人了，我们都能听到彼此的心跳——嗵、嗵、嗵……

二、巴蜀之美是一堆清纯的篝火

一触摸中国文化这个大主题，我们视野里展开的是厚实广阔的中原文化、温柔婉约的江南文化、瑰丽诡谲的楚文化……巴蜀文化却像条精瘦的神龙匍匐在噫吁嚱蜀道之难、难于上青天的山川间，隐约而狂野，不受束缚，自给自足，如儿童般的天真无邪、浑然天成。

我们现在要去揪住这条神龙的头尾，瞻其全貌已是很难，只能靠地下发掘的三星堆、三峡库区等地出土文物，地上的仍能搜寻的诗词歌赋，以及，那些在民间流浪的巴蜀祖屋构件、起居的日常用品……来揣摩我们祖先依稀的背影。假如，我们再与这些背影走丢，便会彻彻底底地成为孤儿！

去"大圆祥"的第一个展厅，也是博物馆最大的一个展示区——门、窗、匾馆，会在大门外静候几分钟，有深沉的声音在叩问你：

您贵姓？

您从哪儿来？您的祖先是做什么的？

您的老家在哪儿？祖屋是什么样子？

您记得您的爷爷、爷爷的爷爷的名字吗？

您会以您的姓氏为荣吗？

您会以您的祖宗为荣吗？

……

来吧，回到祖屋。

在一件件遗存里，

捡拾祖宗的记忆。

祖屋在，祭如在。

祭如在，倍思亲。

祭如在，一切在。

醍醐灌顶，"大圆祥"是一座关于生命的起落、脉动、思念、爱、回家等个体情感的博物馆，它在帮助我们记忆、找寻、认知生而为人必须回答的问题。否则，我们活着也是行尸走肉，前无古人，后无来者。

所以，我们梭巡在"大圆祥"时，不能像在其他博物馆那样走马观花、嘻嘻哈哈地高声喧哗，应该敛声、缄言，神情庄重。因为我们如同回到祖屋去拜见列祖列宗。……

他们也正在考察我们这些子孙们肖与不肖呢，配不配得上传承他们的基因、他们的姓氏、他们的指纹……

（一）

"大圆祥"有八馆一区，分别为门窗匾展区、寻根堂、石雕馆、佛道造像馆、精品馆、家具馆、家训馆、红藏馆、唐卡馆。也许，从第一个展区开始，你便知道它的与众不同：它展示的主要是巴蜀地区的收藏物。它要让人们记住巴蜀人生活与文化的"胎记"及"指纹"。

世间有很多东西都可以克隆、领先，唯有"指纹"独一无二。每个人、每个族群、每种文化都有他（它）特有的指纹，这是他（它）们得以立足于世并代代传袭的依据。"大圆祥"不但忠实地保存了巴蜀人的"古指纹"，并复演着他们一代又一代生活的现场。这种"古指纹"同时也是一种文化密码、一座文化基因库，那么以情动人，以美撩人……不是么，师出无名的无边最近的人，我们的列祖列宗并未走远，我们只要借助孝道之心便可拥有一对结实的翅膀，飞到他们身旁，听他们用还带着古声母或古韵母的语言讲述我们生命上游的故事——

这里有上万扇千姿百态、各个朝代的古门。推开一扇门就是那年花开月正圆的一个巴蜀人家。他们的家族有怎样的兴衰？人物有怎样的悲欢？子孙如今在哪里落脚谋生？一扇门的话真多啊，比《一千零一夜》还请听下回分解地每天在制造一个悬念；

那几千扇窗，框定过多少红妆女儿姣好的面容，如子夜的朗月，悬挂在高墙，路过的人能见着她，她却见不着窗下的人；

上百张雕龙绘凤、花团锦簇的古床，可谓睡尽了巴蜀的风花雪月，承受了波诡云谲的爱恨情仇。那些曾青春的肉体与喘息，都成为此刻此处乡野里远近的蛙鸣、夜鸟疾飞的黑影子，在失眠者、熟睡者辗转反侧与呓语间大声叫嚷或偷偷潜行……

那成百上千的云顶、古木梁、撑拱、门楣、匾额、吞口、桌椅、梳妆台、衣橱斗柜、衣帽架、轿、屏风、大石缸、石凳……这些形而下物质的必需，以及释迦牟尼、弥勒、观音、武财神赵公明、妈祖像……这些形而上精神的必需，都在还原一个曾经巴蜀人的世界，活灵活现的动态"清明上河图"。我们的祖先们啊，竟是活得如此活色生香，生机盎然，逸趣横生……只说一个货篮担担吧，便有繁复精美的图案，层层巧设的机关。一个走街串巷的蓝领都把自己的劳动工具制作得这般美艳性感，怪不得能勾引深宅大院里的千金小姐私奔……。便可想象古人们真是些在时间上富得流油的富翁，要不怎么可能把生活的各个细节都拾掇得花红柳绿，奢侈得美不胜收。

更别说他们在精神领域上的用心，虔诚与敬畏让他们把头低下去，一刀一凿地去雕刻他们内心的光，头顶上的神……

释迦牟尼佛——牧女献糜像，讲述的是释迦牟尼当初修道时，饥渴难熬、生命垂危而得两牧女以乳糜供养的佛经故事。它让我想起有人问二十世纪美国著名人类学家玛格丽特·米德，人类文明最初的标志是什么？她的回答是："一段愈合的股骨。"

她说，在远古，如果有人断了股骨，就无法生存，会被四处游荡的野兽吃掉。因此，一段被发现的最早的愈合股骨，表明有人将受伤的人带到了安全的地方，并且花了很长时间跟他待在一起，照顾他，让他慢慢康复。所以，在困难中帮助别人才是文明的起点。

这座牧女献糜像哪里只是在讲述佛经的故事？是在吟唱人与人的相亲相爱！慈悲与仁爱便如造像顶端长着金翅的大鹏鸟，或两侧的飞天、白象，盘旋在我们多灾多难的单薄生命之上，时刻准备着拯救我们于水火之间。像这样有强烈叙事感又造型复杂、精致的石刻雕像，在任何一个博物馆都可被奉为上品，炫耀于世；

海神妈祖像，庞大，甚至是雄壮的，山一般的巍峨！妈祖本是福建沿海一带信奉的神灵，为什么在川渝地区会发现其倩影呢？因为这里曾发生过七次大规模的人口迁徙。遥远的海的子民背井离乡而来，在山的庇佑下他们一边塑起他们的妈祖像，不忘来途，一边与巴蜀土著耳鬓厮磨、生儿育女，终成一体；

绛红色的自在观音像，先在色彩上就先声夺人。她正大仙容、媚而不妖、身姿优雅、丰腴饱满，又是一尊德艺双馨的东方维纳斯，深蕴唐代雕塑的艺术精髓，尤其是"这尊观音造像一改直立或端坐的成规，形态无拘无束，曲右腿于左腿之下"，相当调皮，凸现"自在"二字的真谛。像这样漂亮动人、造型别致、雕艺神奇，携带着人文气息的观音像实在罕见，为艺术极品中的极品；

那座由五百二十五尊彩绘木雕观音组成的"千手观音"坛城，宛若把恢宏灿烂的金字塔挂在了百年"天福"碗厂斑驳的老墙上，把中国人对观音特殊的敬爱挂在了崇高的地方。

"大圆祥"收藏的川渝彩绘木雕造像为全国最多，也是中国川工木雕技艺"简洁有力，粗犷沉静"的集中呈现。他们从千尊神佛中挑选出数百尊明清彩绘木雕观音造像，汇聚成了一座"千手观音"坛城。

记住，这是一座城。一座信仰的城！巴蜀木雕艺术的城！

这五百二十五尊观音像，除了中间一些较大的是以前寺庙中所有的，周围小的全是寻常百姓家里供奉的，也就是说它是千家万户的虔诚之心。当这些"心"在时光中流转，甚至凋零之时，一位叫刘健的人把它们从一些快拆迁的祖屋、快倒塌的敝舍间，双手捧出，捧在手中怕摔了，一颗一颗地请回来——算一算，会有多少次的跋山涉水？多少的八千里路云和月……然后给它们以至高无上的地位，让它们在被世上仰望的高度，发出仁慈的光芒。

五百二十五尊中却多长出了五百二十六尊观音，五百二十六道光。那多长出的一尊和一道光是请神者刘健和我们每一位敬重者内心所拥有的……

这五百二十五尊"千手观音"不仅在彰显我们巴蜀祖先们的信仰情怀，更在抒写他们的审美情趣。他们在家中最神圣之地安置一尊观音像时，也在安置自己对美的亲爱与跪拜的诚挚之心。所以这些用川工木雕技术雕刻出的观音像，对他们既是日常居家的必需品，亦是赏心悦目的艺术品。他们出门入户，被神像眷顾，心从尘土飞扬中开出豆蔻年华的花朵。

（二）

说到这里，川工木雕这个名词呼之欲出。我们必须要辨识它的体貌，如同在人群中凭着川音，一下子就能扑向我们的老乡。

"大圆祥"收藏的木雕藏品，几乎均为川工木雕。

中国的木雕艺术除了东阳木雕、乐清黄杨木雕、广东潮州金漆木雕、福建龙眼木雕被称为"中国四大木雕"之外,还有其他十余个流派,各领风骚,史上留名。

然而巴蜀这一带独有的川工木雕却少有书籍的记载、系统的梳理,给予其名分。它们就像身怀绝技的武林高手,没有山头,没有派别,江湖上只隐约回响着它们的声名,却难见其卓越而独特的身影。很多人都还没有认识到川工木雕的价值!但是,低调并不等于低档。恰恰相反,川工木雕的"大刀工"就是一门让人魂不守舍的艺术。

"大刀工",多飒的名字,像极了流行于巴蜀的那种极端饮食——麻辣火锅,爱恨交织,欲生欲死。它就是川渝人所处的天地、所食的餐饮、所拥有的个性共同养育出的艺术胖儿子,粗犷中不失细腻,豪爽中饱含情义。如同巴蜀人待客一样,朋友来了有好酒有花朵有软绵绵的温柔,敌人来了有吼叫有耳光和猎枪,绝不拖泥带水,拉稀摆带!

"大刀工"雕刻出来的古物们也都是个个"雄起",古拙、憨朴、道法自然、充满力量与爱情。

川工木雕,尤其是"大刀工"的艺术收藏品在"大圆祥"比比皆是,琳琅满目。它们的豪气干云、细腻婉约,艳与寂都在这里叹为观止——

"云顶,即三角建筑侧面墙的尖顶梁,云顶的大小决定了房屋的大小……"。"大圆祥"有着到目前为止拆卸下的建筑之中最大的云顶——云顶王。然而它身躯巨大带来的震撼,都不及它上面雕刻艺术的炫目。那是刀恰逢木头创造出来的伊甸园、极乐世界:花朵繁茂,枝藤狂野,鸟兽活泼。那些花草的清香,被娇羞的风从几百年前吹过来,流连于我的面容上,连我的面容也变得娇羞起来。

"隔扇雕花门,古代建筑之中的房间门,是房间与房间、房间与庭院区别划分的界限。是中国传统建筑中的装饰构件之一,从民居到皇家宫殿都可以看到的。上面雕刻的图案都是'图必有意,意必吉祥'。比如蝙蝠、宝瓶都谐音为福与平安。宝瓶里插着花,寓意为花开富贵。"我们的祖先在表达他们的诉求时,婉转又深邃,感性又艺术。或许觉得只有这样,神灵们听着时才顺耳,而不觉得他们过于贪婪。

这些雕花门大多为镂空雕,甚至有三层的镂空雕,雕工精湛细腻已到极致。图案的复杂、立体感,带着强烈的视觉冲击力。它们让我联想起从十六到十八世纪一直在欧洲漫步的巴洛克和继承者洛可可之风,浪漫、亲切、柔性,蹦跶着享乐主义色彩的"凌乱之美",在运动与变化中把人内心的呼啸奉为了神明。

木雕工艺门"刘海戏金蟾"中刘海完全就是个调皮的川渝汉子形象。他回首的动姿,一脸嬉笑的得意,完全是在上演巴蜀乡坝头村民间打打闹闹的情节、娱乐至上的精神。这就是巴蜀人要的大俗；

而"踏雪寻梅"门，雕刻的故事出自明晚期小说家张岱《夜航船》里的记载，说的是孟浩然情怀旷达，常冒雪骑驴寻梅，曰："吾诗思在灞桥风雪中驴背上。"孟浩然最终悟了，他所寻找的梅未必绽于树枝，或许就是大雪天里，他在沙滩上来来回回留下的一串串脚印。心缝间有花，花便在举手投足间满天盛放。推绎为：心尖上有诗，诗便青翠欲滴……这扇门就是巴蜀人要的大雅。

俗中藏雅，雅中蕴俗，雅俗兼容，巴蜀人海量！

明代工艺门，是"大圆祥"的众门之中年代最为久远、工艺最为复杂的一套门，"造于明代初期，雕刻繁复饱满，运用的是当时雕刻之中常见的花团锦簇式的制门方式，堪称鬼斧神工！细分下来，每个部位用的是不同的雕刻技术进行制作：顶板、腰板与底板用的是三层深浮雕雕刻技艺，门页由腰板隔开分为上门页和下门页：上门页采用了多重混合榫卯工艺，榫卯之间相互搭建拼接而成；下门页则采用多重雕凿工具混合雕刻而成。门面整体大方，繁复不繁杂，是非常珍贵的明代川渝文化的抒写"。我在端详这扇门时，怎么觉得它审美上的高屋建瓴，到二十一世纪的当下仍是时尚先锋。它就像葱山与初恋这样的事物，至今仍会令你怦然心动！

(三)

关于"大圆祥"门的神话,前面演奏的都还只是序曲,上场的都还是些配角……正剧在哪里呢?主角又在哪里呢?

LOOK,它们在灯火阑珊处——被称为"木头上的敦煌"的门神门。

它们,又一个巴蜀人独创的艺术奇迹。

它们是人与自然亲昵共生的孩子,半神半人,几百年来仍容颜绚丽。

这些彩绘的门神门采用的绘画工艺为"沥粉堆塑工艺",再涂以矿物质颜料,最后镏金。这样的技术现已消失!

老实说,用这几十个字来话说它的珍贵,苍白又凉沁沁的,毫无感染力。因为它是多少专家心尖尖上白玫瑰与红玫瑰合体的女神,为它食不甘味,激情澎湃,犹如发现了新大陆——

中国社会科学院的专家学者来"大圆祥"帮助进行藏品整理分类时说,敦煌壁画是把矿物质颜料绘制在石壁上,重庆大圆祥博物馆收藏的彩绘门神门是把矿物质颜料绘制在木头上。所以称这些门为"木头上的敦煌"一点也不虚诳。

著名画家罗中立面对这另类的"敦煌"时,甚至生出了"绝望"之感。他对馆长刘健说：我走不动了！走到这些门面前就挪不开脚步了！那感觉就如同歌德的"浮士德"面对大美的景象，只能从渺小的心脏发出的巨大哀叹：多美啊，快停止！

清华大学建筑学院建筑历史与文物保护研究所所长刘畅更是这些巴蜀之宝、中国之宝绝对的粉丝！当他用现代科技手段，一层层扫描，"剥"开这些门绘画上色的工序与工艺，一"剥"就是十多层，乃至二十多层时，竟忘了自己正在为众多来宾作学术上的演讲，忘了自己的专家身份，一个跃腾就坐在了桌子上，在不该是讲台的地方去滔滔不绝，眉飞色舞……他说，你们知道发现这些门的工艺水平意味着什么吗？它们在改写巴蜀地区，甚至中国版图上的贸易史、建筑史、宗教史、艺术史……

门，这个老伙伴，我们人类宜室宜家的第一道屏障，第一个保卫我们的战士，它在我们的家园与祖屋中举足轻重。无有门，何以家？而这些以巴蜀人独有的智慧与美学打造出的门神门，以川工木雕和全榫卯技术打造出的镂空雕门、浮雕门……每一扇，得花多少时间？几十天，上百天？那么修建一幢民居，又得花多少时间？几年，十几年？

显然，以我们现在的生命价值观是难以去回答这些问题的。

而我们的祖先就是这样把生命"虚度"在看似无用的美之上,把自己的灵魂刻在木头里、石头里、泥土里,由着它在浩瀚的时空中穿洋过海,来与今天的我们赤诚相见!

(四)

作为他们的子孙,我陡感脸红与不肖。我曾多么抱怨没生在文化富庶的三秦、燕赵、齐鲁或江南……我以为我们巴蜀人活得就那么粗糙,是被平坦的山河与缪斯女神共谋的遗弃之地,只是有点操坝儿的码头文化!而当我面对这些铺天盖地的收藏品,面对我们的祖先如何将生活艺术化,艺术生活化的现场时,才知我们的来路无比富足,我们祖先的内心无比富足:他们竟可在短暂的生命里,创造出这么多永垂不朽的艺术。

而我们巴蜀人生活的精致与品质,情趣的高雅,审美的高超,也不得不让人惊叹它们是独树一帜的美学之旗!它们如同一股清流汇入五千年的中华文化艺术史中,才使我们的文明具有泱泱大国的磅礴气势,与世界上的任何文明去比试都毫不羞涩。

英国、法国、美国等欧美国家不但拥有大英博物馆、卢浮宫、大都会这些举世闻名的大博物来展示其文明的脉络,也会独具一些小小的纺织博物馆、马车博物馆来叙述某行业的工业发展史，或者他们当年西部垦荒的光辉岁月。我们同样也需要大大小小的博物馆，尤其是像"大圆祥"这样面容亲切、有血有肉的民俗博物馆、"祖屋"、"古指纹"、"基因库"来给予我们文化的自信，厚实的底气。

重庆市历史文化名城保护专委会主任委员何智亚曾激动地说，重庆大圆祥博物馆这个西南地区规模最大的古建筑构件博物馆，不仅对研究古建筑工艺、风格等有重要意义，而且对研究巴蜀传统文化的特性，寻求传统文化与当代文化的结合点更具价值。

……

我的脑海里始终回放着这样的画面，祖先们围坐在熊熊燃烧着的篝火旁，衣衫褴褛，难挡晚来风急。然而他们却在兴致勃勃地谈论制造美的问题：大到一座屋的云顶，小到一只舀水的勺……他们要让它们还原于大自然美丽的真相——清纯，又要它们高于清纯，能飞去遥远。多远呢？他们或许也没想到能飞越几百上千年吧，落在二十一世纪的地界上，并且还会继续遥远……

之所以说那个场景是回放，是我相信它一定真实地存在过。那一堆篝火我也相信它仍在貌似灰烬的土壤里潜伏着自己的能量、细碎的火星，谁持一火把伸过去，呼地就是冲天大火……

"大圆祥"的人就是拿着火把伸过去的人。

三、穿金草鞋的祖宗，不能让您四处流浪

（一）

一九七八年，这个数字注定会被史书大写特写，它是中国的柳暗花明，春暖花开，不但改变了中国的社会形态，更改变了无数人的命运：农民们突破了土地农耕对他们的桎梏，开始理直气壮地迈向热火而激情的城市；身陷死水一潭的国企职工也尝试闯入波诡云谲的商海，去兴奋一把短促的人生。

人可以自我选择就是社会的进步。自由是多么昂贵又美好的必需品！

原来在某一供销社端铁饭碗的刘健也成了这样的先驱者，毅然，转身，自己做起了广告装饰与房地产等生意。诚恳、悟性、魄力加上时代的照应，他的生意顺风顺水。他属于那时中国先富起来的那批人。

有些人是饱暖思淫欲，刘健不屑。他更喜欢叩问灵魂，企望自己的生命能有一种飞翔的姿态，涂抹上太阳的光芒。但，怎样才能把自己从尘埃间拎起来，他也相当茫然。

二十七八年前，去三亚，见到一高耸的岩石立于海水击打的岸边，它是抵抗，又是接纳；它是伟岸，又是卑微。

岩石上刻有圆融、大度、祥和六个佛经里的字。天，那哪是几个字，是一束光照过来，一条路从天际铺陈下来，又宛若河流般向远处奔涌。那一瞬，刘健霍然感到心有所依，霍然明了自己接下来风雨兼程要赶的路——那绝不是物质上无节制的索取，财富有时是多么可怜的东西。他要精神版图的辽阔，做这辽阔版图上的富翁。因为他已察觉到自己就是一滴水，早晚会在老天的手指缝间流走。但他可为这个世界传承一些东西，这传承的举动多少会让老天记住他的。

他上路了！

二十五六年前，他和一拨生意上的朋友开着宝马奔驰去阆中古城玩。那时，小宝小奔对中国的普通老百姓还是稀罕物，阆中古城还没多少人见过。

众人陶醉他独醒，他知道这不是他要的骄傲。晚上，朋友们牌兴正浓，他独自梭了出去，借着昏黄的灯火，细品这座川北著名的古城。那几千年的青石板路、屋舍、古门、花窗、木质对联、牌匾，都撩拨起了他内心河流的浪花，他甚至都听见它们欢叫的声响了！太好了！太美了！太霸道了！他一边走一边击掌叫绝。

在古城一座幽雅却残败的院落，他发现了一个残留的戏楼木雕背景构件，是清代的木刻"福禄寿三星"图：福星手托蝙蝠，一手指向太阳（指日高升）；禄星手托小鹿，寿星手托麒麟兽。古人在表达吉祥时竟是这样婉转动人，以图达意，让一直对中国传统文化颇为喜爱的他觉得赏心悦目；而木雕的工艺精细无比，让每一人每一物都栩栩如生，更令他惊叹无比。他在那里细细琢磨，忘却时间在嘀嗒飞逝，仿佛天地间唯余他与这块被岁月丢弃的雕板在默默相认！

他花了八千元买了这块雕板，自己平生的第一件藏品——在那时，八千元不是个小数目。但他连眉头都没皱一下。不是钱多得花不出去了，只因他的爱不释手，难以自持。更因他的不忍！他不忍暴殄天物！

（二）

他可能没想到，从带这件宝贝回家开始，自己已走上了一条不归路——

人说自己最无可奈何的事便是痴迷上一桩事、一件物、一个男女。刘健亦然，拿自己的这个爱好一点办法也没有了，看到心仪的东西就寝食难安，它们成为了他的洛神，总让他"浮长川而忘返，思绵绵而增慕"。只要听说哪里有好东西，他便日夜兼程地赶过去。如果有缘，携回家固然好；无缘，饱一饱眼福也知足。

收藏，竟成为了他拼命挣钱的动力！甚至生命的动力！

最初，他对古物的喜欢与收藏只是带着一种原始的热忱，如同人与人的一见钟情或一见如故。渐渐，他把玩这些古物时体会出它们看似衰老的生命里潜藏的那种一直燃烧着的智慧之光、艺术之光，它们是那样的雍容华贵，品质超群。在时光面前，从不缩手缩脚，仍是王！

他在收藏中领悟着上天的美意，祖宗们的教诲，因为每一件收藏品里都蕴含了或人文、或民俗、或宗教、或历史的各种信息。它们是一部部雕刻或塑造在木头、石头上的巨著，刘健读之读出了天地的磅礴，中国文化、巴蜀文化的厚重，历史的浩如烟海。也读出了个体的孱弱与渺小、卑微……

读的时间一长，他读出了自己耐磨的性子，脾气愈来愈温润，接人待物愈发谦和……

他收藏了不少的"诗意木雕"——那些可以被称作是刻在木头上的唐诗宋诗：唐柳宗元的"千山鸟飞绝"的孤寂与孤傲，王维"劝君更尽一杯酒，西出阳关无故人"的情义与惆怅都在木头纹理间漫溢出它的画面，如梦如幻，刘健一不小心就滑落进这样的情景中去，甘之如饴，不愿醒来。

他还迷上了川工木雕，觉得这种艺术就像是他失散多年的兄弟，天生就与之血脉融合，个性相契，遥相呼应。特别是当他知道川工木雕艺术多少年来倍受冷落，奄奄一息，他着急了，心急火燎了！他要尽自己所有的财力让这些属于他、属于巴蜀人、属于中国人血液中的东西，归来，继续枝繁叶茂地生长，继续成为我们的血液，流淌在我们的机体里，给予我们活力！

因为，这个世界已没给我们多少蹉跎和等待的时间了。

中国、巴蜀、三峡地区、川渝的许多旧城、古老的乡村，都急不可待地朝前赶，急不可待地在丢盔弃甲，要旧貌换新颜。

然而，我们在急刨刨推陈出新的时候，是否也在揿灭我们的文脉之火？在倒掉洗澡水的同时，也在倒掉我们的婴儿……

有一位老外就向刘健提出过疑问：你们中国不是说有上下五千年的文明史和灿烂的文化吗？我怎么在你们的城市间很少见到它们的身影来证明呢？

这个话，人家听听很可能嗤之以鼻，刘健听来便是五雷轰顶！

是啊，一切都需要证明，口说无凭！如同古罗马的文明仍在意大利的都城处处凸现，你一伸腰便可去搂住当年帝国骄傲的莽石柱；如同伦敦会一条街一条巷地保存着都铎王朝、维多利亚时期的建筑，他们可以凭这些实景、实物来认领历史，清晰地呈现他们从一群势单力薄的盎格鲁－撒克逊人走向现代英国人的路径……

我们靠什么来证明？

难道能靠那些身世可疑、粗制滥造、贪官与奸商勾搭炮制出来的伪古董、伪古迹、伪古镇、伪古城去显摆我们洋洋洒洒的巴蜀文化、长风浩荡的五千年中华文化？

假如沦落至此，我们的民族将如何继往开来？

刘健人微位卑，无法去决伐庙堂层面的大事。但他是个孝子，每至清明他会率领全家声势浩大地去为七代的列祖列宗上坟！他只是执着于一个天地间最纯朴的道理：身体发肤来自于祖先的赐予，灵魂思想来自于祖先的滋润，文化精神来自于祖先的启迪，我们不记住他们、不感激他们、不守护他们，我们便是罪人！

所以，收藏于他而言，已步入第二层境界，由热爱升华为责任。

（三）

每次听人讲起刘健二十六年收藏之路遇到的山穷水尽、天涯日暮，怎么总会让我想到是一个独钓寒江雪与风雪夜归人的孤寂与悲壮呢？

"大圆祥"有一尊明代红木镏金的释迦牟尼像，几乎所有的观者，走到这里都会驻足、仰望，为这尊回归故国的佛像庆幸！它在世界上颠沛流离太久了，长达一百二十年了……

　　一九〇〇年八国联军入侵中国时，两位士兵将这尊佛像运到了加拿大的维多利亚。其中一位士兵逝世后，其夫人带着他的儿子和佛像改嫁，辗转定居于美国的北卡罗来纳州，并将佛像陈设在家中。因为他们不识这是释迦牟尼像，看着它精妙绝伦，以为是一尊女神，便把他们的农场叫作"女神的农场"。刘健听说后，多次与伍迪，即那位士兵的儿子沟通，晓以大义，又耗费巨资才把这尊属于中国人的珍宝千里迢迢捧回家！这不但是"请回"了本该属于我们的吉祥，更是在疗愈我们民族的百年伤痛——当我们可以用文明世界的规矩，我们的人格魅力，我们的财力与当初侵略者的后代平等地、言笑晏晏地和平买卖，这是怎样的胜利？这可能也是释迦牟尼创造佛教的初衷！是我们祖先们当初打造这尊佛像的初衷！刘健的收藏行为已不局限于独善其身，也是在向广阔的世界放飞洁白的鸽子——传递爱，这个主题永远清新！

　　某天，刘健接到一个陌生电话，那头传来的是苍老而焦灼的声音：你要快点来哟，赶快！凭直觉，刘健便知道肯定又有什么文物或祖屋危在旦夕！他带着女儿驱车四五小时，赶到重庆的一个偏远的乡下。果然，又是一座将被拆迁、将被牺牲的老宅在寒风里摇摇欲坠。它曾是古代一位显贵的祖屋。一看其布局、大青砖筑就的外围，便知当年宅子的气派、主人的显赫。而今，它却让刘健想起自己家门祖先刘禹锡的《乌衣巷》：朱雀桥边野草花，乌衣巷口夕阳斜……有位七十多岁的老人逆着光，从这首古诗里疲惫地向他走来，长吁短叹……他便是那位催促刘健快来的老者。

他指给刘健看：宅子数百间房屋都被拆的拆，毁的毁，只剩下这最后的两间老屋了。他的老伴和孩子都搬去了城里。他却不去！固执地要试图守住这最后剩下的两间……"舍不得！真舍不得啊！"他的叹息像一位战士弹尽粮绝后的悲号："我老了，再也守不住它们了，只有拜托拜托你们了啊！"

刘健看着泪水在老者脸上纵横，犹如看见那宅子哭泣的戚容。他的眼眶也潮湿了……那一刻，他真恨不能自己的金钱取之不尽，用之不竭，让他财大气粗，能把天下这些孤独无靠的老宅子——"老祖宗们"全搂在怀里，温柔以待，让它们老有所依……

为那些被毁灭、被摧残、或四处流浪的古村落、古建筑、古艺术品、古家什们……刘健不知着过多少急，流过多少泪。他是从事房地产业的，"在这个过程中，他目睹了太多的传统建筑在城市化建设中惨遭毁坏、遗弃，一幢幢古民居被拆下来后，精美的雕花门窗沦为发火柴……精美的石刻石雕，几锤子下去，就成了碎片，成为铺路石……";他还见到成都那边有一条街上堆满了从祖屋里拆下来的金丝楠木打造的房屋构件、古家具……金丝楠木可是巴蜀特有的珍贵木材,用它们制造的古屋构件、古家具都有人文传统的特殊价值!然而,它们被沿海发达地区或海外的商人低价收购,一车一车拉到异乡,然后把它们肢解、改头换面,做成迎合如今一些土豪奇葩审美观的家具,价格吓死人……这不是在抢救文物,而是在剥它们的皮,抽它们的筋,毁它们的容,撼动巴蜀文化的生态链!"这些都是我们祖先生活过的见证,藏着无数的人文、历史、故事,丢了这些,我们就丢了自己的根,丢了民族的魂。"我太赞同女作家张鉴的这段话语了。没有根与魂的人就是流浪者!让列祖列宗不得安生、一直漂泊的人就是不肖子孙!

(四)

刘健把自己豁出去了,把家人豁出去了,把公司豁出去了,把挣的钱财豁出去,只为把那些黄金一般高贵、却被人扔一双破草鞋穿着走路的老祖宗的脚印留住,从一件到十万件,这些脚印从他身旁通向了天边,又从天边回到他身旁。

刘健得之,谢天谢地!在他眼里,哪还是些门啊、窗啊、椅啊、床啊、石坊啊、雕像啊……都是他各个年代的

"老祖宗"，他的肝胆相照，心心相印。他看它们，渐渐走过了看山水是山水，看山水不是山水，看山水亦是山水的过程。他更在其中修行，以古物为镜去照亮自己。擦拭古物上的灰尘时，也在擦拭自己的内心……

所以，他很笃定，不去纠结"知我者，谓我心忧；不知我者，谓我何求"这等问题。生意场上的朋友讽他：你又去收"发火柴"了？他一笑了之；一保姆不愿在他们家干了，原因是一屋子老兮兮的旧家具，没有一件像样的新的，她怀疑这个说话温和、一点没大老板气派的老板开不开得出工资，便干脆先炒了老板的鱿鱼，并去给乡邻说，怕别人再上这老板的当。对此，他也一笑了之！

但，刘健也有笑不起来只想流泪的时候：有人专门要拿生意来"照顾"他，说：别人挣了钱是去花天酒地；你挣了钱是为国家为重庆做好事。给你就是天理！明星成龙在参观"大圆祥"后，主动要求挨个挨个与每一个工作人员合影，包括看大门的保安，只为拜托每位"大圆祥"人替他、替所有中国人保护、守护好这里的每一件藏品！回去后，还专门给刘健捎话，让兄弟一定要坚持住。既然叫他一声成龙大哥，他就会尽自己的力量帮助"大圆祥"。成龙没食言，在去年三月他专门介绍北京一家著名的文化公司担纲主创团队来拍摄纪录片《民间收藏之大圆祥博物馆》，并拟邀濮存昕、靳东等名人出演。成龙就像他创造的许多英雄人物一样，侠肝义胆！

刘健的收藏已成浩瀚之势。他不但在自己的心灵上给予这些"老祖宗"至高无上的地位，更在现实中给予了它们展现身姿的家园。"大圆祥"博物馆是执着的爱情树上结出的果实，它竟让古老的一切鲜嫩而芬芳。

"大圆祥"的名字便是刘健从当初在三亚岩石上看到的"圆融、大度、祥和"六字中，各取出的一字。那束光是佛的拈花，他还之以微笑。

刘健有时推开"大圆祥"展厅的门，像给老祖宗们请安似的去探望自己的收藏物时，往往忧欢交织。欢的是，看着它们在这里栖身，也无风雨也无晴，总算安稳，多少觉得还对得起养育自己的一方水土，对得起苍天在上的列祖列宗！忧的是，仅凭一己之力，一家之力，一个企业之力，能否把这些"老祖宗"侍候得更周到、更体面？

他的担忧不仅是在为古人，也在为今人！虽然"大圆祥"为我们的许多"祖宗"提供了安居房，然而它们仍会面对火灾、虫灾以及比野兽更兽性的人的攻击……而这些"老祖宗"一旦有闪失，对今人就是万劫不复，真正是前不见古人了！

"文保"事业不是只靠一个人的情怀、热血沸腾便能山高水长。它需要高屋建瓴，众志成城！

刘健有时也感到力不从心，如履薄冰……

照我们这些俗人的思维，把那些宝贝随便卖一点，他是否就能如释重负？他说，不能！若那样，他又在让"祖宗们"穿着金草鞋去流浪，谁知接下来会遭遇怎样的命运？

他有一个畅想，"大圆祥"现有的房屋构件可以恢复为一百座巴渝祖屋。假如，它们能像揣着一肚子老龙门阵的智者站在重庆的大山大水间，重庆的故事将如何一个洋洋洒洒，里应外合，有声有色……外地客要打卡的何止是洪崖洞和磁器口了……

去意大利、希腊……常常羡慕嫉妒恨的便是他们活得太狡猾——仅凭祖先们留下来的那些古遗址，便可招揽满世界的观光客赚大钱，自己却耍耍搭搭晒着太阳过日子。

我们其实也有这样的机会，何不像一只身手敏捷的猫赶快把它扑住！

四、天地德大，中国的贵族们佩剑出发吧

有朋友来，刘健一定要带去看伫立在"大圆祥"狮兽道上的那座石门。

那石门造型刚毅，骨骼清奇。仲春的黄野菊像河水般漫过它的腿脚，巴山夜雨也不会怜惜它已老态龙钟。但它仍有一股子赳赳的气势睁大眼来斜睨着路者。它的横匾上

题有四个大字,熠熠生辉:天地德大!

每次念叨这四个字,刘健都会问别人,亦是在问自己:你说,它所说的厉不厉害,透不透彻?我们的祖先是不是哲学家?

(一)

我觉得整个"大圆祥"都像一位德高望重的哲学家,向每个人发出如此的问题——

你是谁?

从哪里来?

将到哪里去?

来与去的问题,是目前的中国人、中国社会亟待回答的问题,也是"大圆祥"试图以"老祖宗"的身影、智慧、精神来启迪我们,帮助我们去解决的问题。

我们是谁,我们从哪里来?

我们是水田里喜欢低头的稻子,躲藏于泥土深处容易脸红的红苕,站在山坡上顾影自怜的包谷……我们是掩映于南竹、慈竹的绿影中粉墙黛瓦的院落,相邻青山荷塘而居、日出上山日落归家的农耕人。我们几千年以来都习惯与土地签订契约,我们依赖它、信任它、亲近它。与那些马背上的民族和海洋上的民族不一样,我们爱好安稳、一成不变、四世同堂,尊老扶幼……这些之中潜伏着我们生存的危机,阻碍着我们向更奔腾的世界奔腾。但它们又是我们独自握有的生命密码，一代一代地传递，香火依旧旺盛……

农耕文明久久主宰了华夏的机体与灵魂，我们迈入工业文明和现代智能时代门槛的时间还少得可怜。

假如我们不盘点自己已具有的家产，怎么去购买通向未来的门票？

"大圆祥"便是在帮我们盘点家产。更用那么多实物在提供证明，我们曾经的农业社会是如何在"耕读传家"——我们的祖屋是栖身地，也是学校；一砖一瓦一门一窗一匾一对联，不但给我们以实用功能、审美功能，也给我们以教育功能。我们从蹒跚学步开始，便可在家的四壁左手摸到诗书，右手抚到祖上的家训……

在"大圆祥"最令我心中扬起海波的就是它的家规家训馆，里面展示了五千多套源自巴蜀地区不同家族的家规家训，语重心长地在讲什么是孝文化、人伦大道，告诉子孙们什么叫站有站相，坐有坐相……

展大情怀的有：家能孝国能尽忠俯仰何惭于天地；

论为人之道的有：做一个好人身润心安魂梦稳，行百般善事天欢地喜鬼神钦；

谈生活智慧的有：凡事当留余地得意不宜再往，居身务期质朴训子要有义方……

这些被我们老祖宗们刻在祖屋显要位置的语录，现在过时了吗？请向它们致敬吧！把它们拿来高高挂在现代人的内心高处，仍能令我们日三省吾身，不把灵魂拉下。

还有"大圆祥"那些风起云涌的对联，门上的、窗上的……成百上千条吧，完全可以开一个中国对联比赛大会了。

对联，是中国独有的文学形式，中国传统文化芬芳美丽满枝丫的茉莉花。它不但饱含汉语言的对称、工整、机巧之美，还有天地人和、阴阳互契的中国智慧。

中国古典名著《红楼梦》中有大量的篇幅描写当时的贵族公子、小姐们玩对联、玩填词、玩写五言七律诗就跟如今的孩子玩电游一样，兴致勃勃，下笔辄来。是因为他们举目一望所居所处，周遭皆为文学与文化洁白的牙齿。它们在咬住他们的岁月，让他们学习做贵族。

腾冲边陲的和顺古镇富过了N多代，恐怕不只是靠贩玉贩茶贩盐的勤奋维持的吧。一踏入古镇便有一座图书馆耸立云间，让乡人们高有所攀，魂有所系……

中国式的古典贵族恐怕都是这样被一个家、一个祖屋、家训家规浸泡出来的，屈原、陶渊明、文天祥、曹雪芹、谭嗣同……他们的文化来源、精神气质也是靠代代相传、源源不绝的文脉供给……他们是有上游的人。

穿行在"大圆祥"一套又一套如同时光隧道的纵深空间里，我竟然察觉到老天在狡黠地偷笑。也想将我变成一座石门或一副对联吗?让我在夜深人静时,头顶被雨水洗干净的星斗,潜藏在它们中间,一声不吭,只去听那些有文字或无文字的石门像男人般地在交谈,那些对联间互相的倾吐更接近窃窃私语……

(二)

中国当今有贵族否?需要贵族否?

当今的贵族该如何踏上征程?

古今中外对贵族这个角色,其实是有着价值评判较为统一的标准的。除了他们有足够的财富,优渥的生活,受过良好的教育,更在于他们的修为、素养、品行都在较高层面,所谓高风亮节。中国又爱把这个层面的人称为君子。贵族也罢,君子也罢,对他们精神层面的要求,肯定胜过物质的拥有。而且真正的贵族都是在社会或时代需要的时候,甘愿去担负家国大任,不苟且偷生、自私自利……并且,不会被财富权力这些物质所羁绊,这也是他们与土豪最大的不同。土豪的世界是有限的,人生也就在尺寸不大的钱币上辗转,而真正的贵族的世界是无限的,他们有供自己驰骋的精神草原。

刘健就是把"大圆祥"当成了辽阔壮丽的精神草原,他以此来回答了一个当下中国的热门话题:富起来的中国人该如何去学着去做富人?

这四十多年，中国不少人富得太快了，似乎从身心都还没有作好准备，就匆忙又潦草地当上了富翁。他们当得好辛苦好无聊好无德，除了奔波于生意便是花天酒地。听不懂音乐会、看不懂画展、玩不了古董……人类所有的文明杰作，艺术的光辉都照耀不到他们寒凉的心宅。那里寒气逼人，他们成了典型的中国病人，日子单调乏味，身体不好，心理有问题，子女乖张不才，家庭四分五裂……

刘健真是个意外！

他的妻子是发妻。他们志同道合，共创事业共担风险，共爱居于乡野，共愿去履行"大圆祥博物馆"这份"侍奉祖宗，服侍神灵"的工作。你在他妻子清爽宁静甚至还略带一丝腼腆神情的脸庞上，看不到苦大仇深的皱纹，以及不少富婆常会狙伏的戾气或莫名其妙的趾高气扬。她会一手好烘焙技术，喜欢烤风味特别的蛋糕。近一米七的高个儿，还坚持参加模特儿的走秀训练，一练好些年，背拉直了，竟奇迹般地长了两厘米。

他们共同的三个孩子都爱上了古物收藏，都是热心又专注的"文物保护者"，愿拿人生去走父亲的道路。

大学生的儿子，少小时就背着一个装简单食物与衣服的筒包，跟着父亲跋涉在荒僻的乡野间，徘徊在日渐凋零的古村落，把自己与父亲一对孤独的身影拖曳在异乡满是泥泞的路上，交付给渐入苍山的夕阳。这种以考察文物保护情况的田野调查,被他们称为"游学"——向大自然学习,向中国传统的优秀文化学习。父子相伴,行万里路读万卷书,彼此靠近,惺惺惜惺惺。

小女儿尚小。但也是父母的知音,懂得他们家的钱财,是要拿去收藏和保护文物的,不是拿给她来挥霍的。她没有那个资格。

已从美国留学归来的大女儿刘炜,更是父母的骄傲。她理解并赞同父母的选择,并以此作为了自己的选择,辞去花旗银行的工作,回到璧山乡间的家园,当起父亲的帮手,负责发掘整理藏品的文化内涵,藏品的分类整理和运营工作,创办了"重庆笑脸人文化传播有限公司",来致力于将博物馆打造成中国传统文化的教育基地和交流平台。她现在担任着重庆大圆祥博物馆副馆长等职务。

她曾跟随书法家、微雕大师瞿仁伟苦练书法、微雕、微刻,还创新了微书。疫情告急,武汉告急的那些昼夜,"她花费了二十一天,每天书写约五个小时微书,抄写四十遍国歌、近万字制成一幅'拳头'图案,为武汉鼓劲、为中国加油!这些微书每个字约一毫米,用放大镜才能看得清楚。作品寓意为在这场抗疫战争中,每个人犹如沧海一粟。但汇聚一起,便有众志成城、共克时艰的磅礴伟力"。这段文字是新华社记者对她的报道。短短的文字哪里能道尽那二十一天她对自己身心的磨砺?微书可比微雕、微刻更难，柔软的圭笔游走在纸间，要写比米粒更小的字，还是近万字！这个长得清秀、宛若从仙境中离家出走的仙女，来到人间就是为了创造这个神话的？

知道的人却说，那可不是靠神话、吹一口气便得来的。她写微书时，必须全神贯注，屏住呼吸，连一丝杂念都不能生起……

她本来可以靠如花似玉的颜值，父母的财力去过闹喳喳的左一个爱马仕，右一个LV的人生。却偏偏崇尚安静，以静制动去狂草自己的"来如雷霆收震怒，罢如江海凝清光"。

当他们一家人站在你面前的时候，仿佛，你在被暖融融的四月阳光笼罩，舒服，清新，如同鲜亮的一天刚刚开始。

他们、"大圆祥"让那一带的乡村芳香四溢。倘若中国的乡村有了图书馆、古指纹般的博物馆……，还会令人担忧它们魂不守舍，空心、恓惶、荒芜？

也因为他们，我又想起"山如白石"的璧山是个多么明润如玉的地方。玉中翡翠，其化学成分不过是硅酸铝钠，毫无诗意。但它在漫长得看不见岸的时间中，却平静地把自己献身黑暗，听凭造物主的裁决：为石为玉都无所谓了。

玉，其实就是一块石头。只是比起一般的石头来，它不再惧怕死亡，因为它已没有了死亡。

衲袄青红

> 她站在那里，迎着帮腔疾风般地刮过来……

春天的重庆有时会天气突然好得让人想入非非，整个城市像从沉沉的灰色中睡醒，一夜间便容光焕发，步入一场色彩的音乐会，该登台的一个也不少——粉桃花是暧昧的民谣、紫玉兰是矜持的美声、黄油菜花是让你喘不过气来的 Rap……重庆有戏了，一年一度终于得到了大自然最慷慨的母爱，连坡坡坎坎也在承欢，那样的路不平竟是浪漫的极致。含有艰辛的浪漫，便如苦口的良药，治疗人的许多坏德性，比如愈容易得到的东西，便愈轻易地抛弃……而这样的色彩季，却莫名让我想起沈铁梅策划并演唱的一场川剧交响剧《衲袄青红》。浪漫吧，像巴渝三月天的名字,绝对的巴渝乡愁的名字。拿它来嫁接交响乐,需要翱翔起来的想象力。

一

看过川剧交响乐《衲袄青红》二〇〇九年在比利时欧罗巴利亚——中国艺术节开幕式演出的视频。时任中央政治局常委、国家副主席的习近平和比利时阿尔贝二世国王也坐在台下欣赏。那真是非常独特的视听盛宴——融川剧青衣、帮腔、锣鼓与西洋的管弦乐为一体,川剧的Logo之一锣鼓与铙巧妙地穿行于西洋乐群山的包围,像睡莲一般航行于大湖之中。沈铁梅一开嗓,宛如静夜里的星子划过天际,银光熠熠的流星雨注定下在布鲁塞尔的记忆里……她站在那里,迎着帮腔疾风般刮过来,摇动她高挽的发髻和虹裳霞帔。这个为舞台而生的女子便成为了真正的皇后,观众用掌声为她加冕皇后。她笑靥如花,像一个川江上的船工在享受着闯滩成功的喜悦。她率领自己的人生,一出夔门,且战且喜,她走向世界,世界走向她!

二

遗憾的是,对于沈铁梅的这些努力与成功,我是若干年后的今天才有所了解与体会。作为一个重庆人和媒体人我是否欠了沈铁梅一个道歉？她主演的《金子》《李亚仙》早已蜚声海外，如雷贯耳，而我竟从没有坐在剧场好好欣赏过她的任何表演。

我对川剧充满一种因无知带来的偏见，觉得它过于喧闹、下里巴人的土、不入耳……

去年认识了对川剧艺术很喜欢的朋友春暖花开。每每听她眉飞神舞地谈到沈铁梅和她的戏都觉得不可思议：一种闹喳喳的地方戏，有多大的艺术含量？

春节前，淅淅沥沥的雨中去看重庆川剧团电影版的川剧《金子》。两个多小时的屏住呼吸，两个多小时的回肠荡气，《金子》彻底征服了我这个对川剧充满偏见的人——

堪称现代经典川剧的《金子》，除了对川剧精华的进一步展现，更在剧中融入了巴渝民间的言子、清音等艺术形式，使其厚重又创新。而沈铁梅扮演的金子自然成为全场的焦点。她的一颦一笑、举手投足真是惊也是那种惊法，艳也是那样的艳法，很符合虚实相生、遗形写意的川剧人物塑造的审美特色。她柔美、张力十足又大胆创新的唱腔真是要把你魂唱出来：或呼天抢地的高亢、响遏行云；或柔美婉转，耳语般细腻……它带着你千回百转去追随"金子"的命运……

我觉得我们重庆人应该好好感谢沈铁梅。因为她让我们这座城除了拥有美丽夜景、美妙火锅、美艳女子三张名片之外，又多了一张——魅力十足的川剧。

中国有两位演曹禺的"金子"演绝了的女子，幸运的是竟都是我们重庆女人——一个是刘晓庆，一个是沈铁梅。尽管她们的"金子"各为电影版和川剧版，然而都入木三分，准确地解读了曹禺笔下的那个女性人物的精神内核——明明活在无法左右自己命运的时代，却偏偏要与命运叫板……

比起上世纪八十年代刘晓庆在电影《原野》中演绎出"金子"狂野的个性与性感来，沈铁梅对"金子"这个人物形象有了进一步挖掘与塑造。所以沈氏的"金子"层次似乎更丰富，色彩更纷纭、复杂：她不只是一个叛逆、泼辣、敢爱敢恨、决绝的"金子"，也是一个机灵、俏丽、调皮、多情的"金子"。她更因自己的善良、细腻、柔弱而一直挣扎于爱与同情之间，瞻前顾后，优柔寡断……爱得爽朗，恨却是刀子嘴，豆腐心。

刘晓庆的"金子"赢在了"放"；沈铁梅的金子赢在了"收"。刘晓庆演的是北方原野上的乱世佳人；沈铁梅演的更像是云遮雾绕的巴山蜀水中隔壁家的妹崽……

在我，仿佛更感到沈铁梅版"金子"洞穿人心的力量：真人秀的舞台，离观众如此近又如此远，无法利用任何电影特技、包括电影特写镜头来增强表现力，能依靠的似乎只剩下唱腔与肢体语言这些最原始的戏剧手段。但却要让一个角色、一场戏催人泪下，谈何容易？

然而，沈铁梅、川剧《金子》竟然做到了。

……

更令我常常辗转反侧的是沈铁梅唱的《三祭江》。她用一种存活了几百年的艺术把我送入时光隧道，推开门，见到的是三国，见到的是孙尚香。

站在我们二十一世纪的高地望去，孙尚香与貂蝉一样，都是男人权力游戏的三国世界里，两个孱弱的粉色影子；两个被男人的阴谋阳谋消费殆尽的无辜少女。所以我们如今的流行歌星柳岩完全可以衣着性感，弄扇舞剑，又蹦又跳地唱道：自古　美人计没人不清楚 / 郡主清楚扬言 / 伤痕盛满酒杯 / 半壁江山比酒美 / 折扇开启　道别挥笔 / 笑颜无奈散去 / 散落的棋　博弈曾与你 / 那盘中未完待续 / 可惜 / 如果让我　重返三国 / 不假思索 / 问你爱我 / 游历起落 / 笑看蹉跎 / 铁娘子月下也惆怅……

在这段半文半白、语句不通的歌词中，我们仿佛在对一千多年前的那个孙尚香来一个女权主义的启蒙和现代思维的怜悯；完全还可以来一声川剧念白——惨啊！来祭奠"十七不织布 / 弯弩 / 三百穿杨的人物 / 文才题在诗尾 / 武略骑在马"的孙郡主、孙小妹……

而《三祭江》这出川剧重要的折子戏似乎把孙尚香的

悲剧推向了高潮。它讲的是刘备痛失关羽、张飞二弟，誓死为之复仇，进攻东吴，却壮志未酬，病死白帝城。夫人孙尚香闻噩耗，奔来江边一哭刘备、二哭关羽、三哭张飞。三祭江后，为亦亲亦敌的男人们泪尽意绝，投江而死。

它真的只是一个嫁鸡随鸡蠢女人的殉情故事？

沈铁梅给了我们一个相反的答案：孙尚香在看似别人给她布置的人生里，从来都遵从了自己内心的召唤。她是美人，自然要选择英雄。追随英雄就是她一生的事业和价值。当众人在嘲笑东吴赔了夫人又折兵时，她也在暗笑，男人们懂个什么啊？他们哪里知道人生苦短，还没好好爱一场便战死沙场那才叫冤……

她汹涌澎湃地爱过了，哪怕爱的是家族的敌人。但这个盖世英雄也给了她盖世的传奇。燕雀安知鸿鹄之志！

沈铁梅演绎出孙尚香如滚滚长江东逝水的大悲，她的三哭中何尝不是也在哭自己？！但更无比准确地呈现出孙小妹的高贵与坚持。一个敢于为爱去献身的人，就是被信仰笼罩的人，能主宰自我的人！她的幸福又岂是我们能窥探的？

《三祭江》分别运用了高腔、胡琴、弹唱三种声腔来演唱。即川剧行话说的，它是一出只能靠"三下锅"纯唱功来完成的戏，演员在台上基本上没什么动作可以吸睛。所以，这折戏就是对演员的大考！

而《三祭江》恰恰是沈铁梅的拿手好戏——它的难度系数有多高,她达到的艺术境地便有多高。更高的地方便是天光云影共徘徊了!按川剧研究专家杜建华女士的话来讲:高腔是川剧有别于其他剧种发育得最完善、最有优势的声腔。而沈铁梅的高腔已经是炉火纯青的级别了。她润腔有方,游刃有余,悦耳动听。所以半个小时的《三祭江》由她唱来仍会分分秒秒攫住观众的心,这在中国的川剧界已代表一种高峰……

三

何为川剧?我们很多人可能不屑回答。认为它或许不过是下里巴人的干嚎;或干脆就是老古董早就被塞进历史的抽屉里了。

我们会扑爬跟斗地去追逐意大利的歌剧,虽然一句也听不懂。但以为那就是在拥抱世界文化,在面朝大海!不懂点意大利歌剧似乎都不敢号称自己有文化了。

然而我们对自己的母文化——川剧却可以大大咧咧地满脸嫌弃,没有任何负罪感。

无知竟然让我们毫无敬畏之心地随口便问:川剧也是一种文化?

假如老天刻薄，肯定会扇我们这些不肖子孙大耳光的！

川剧不但是一种文化，而且山高水长——

川剧的形成史便是川渝地区的一部移民史和都市成长史。明末清初，川渝商业经济日趋发达，城市日见雏形，才招惹了各地移民拖儿带女入川。他们在带来一口难改乡音的同时，也带来了可以慰藉心灵的戏曲。

他们的乡愁必须要靠艺术来解决。

然而，这些异乡人也发现，文化上的入乡随俗才可能让他们真正在陌生之地落脚谋生。于是，明代后期流入四川的江苏昆曲，虽保留了原先的曲调，但唱白都改用了四川方言，成为了川昆，并与高腔、胡琴、弹戏等声腔及锣鼓相结合……其他的外来戏曲，如秦腔等等，基本上都走着与昆曲"混成"了川昆差不多的路数。

川剧行家认为："各声腔的合流过程，首先统一在四川方言上，如陕白改川白，苏白改川白，以适应四川观众的需要。同时，以川剧锣鼓为媒介，把各种不同声腔的演唱，统一在锣鼓节奏之中，使不同腔系的演唱方法，走向谐调和统一……逐渐形成具有四川特色的声腔艺术，它们包括了高腔、胡琴、弹戏、灯调、昆腔。清代末期时统称'川戏'，后改称'川剧'"。

很完美——奔涌着的川剧没有沧海桑田的惨烈革命，没有谁征服谁的霸权主义。它只是各路涓涓细流的自觉汇集，充分体现了我们祖先的善意和厚道，大气磅礴接受与享受其他文化的智慧与胸襟！

川剧的形成便决定了它的厚重与广阔。犹如它举世独特的那种形式——帮腔，一人唱，众人应……平沙落雁，水会照应……

一方水土养一方人，也在养一方艺术。几百年来，川剧的锣鼓喧天、震耳欲聋的高腔也在帮川渝人直抒胸臆，一扫天不时、地不利带来的各种憋屈、苦难。川剧就是那时川渝人的心理医生！

我想，可能现在仍有不少重庆人从没看过川剧，更没看过由沈铁梅领衔主演的现代川剧代表作《金子》或《李亚仙》。这对一个希望拥抱各种文化的现代人而言，不能说不是一种缺失。

其实，在我们热忱地追捧意大利歌剧以及其他欧美歌舞剧、音乐剧的时候，殊不知我们的川剧也成为了他们稀罕的宝贝。他们竟然能听懂我们的《金子》《衲袄青红》。我们川剧皇后的唱腔也令他们如痴如醉，三月不知肉味。

四

也是在春雨朦胧的夜晚,与铁梅以及她两位漂亮的妹妹红梅、冬梅相逢于重庆长江边的船上。

蜕去舞台上姹紫嫣红粉妆的她,另有一番沉静温婉之美。与人聊天,仍是三句话不离本行。她说:当初自己是哭着踏入川剧这一行的,一千个不情愿,总觉得川剧没有京剧好听;她说,她和现在很多川剧人最想干的事,便是为川剧正名。让川剧愈来愈好听,让更多的人、包括年轻人也迷上川剧。

浪击船舷的缓急间,她清唱了一段《凤仪亭》中貂蝉的选段。结尾处,两个妹妹帮腔,沈家姐妹的好声音在夜色里舒展,悠扬婉转,令人动容。

那一刻,是我千金难买的风花雪月……

五

这些年,作为重庆川剧院院长、重庆市文联主席、全国人大代表的沈铁梅,在"两会"总会成为焦点人物。这是因为她一直在呼吁的中国传统文化走向世界应该有升级版的问题渐渐引得各方关注。

她提出:我们的传统文化走出国门要有新模式,要有很好的包装与打造；要有能与世界接轨的表达语言；不但要靠院团集体的力量，也要注重民间文化的魅力……

这些有温度的文字，让我又想起她在比利时欧罗巴利亚艺术节上唱川剧交响乐《衲袄青红》的情景：虹裳霞帔、髻发高绾。她这个戏剧皇后迎来了世界各国观众用掌声为她举行的加冕礼。她让外面的世界记住了川剧的面容。

她欠身致谢，东方式的妩媚间，长袍大袖里却蕴藏着力量——不断闯滩的力量。

渝之北 城之口

> 往往勇敢地抹去个体的眼泪，只留下集体的壮丽。

一

城口遥远，像一个传说般的遥远。

去城口的路，山重水复，火车总在一个隧道连着一个隧道间穿行，让人觉得自己像是被大山揣在腹中的胎儿，揣满十个月了，却难产似的，生不下来。

山重水复也包括了万源至城口的公路。仰头，再仰头，两山巍巍相夹，夹出深渊似的峡谷，蜿蜒的公路随蜿蜒的青溪而行。如果以车当舟，倒是李白那首著名诗句的反说：两岸猿声啼不住，轻舟难过万重山。

城口县城却在柳暗花明处——一个几乎算得上平坝子的地势里舒舒服服地躺下，躺出一种闲适与优雅姿势来。夜里看它，忽地便想起日本作家川端康成《雪国》的开头一句："穿过县界长长的隧道，便是雪国，夜空下一片白茫茫……"为什么美丽的地方总是需要人穿过神秘与幽深的黑暗，才能见着它悠然的等待呢？

雪国在多愁善感的川端那里代表着洁净与梦想的幻影般世界，它从来都只是一场白日梦。而暂时没有月光笼罩的城口，接近它却犹如触摸到亲人脸颊一般的真实——绕城而过的任河泛着零星的粼粼波光，而更多的则以清新的水汽让你觉察到它的存在。是的，那是一条充满芳香的河流，如吐气如兰的少年，以抒情的方式从你眼皮子底下溜过。哦，城口人多幸福，竟拥有吐气如兰的河流，就像会一直拥有着唇红齿白的青春。

我总感到城口是在一个合适的时间、合适的地点，等待着我的寻找：比如，在流光溢彩的十月；比如，得抵达重庆的天涯地角——最北端。城口的等待不但凸显了时间的从容，更有着空间的壮丽。

壮丽，阳刚与阴柔靠得那么紧密的一个词，用它来形容城口似乎再恰当不过了。首先想想城口的地名吧。细数重庆乃至中国大大小小的地名们，多以地形、地貌、位置或山川景物特色而命名之。而城口二字有着大开大合的气势,豁出去的英勇,很决绝的担当与牺牲,令人联想起嘉峪关、潼关这类的地名——它们的色彩更属于金属,古铜色的那种,属于铁马金戈的惨烈与醉卧沙场的浪漫;属于儿女英雄们注定将拥有的轰轰烈烈的人生。

所以,与其说城口是在从容地等待,不如说是在壮丽地守护。

二

如果要用一些既定的古汉语或现代汉语来描述城口的山水都会显出语言的干涸,因为这么个地方的奇异实在于语言之外,甚至影像也显出了自己的无能和平庸:当它们把城口山水装进镜头之时,不过是带走了貌似城口的"形"。而作为这里的"神"——真山真水之灵魂,只能是你踏着这里的泥土,在一场雾又一场雾中穿行,或许还碰碎了一树晶莹剔透的树挂,面对崇山峻岭的厚实之美时,才会惊觉:灵魂这东西怎么是可以带走的呢?曾有人说这里有九寨沟的水,张家界的山,是中国两个最美的地方基因的嫁接。我不敢苟同。因为我一点都不觉得它们是对城口风光妥帖的赞美词,反而是种蹩脚的比喻,就像第N次咀嚼天才们咀嚼过的甘蔗,再把少女比作花朵一样。蹩脚的比喻往往是对城口个性之美毫无敬意的涂鸦。

那么该以什么来形容城口的山水呢？这是我在去黄安坝"天上牧场"的路上，一直很纠结的问题。城口的山水是藏于大巴山腹中的山水，有点像诗人中的诗人，诗歌中的诗歌，被推向某种极致了。却更迫切需要人们的懂得。

而我懂这样的山水么？搜尽自己的旅程经验，回答显然茫然。

记得有位作家把山的存在比喻为上帝安排在大地上的乳房，它将不断为大地提供乳汁。可是城口的山，天啊，它们哪像是会提供乳汁的乳房？像是被活生生掰开的心子，东一瓣西一瓣，乱七八糟的，被掰成了一种惨烈，还淌着血。甚至你都可以察觉到造物主在掰开这些"心子"时，费了多大的劲，差不多有点汗流浃背、气喘吁吁了。它像是在发泄，又像在表达着深情，如同它自己都无从掌控的爱，到了最后只剩下欲生欲死的结局——不可名状的山河，美得惊心动魄、震撼、野性、狂放不羁，超越了我们的审美范畴，怎么能拿它去比小家碧玉的九寨沟，或盆景似的张家界呢？

城口的山水更接近铁血丹心的汉子气。尤其当你站在三面皆为万丈悬崖的将军台上，抬眼望，仰天见，却是被四周的奇峰怪石围困。而它们就在你作困中兽时，轰隆俯冲而下，像是来自苍穹的天兵天将。这番景象，让你立马魂不守舍：我是谁？我在哪朝哪代？你的幻觉甚至可以游走去遥远的三国，总觉得随着耳边愈来愈清晰的马蹄声，从山崖边的巨石背后会冲出一匹马来——三国的动物明星赤兔马将呼啸而来，带着它手提青龙偃月刀的主人关云长，以及他如令旗般飘飞的美髯。那美髯又如慢镜头在幻觉中摇过来，飘落不定，拂过绝壁秃岩，拂过挂在惊险处的枫树。那如同鲜血般的红色便吹响了集合的号令，一山又一山的彩色便撵着雪迹到达，或红、或金、或粉、或紫、或绿，层层叠叠、依山就势，搭建起了它们在大自然之中巍峨浩大的宫殿。

那么该以什么来形容城口的山水呢？

除了壮丽——这个于壮阔、悲壮、俊秀中提炼出的形容词，还有什么别的选择么？

三

也是在去黄安坝草场的路上，我见到一棵站在山崖上的板栗树。它的树形优美端庄，并且年轻、生机勃勃，犹如一名即将上场的体操运动员。它一身浓郁的金黄，足以代言深秋季节大巴山彩叶的任何一种含义。但它引起我的注意并非是它接近高贵的气质。恰恰相反，从山崖上往下眺望时它没有其他一些漂亮树木咄咄逼人的霸气，而是姿态谦和。它总让我相信它在轻轻微笑，然后像所有城口人与你交流时爱发出的口头禅：是的，是的。

是的，是的。你在城口满耳可闻当地人这样的表达。

他们把"的"读得很轻，在充分肯定你对事物看法的同时，表达着他们的谦虚与包容。

第一个接触到的城口人是我的一位同事，他有一双亮晶晶的眼睛和朴实的笑容。他是我们的网管，干一份很麻烦与琐碎的工作。谁一着急，唤他，大呼小叫的，他总是笑吟吟而来，说着：别急，别急。一切都会好的。神情不卑不亢，脾气又极好极耐烦，从没见过他与人有口角之争。他的好脾气像一缕阳光在办公室荡漾，经常引起我对遥远城口的遐想。

另一个给我以谦和印象的城口人是诗人李健。他长得高大壮硕，南人北相。按所谓民间面相学来分析，他前世或许是帝王，今生该是才子。都是那种呼风唤雨的人物。而打起交道来，他给人最大的感觉却是邻家大哥式的信任感。为人很是细心与低调。这种低调甚至让你几乎觉察不出他蕴藏于内心焰光四射的诗意，而若要能觉察出他的诗意得靠你的顿悟，你的蓦然回首。比如他的《秋菊》诗中有这般句子：抚摸秋菊／就触到秋天的脸和肌肤……原来，诗人的秋天并非是姹紫嫣红开遍后生出的绝望，他似乎更寄情于安静的菊花，安静的芬芳。这种清雅的花夹在书中，也适合用以相思。尤其是在渐渐走来的冬日里，在城口有雪的冬日里，夹在书中的"一瓣相思"，多少能安慰身处寒冷地带人们苍茫的心，或许也是单纯、安宁的心。

还有一个人的影子在我脑海里挥之不去。

那日去北屏乡的安乐村，那是一个面朝青山白云的村子。村口有川东常见的野黄菊和一种不知名的玫红色花朵在冰霜天怒放，给人田园牧歌式的想象，尤其是对面大青山峰峦间的云雾如奔马般飞驰的时候。我们却第一个遇到了他，在静悄悄的村口。他坐在轮椅上，手里抱着一个漂亮的幼儿。可以毫不夸张地说，他也漂亮，相貌称得上英俊。如果他站立起来，身躯无疑会是高大魁梧的。那么，如果他像对面大青山间的云雾一般奔跑着、跳跃着，将会是什么模样呢……因为，他如此年轻。

他说自己坐轮椅已好些年了，在煤矿挖煤时受的伤。淡淡的语气中便交代了身世，看得出也是一个好脾气好耐性的人。问，小孩是你的吗？他淡笑着摇摇头："帮别人临时看着。"他低下头去，用下巴亲昵地在小孩脸颊上轻轻摩擦。见我们照相，神情并无异，继续着他与孩子间的嬉戏。后来我们才知，小孩是他弟弟的。受伤时，他还没来得及结婚，还没来得及拥有自己的孩子。也许，这一辈子也不会拥有了。

但，他几乎是以平和的淡笑接受了命运的安排——至少照我们这些外人看来。虽然这样的接受带着某种悲壮的意蕴，如领袖所说的，要奋斗总会有牺牲。而我们的农民兄弟为了改变自己的命运而奋斗而牺牲的故事，虽就一个国家，一个时代来说，都似乎是点点滴滴的微不足道。但以每一个体生命，每一家庭而言，无疑是可歌可泣，撼动天地的史诗。把它放到整个人类进化历程的大背景上，便会呈现出如此的审美价值——往往勇敢地抹去了个体的眼泪、个体的悲欢、个体的得失，只留下集体宏观的壮丽。

……

谁说城口遥远得像一个传说，往北、一直往北走，得走到重庆的天涯地角？

当这些城口人坐在你身边，"是的，是的"使用着他们惯用的口头禅，谦和又诚恳，勇敢又淡定，一个如任河似的干干净净、吐气如兰的城口便让你伸手可及。

对面山上的姑娘

她是全世界衣衫单薄、最无辜的姑娘。

一

我似乎是冲着两个男人去的铜梁。刘雪庵与金砂(本名刘瑞明),两个长相很重庆、很川东的男子,纤瘦、文弱而沉默,眉眼间放出的是和平鸽,不带任何兵气,更别说攻击性。

西望重庆的铜梁,常觉那方天空有一种奢侈的豪华。两位在中国如此重量级的作曲家像双子星驻足于故乡的天空,无言而大美,让铜梁的夜到底与别处不一样,被音乐喂养得活力四射、风情万种。一滴答的时光，一厘厘的夜色，都把音乐当成了主食：《红梅赞》《何日君再来》……人民公园的音乐喷泉也有了铺天盖地的华丽，水被现代科技的魔指拎到八十米的高度，擎天一柱射向苍穹。与它共赴天际的只有音乐。它有多高，音乐就有多高。它与音乐像地球上两个长得乖巧的花童，捧着娇艳欲滴的花束喜气洋洋地走向天空的盛坛，那里仿佛正有一场婚礼在喧喧举办……

透过音乐喷泉斑驳的光亮，我观察着铜梁人的表情，他们或许看了N多次了，仍是一派喜悦：仰头、专注、如痴如醉，嘴角溢出心满意足的笑意……那是他们自家人写出的音乐。那人或许是他们的祖祖辈、爷爷辈、老表姑爷、拐弯亲戚……总之是与他们一样看着巴岳山的云起云落，喝着涪江、琼江或平滩河的水长大的人类。他们就是他们，他们的音乐就是他们的音乐。所以，当他们的至亲至爱刘雪庵与金砂随着那水柱爬到八十米的高度，快爬到天空最深邃的密室去的时候，他们也觉得自己擅舞得很，玩"火龙"的两手便变成了龙的头、身子、脚、尾巴……变成了一整条青春勃发的龙，趁了黑夜呼啸着的火焰，"轰"地一声飞腾上了天……这成了铜梁人心知肚明的共同秘密，他们是一群会飞的人。不信你看铜梁地图，尤其是绿沁沁的旅游全景图，真像一个人侧身、歪着头，甩动双袖，身轻如燕地边舞边飞。这动感十足的地图无疑便是千真万确的铜梁密码。

刘雪庵与金砂都是刘姓弟子，又是师徒。巧合的是他们的名字似乎都与艰辛、磨砺、承受这些意思扯得上关系。雪庵，宛如一幅画面：冬季、雪茫茫的三九天，唯有庵院若隐若现。那是信仰的气息，淡定、坚韧；金砂石，因发出金星般的光亮而命名。它实质就是一种玻璃，易碎。但与其他稀贵金属掺和在一起，经高温烧熔，冷却后变成了另一种物质，闪耀着神秘与绚烂的光芒，像不可告人的微笑，或红或蓝，呈现在世人面前，有安神祛惊，帮助睡眠之功效。

不知当初两位音乐大师取名字与艺名时，有没有找人算过？是否想过不凡的名字有时竟会把自己一生算计得既闪亮又坎坷？

因创作歌曲《何日君再来》而半生凄苦、寂寞的刘雪庵这些年重新声名鹊起。其中最大的贡献者是老乡李明忠先生为他立传。明忠先生花了十多年时间，走南闯北去搜寻资料，采访幸存人，掏心掏肺地写出了几十万字的《何日君再来：刘雪庵传》，终于把"一个被历史屏蔽数十载的音乐大师清晰地呈现在世人面前"。人们终于知道，中国音乐名人灿烂的天空中除了冼星海、聂耳这些豪放派，也有像刘雪庵这样的婉约派。抗战时，国难当前，他也写出过回肠荡气的《长城谣》《流亡三部曲》，并为郭沫若的历史剧《屈原》做了全部的配曲与插曲。《何日君再来》并非"汉奸歌曲"，仅仅是为了凭吊他早逝的女友……

我是在一个秋日夜雨读这部传记的。近处扬子江的汽笛声像怨妇的哭泣不绝于耳，我不寒而栗。却发现眼角流出的泪像垦荒者，把我的面颊翻耕了个遍。那一刻我竟是无比感激铜梁：怎样一个毓秀诗意的山川与人文，才会让天才选择其作为生养的故乡？怎样一个雄才大略的地方，才会让众多弟子心灵手巧，成龙成凤？故乡与天才之间是花朵与果实的关系。人的童年乃至青年时代所处的山川地貌与生活环境将很大程度左右其人生选择、气质与风格。这便是为何古诗人中，浪漫派多为南方的江河出身，诡异的想象力与忧郁气质伴随他们走遍天涯而不改。而北方，尤其是中原诗人却更为豪放、旷达、金戈铁马……

二

金砂与他的老师刘雪庵一样，皆属天才型的艺术家、音乐痴迷者。应该说，他们二人的相似度达到了百分之八十以上，包括他们的文质彬彬、略带忧伤的面容，以及病梅瘦鹤的气质，甚至他们沉浮、绝望、柳暗花明的人生经历……

金砂，这位生前没有出过一张音乐专辑唱片、一盘磁带、一本音乐专辑书的音乐家，直到现在，仍沉寂于人们的视线之外。我曾在百度上通过不同的关键词去"度"他，资料极少。甚至在一条百度资讯里，涉及上世纪四十年代问世的经典歌曲《牧羊姑娘》时，词曲作者竟写为佚名……

或许问遍国人，绝大多数都不知道这首歌的词作者叫邹荻帆，曲作者叫金砂。而铜梁人金砂不仅十九岁就以为《牧羊姑娘》谱曲一举成名，后来还成为大型经典歌剧《江姐》的主创人员。中国那些跳广场舞的大妈百听不厌的《红梅赞》《绣红旗》便有这个男人的心血。只是可能没有哪个大妈动过心思去打听：这些差不多要陪伴她们一生、已经融入她们血液里的曲子是怎样一个男人呕心沥血的生命呈现？这个男人因为它们遭遇了多少磨难与挣扎？

记得我和友人在奥地利阿尔卑斯山下看到绿茵如毯的草坡上牛羊成群，像滴落人间的云朵，就不禁哼唱起《牧羊姑娘》来："对面山上的姑娘，你为谁放牧着群羊……"很忧伤的曲调被我们唱得嘻嘻哈哈，并且我们还在为这首歌是中国人创作还是外国民歌争论了半天……

其实，《牧羊姑娘》自上世纪四十年代诞生以来，仿佛一直就被置于云烟之中——因不可言状的优美和神秘忧伤而吸引着无数歌迷竞折腰，也因所谓的小情小调为主流歌坛所排斥。然而，人们的口口相传，经久不息，才是它汩汩流动着的生命力。就像"对面山上的姑娘"永远像一颗朱砂痣镌刻在她们初恋少年的心口上……

我一直觉得《牧羊姑娘》是中国最具有生命悲悯意识与人文情怀的歌曲，它的深度与深情在世界歌曲大家庭中也为翘楚。它是中国版的《三套车》。只是比起前者来，涓涓流出的是东方古国哀而不伤的内敛之情。

对面山上的姑娘

你为谁放着群羊

泪水湿透了你的衣裳

你为什么这样悲伤，悲伤

山上这样的荒凉

草儿是这样枯黄

羊儿再没有食粮

主人的鞭儿举起了

抽在我身上

对面山上的姑娘

那黄昏的风吹得好凄凉

穿的是薄薄的衣裳

你为什么还不回村庄，回村庄

北风吹得我冰凉

我愿靠在羊儿身旁

再也不愿回村庄

主人的屠刀闪亮亮要宰我的羊

……

可望而不可即的姑娘，孤独地待在黄昏的寒风里，陪伴她的只有群羊……她泪流满面，不为自己凄苦的命运，只为她要被主人屠杀的羊们——那是些无法主宰自己生死的小生灵呐，最善良无辜的生灵……她自己不也是这样弱小、任人宰割吗？然而，她偏偏要扮演强者，试图让自己的手臂变成山脉那样长，把自己的羊放牧在视野之中。让它们活着，像小学生专心识字一样低着头啃着青草，偶尔心有旁骛，也只是贪看美好的河流与蓝得像梦境的天际……为此，她愿永远在山野里流浪而不回村庄……多么令人动容的姑娘啊，凄美、善良、诗意，满身的仙气……她应该是中国歌曲中最让人心仪、心疼的姑娘。

我在揣摩：无论诗人邹荻帆写这首诗时，笔下的姑娘是来自哪里——漠北、黄河崖边或青藏高原的茫茫旷野，而曲作者金砂内心中的伊人只会来自他的故乡渝西山地……"对面山上的姑娘"，随着第一个音符像满腹心事的蝴蝶翩然而出的，是巴岳山岌岌崖边穿青花蓝布的女子：细眉细眼，肤质细腻紧致，体形不阔壮，甚至瘦小羸弱，但凹凸的身姿仍是楚楚动人。这是个典型的川东女人的形象。尽管人世间以暴虐相待，但山川多情，时晴时雨、云雾缭绕的气候却赐予她动人的容颜。而凄苦的表情、泪，存放在一张美丽的脸上，那么凄苦便会被放大一百倍，美丽也会被放大一百倍。

可以想象才十九岁的金砂，一个正值少年钟情时光的金砂，面对这个"对面山上的姑娘"，该是如何柔肠寸断，生出无限的同情心与保护欲……他创作出的哪是看不见摸不着的音符、旋律，是他满怀悲戚的那颗叫红颜色的心，是他的恨不能，是他掏心掏肺的情话……

《牧羊姑娘》的旋律并不复杂，单纯、朗朗上口，带着朴实山野小调的风致与坦诚，很南方。它仿佛是溪水与层峦叠嶂共生的女儿，顺势而为，天然生动，尤其是用笛子独奏它时，会感觉到有一股初春的风，携带着黄菜花身上残雨的湿润，穿过巴岳山口那棵分而合、合而分的古老黄葛树，停泊在了悬悬无依的棋盘石顶。这些千古的奇树怪石，都是大自然的生死博弈、绝命挣扎创造出的奇迹。每一种不可思议都是不可思议的悲壮和劫后余生。

十九岁的金砂在谱写这首自己的处女作品时，巴岳山的奇峰怪石会不会像一大堆亲戚，不请自来地拥进他内心的屋舍？会的。十九岁那年，他正读抗战时期位于巴县青木关的国立音乐院作曲系，刘雪庵便是他老师。国破山河在的年月，所谓的陪都也是在血与火的刀刃上讨生存，一个来自边远小县青年的音乐求学生涯谈何容易？金砂在物质消费上把自己缩小，缩成蜗牛般的大小，一身灰布长衫成了他唯一的壳。无论春夏秋冬，他都顶着这个壳去抵御自然界与人世间的寒来暑往。他那颗对贫穷、饥饿、哀伤、不公平社会了解和异常敏感的心，当然会对故里山河的悲欣了如指掌。"对面山上的姑娘"何尝不是他对夜夜入梦河山的一种惦记与抚摸……

《牧羊姑娘》的问世是在上世纪中国的四十年代。首先由上海歌唱家喻宣萱唱红，旋即在全国流行。因为歌中抒发的悲伤、不安全感以及对弱者、哪怕是对动物的同情与悲悯都是那个时代共有的情绪。看似小情小调却像闪闪银针刺中了当时国人的痛点。他们唱着，恍然间对面山上便出现一个等待他们解救的姑娘，抑或，他们自己就是那个等待解救的姑娘……

星移斗转、沧海桑田，到了上世纪五十年代，这首优美而哀愁的歌不但没消失，反而流传到捷克、苏联、南斯拉夫、罗马尼亚……甚至包括了当时与中国无甚往来的岛国日本。善于"偷艺"的日本不但拿去做了若干编曲，还改名为《养花姑娘》……或许就是因为它流传的地域之广，时间之久，并且，已成为全人类共享的经典歌曲，所以常被不少人误解为是青海、宁夏一带的民谣，或者是一首外国的民歌。

《牧羊姑娘》生命力的强悍在世界歌曲传播史中也堪称一绝。"文革"十年浩劫中，所有关于人类情感的抒情歌曲都被当成了"黄歌"禁唱。几亿张嘴只能唱几个人规定的歌曲、"样板戏"，那时的中国人何等悲哀。

但有一种人把当时许多的"黄歌"带去了深山老林、最边缘的田间地头……因为荒野与青山会以它们的良善和沉默来聆听这些被放逐者的吟唱。

这群人叫知青。

我的一位朋友对我讲起过他当知青唱这首"黄歌"时的情景：劳作了一天的少年娃，十六七岁，从坡上回到密不透风的黑屋里，饥肠辘辘，还得自己烧柴火，打碗水做清汤寡水难见米的稀饭。总算把肚子哄住了，便跑到屋后的溪沟洗澡祛暑。等这一切生存的必需事完成后，终于可以坐在院坝里乘凉，来点精神升华。那是他觉得唯一活得像个人的时候。

月亮是个多情物，不分贫富贵贱都会把它的光辉赐予你。孤独知青的院坝同样月华如水，把青涩的脸膛照得无比清晰，包括他刚刚探出头的黑胡须，被晒成酱紫色的鼻头，一层层土崩瓦解的脸皮，以及，他极度迷茫的眼神。朝着黑黢黢的大山，他猛吼一嗓子："对面山上的姑娘……",心里突然好受了许多……一个具象或完全模糊的姑娘身影渐渐走近,撩动又抚慰着他年轻而动荡的心。

"那时我们真把这首歌当情歌唱。一唱就有了要去为女人打抱不平、保护她们的冲动。这首歌是为男人写的,教男人如何成长为一个男子汉。"现今已六十又四的他,说起《牧羊姑娘》仍是十七八岁小伙儿的动情。

可以说,每一个喜欢这首歌的人,内心都藏着一个"对面山上的姑娘"。这个姑娘激发出他们人性中最美好和娇嫩的东西,在风清月朗的时刻起飞,去与他们的青春会合……

三

十九岁,处女作就唱红全国。具有天才气质的金砂应该要风得风,要雨得雨吧。如此的才华横溢,应该配得上好命来嘉奖。可惜他生不逢时,遭遇了上世纪四十年代中国最动荡与贫困的抗战岁月。他谱曲所得的钱还不够买一本音乐杂志。他只能以替学校刻钢板字、演出伴奏来赚钱,来维持自己求学的各种费用。然而,这样的辛劳严重地损害了他本来就体弱多病的身体。他病倒了,只好辍学,回故乡铜梁。

铜梁,早在两万年前便有先民于此行走,春秋战国时形成集镇，唐朝建县，人文历史厚重而悠远。这里六水绕城，极具图案感的丘陵地貌如海洋涌动，无尽的盘旋如低回的乐曲——抚慰心灵，给人实实在在的安全感与归属感。出名后第一次回乡居住的年轻作曲家，又可天天望着巴岳山的云雾，"销我亿劫"了。智慧的老祖宗把这四个字刻在木匾上，似乎就是为了某个时刻说给自己的子弟听。

故乡成了金砂最好的疗伤地。他迅速把身体调养好，又考上位于璧山的民国四川国立社会教育学院艺教系学作曲。这所学院后来迁到江南古城姑苏。金砂出川了，离故乡愈来愈远，到一个与川渝地域、文化、风情迥然不同的江南去求学、娶妻生子，长做了姑苏人。他万万没想到，在他人生最落魄、艰辛的时候，命运的小船会再一次把他送回故乡……

二十世纪六十年代，金砂也曾大红大紫——喜气洋洋、具有民歌风味的《毛主席来到咱农庄》是他作的曲。那年头这首歌在整个中国唱疯了，成为了每个对党和领袖心怀感激的人的必唱歌曲。而作为大型歌剧《江姐》音乐的主创者之一，他获得的声誉与荣耀更是达到巅峰，受到过毛泽东、刘少奇、周恩来等党和国家领导人的接见，是一个站在领袖身边合影的幸运儿，举世瞩目的幸运儿……

然而命运的荒唐与荒诞谁人能想象？尤其是在一个荒

唐、荒诞的时空，它的作恶多端更是罄竹难书。

一年之后，金砂就从一位站在领袖身边合影、熠熠生辉的大作曲家变成了"臭知识分子""罪人"。被勒令从解放军空军政治部文工团复员，发配回家乡铜梁当农民。

一九六五年的铜梁，虽然渐呈穷乡僻壤的凋零，特别是农民的生活更在中国底层的贫困线上挣扎。但故里依旧以巴渝西地人特有的厚道、乐天豁达来拥抱远方归来的失意人。在铜梁人眼中，金砂仍是他们的骄傲与至亲至爱。云雾掩护的山坡上，偶尔就有姑娘用尖尖的嗓子放声唱："红岩上红梅开……"地广人稀的坡坡坎坎、山涧溪流谁也不懂得去做个告密者。而金砂竟懂得放下——曾有的无限风光、领袖握手的余温、记者的追逐与风暴般的掌声，皆化为烟云。在铜梁南郭鱼溅村，只有农民金砂。

四十多岁的人了，他从头学农活。每天大清早，从住处巴川镇李家湾到当时的生产队，七华里路的跋涉，星月送他来回。

星月是他一对沉默又忠实的朋友，目睹他的疲惫不堪、憔悴不堪却又爱莫能助。他与所有农村男劳力一样，春栽秧、夏收包谷，秋割稻。渝西的毒日厉风，把文弱瘦小的他，身上的水分一点点挤掉，挤得干瘪瘪的，却紧实，坚硬。再晒成酱黑、煤炭黑，宛若一枚窨了种、用钉锤都砸不开的铁核桃。他还学乡亲，腰上捆着帕子，别上烟袋，穿一双水爬虫草鞋,摇一把破蒲扇,哐当哐当地走在田坎上。

他孤独一人在铜梁当农民,再苦也不愿牵连到在姑苏的妻儿。这是一个男人的尊严、爱、责任。何以解忧?唯有音乐与杜康。尤其是音乐,已成为他生命与身体的一部分,活着的动力与使命。他对音乐的苦恋,总让我想起聂鲁达的一句诗:"而当悲伤的风四处屠杀蝴蝶,我爱你,我的快乐咬着你李子般的唇。"

这个咬着音乐之唇的男人,李子的果香总带着他从现实越狱:插秧的大田间,有年轻的崽儿吼起山歌,他立马抹掉两手泥水,从裤兜掏出笔与纸,轻车熟路地就把谱子记了下来;走人户(串门)遇到老太太豁着无牙的嘴,唱小曲,他像叫花子捡到了金子,边听边记,黑脸膛如铁树开花,灿烂无比;春里山间行,有牧童哼着歌骑牛走过,他会即刻上前相邀,扶人家下来,热热络络与之称兄道弟,只为请小兄弟把刚才唱的再唱一遍……铜梁的民间音乐富得流油,号子、神歌、薅秧歌、灯戏、坐堂歌……他左顾右盼,像贪婪的蜜蜂,在花田失踪。他随时都掏出笔与本子的动作,他听到山歌小调就两眼放光的模样,他孑然一身、独向一隅、品着淡酒、哼着曲子、宠辱皆忘的神情,让不少铜梁人至今仍历历在目。

重庆籍书法家肖富雄那时便与金砂结下不解之缘:金

砂后来在铜梁县城居住时，他们曾是两隔壁。"当时人们的娱乐方式以听广播唱歌为主。金砂与别人不同，总是手拿一支笔和一个记录本，一边听歌一边记录乐曲。"肖说。他接触音乐就是从帮金砂抄曲子开始的。后来，金砂给他系统讲了乐理常识，他也渐渐成长为业余作曲家，还获过重庆市大奖。

金砂的这段经历，不知为何总让我与铜梁的名字发生一些联想。铜梁这个名字是唐朝长安四年（公元七〇四年）建县，因辖区内有"小铜梁山"得名。而据传，"小铜梁山"是因太阳照在山梁上，裸露的山梁呈古铜色得名。

铜，不似金那么具有诱惑性，放在哪里都君临天下。也不像铁那样冷着面孔，寒光闪闪。铜是一种过渡元素。纯铜是柔软的金属，表面刚切开时为红橙色带金属光泽，单质呈紫红色。延展性好，导热性和导电性能高。

铜虽属于雄性的金属，但它有暖意的光泽、柔软的心肠。更重要的是它默默无言的承受力——在这石破天惊的承受力下，是石破天惊的奇迹……

在铜梁的安居古镇，路过一家小面馆，专门有牌子注解：英雄邱少云曾在这里当过丘二（服务人员）。他做事勤快，待客热情……我打量着不大的小面馆，竟无食客。走了几步，似乎身后有人叫，回头，哪里有人啊？

金砂也是一种英勇啊。当命运的大火铺天盖地呼啦啦烧过来,他匍匐在地,脸浸入尘埃,双手扎进泥土里,变成了树或最贱弱草的根须。他一声不吭,一动不动地趴在那里,与他的同乡兄弟邱少云一样守住了一种做人的原则。

其实,刘雪庵也是同样,无论命运把他驱赶到何种悲惨寒冷的境地,他一只手捂住伤口,另一只手仍要攥住音乐。这几乎成为了本能,真正音乐大师的本能……

铜梁男人都不是牛高马大的力拔山兮型。他们大多瘦小、文弱,风轻云淡地一笑,是隔壁兄弟和居家暖男的表情,但骨子里仿佛被铜梁的铜镀过了性子、风骨、命运走向,所以他们才敢玩世上最危险的游戏"火龙"——男子赤裸上身,敢在铁水与火焰间穿行,却毫发无损。这需要技巧,但更需要毅然的舍。毅然也包含了从容与坦然。就像火与火药的亲吻,毁灭一个旧世界便会创造一个新世界。为大义,铜梁男人会不说好孬地——干!

四

第二次返乡,金砂待了十多年,成为了真正意义上只管耕耘不问收获的大地之子。一九七七年,他终得平反昭雪,回到苏州与妻儿团聚。然而已是光阴蹉跎,他在那自古被称为温柔富贵乡里,在那些七拐八拐的雨巷、平平仄仄的青石板上行走的背影,到底出现了老态。他更清瘦了。

一张他专注看书的照片里，眉宇紧锁，嘴角也不轻松……

据说在苏州昆剧团工作、又担任苏州市音协主席的金砂，那时心里一直很着急。他知道自己的音乐才华已被十多年的荒诞岁月耽搁得太多太多，他还想再给这个世界留下一些美的、善的、别致的、经典的音乐……他先后为苏剧《五姑娘》、锡剧电视连续剧《青蛇传》、歌剧《椰岛之恋》、《木棉花开》等一系列地方戏剧和歌剧谱曲，为苏州市的音乐戏曲事业做出了重要贡献。但，依然没有哪首歌超过了《牧羊姑娘》，哪部歌剧超过了《江姐》……

在苏州过了二十年平静生活后，金砂走了。我想他多少是带着遗憾上路的。老话说，人走时，会满世界去收回他们曾经生活之地的脚印，把它们当成最贵重的行李带上天堂。他们害怕走过了奈何桥，喝了孟婆汤便会完全忘记自己前世是干什么的……

我想金砂第一个会收捡的肯定是他在青木关国立音乐院学作曲时的脚印。那是青春年少、锐气冲天的脚印，满是十九岁的登高望远。那是他和对面山上的姑娘共蹀出来的路程，深深浅浅，平平仄仄，如一行行音符伸向许多灵魂的悸动处……

的确，这个世界给金砂的时间太少、安宁太少，关注与赞美也太少……作为一位重庆的写作者，我觉得自己对这位重量级的乡亲、毫不含糊的音乐家已亏欠多时了。

前不久,铜梁的文友告诉我:刘雪庵的故居还没找到,而金砂的已找到了。不觉中仿佛金砂的口信已带到了,他会在铜梁等我的。"一个战士不是战死沙场,便是回到故乡。"金砂不仅是战士,更是以歌曲带我们跋山涉水的将军。他的好些歌于我们,只能死别,不可生离。

而我只想透过金砂曾拥有的窗户去看看外面的动静……有山么?有姑娘么?有歌声与花朵像被煮熟了的大包谷,散发出田野的香气,趁了风势,日行八万里么?……

芙蓉之下，江之上

"就这样，与爱情相恋；就这样，坠入深渊。"

一

渝东南的武隆，薄刀岭下江口镇。芙蓉江走到这里，正走向自己的某种完结。然后像托付终身一般把自己托付给了乌江。

托付，是所有江河的宿命——万川归海。海洋就像望眼欲穿的老母，在翘首以盼各路浪子回家。只是不知接下来，海洋又将把自己托付予谁？她如此浩荡、古老而青春、善良或恶。

每一次的托付未必都是心甘情愿的，或许有挣扎，甚至是一次变革，水与水之间，浪与浪之间，多少有点你死我活吧。比如芙蓉江，它走到了江口，逼近与乌江的交汇处，水流的姿态宛如狂草，刷刷几笔，天地都听到了挥毫的声响。但圆不成圆，也不像什么文字，不过一派天书。或者，水流更像是被擒住的龙蛇，拼命地甩尾，"叭叭"之声，如皮鞭飞舞，让河床曲折，却到底是徒劳；而水的色泽却由碧绿得接近蓝、接近烈性的酒、接近一个哲学大师深邃的思想，渐渐地开始变薄、变灰，变得有些风轻云淡般的恍惚。终于，芙蓉江抛弃了自己固有的Logo，几乎是以谦卑、奉迎的姿态融入了乌江。

这算是它的悲哀还是智慧呢？

万川归一，如九九归一，视为生死，视为轮回，谁又能阻挡这样的自然法则？尤其是隐秘于西南崇山峻岭间的河流，更给人这样的宿命感，常让我联想到俄罗斯"白银时代"女诗人茨维塔耶娃的诗句："像这样细细地听／如河口／凝神倾听自己的源头／……就这样，与爱情相恋／就这样，坠入深渊。"

世上没有什么比江河与诗歌更神秘、更纯粹到极致的东西了，所以它们如此相似。当我读到著名的乌江不过是发源于贵州威宁县一个不知名的香炉山花鱼洞时，竟会为这一大堆乡土气浓郁的地名动容，并且，这种感动随着对地图上乌江水系分布线条的抚摸而愈发加重。这些线条呈羽状向前推进，小心翼翼却相当固执。乌江流域便像鸟羽般在大地上柔弱不堪地颤动着。它能遭遇什么好光景、好前程呢？无非是高原、大山、发育成熟的喀斯特地貌制造出的陡峭绝壁、深谷、巨大的地势落差和地貌的强切割；无非是流急、滩多、惊涛拍岸的处处天险。乌江，这条南中国最神秘又最英勇的水系啊，它的每一步前行，就像灵感掉进苦难的女诗人茨维塔耶娃大脑里所迸溅出的诗句，一行行，电光石火。更像一种鞭打，似乎下手愈重，愈石破天惊，最后才呈现出造物主的公平：最绝望的境地，总有比绝望更弹性的温柔来收留。犹如坠入深渊的爱情，必将永恒。

所以，除了芙蓉江，渝东南的许多藏匿于大山深处的大河小溪、涓涓细流都会寻寻觅觅、峰回路转地赶到乌江边，把自己清白的一生倾情托付，像臣民或孤儿，更像患单相思的恋人。从这种角度去看芙蓉江，就像在一棵大树上找到一截枝丫的作用，在一支队伍里找到一个哨兵的位置，在宇宙万事万物中找到一种渺小理所当然的欢欣。也就找到了江口的意义——它是终结地。但，也在重新诞生。

二

据说，芙蓉江当初的得名便是因江口镇沿岸多植芙蓉树，也就是民间俗称的木芙蓉。其实它还有个更烂贱的名字："臭油桐"。这真有点叫人哭笑不得，所谓的臭与芙蓉的品相可是相差十万八千里哩。民间的幽默总是出其不意。然而名称的贵贱，都无损于这种草根性的植物自在的浓郁之美。它的确命贱，求生能力极强——"清明前后，折上三五枝条，插入泥土即活。不出二三年，就二三丈高，蔚然成林"。而一旦成林，这命贱的花便有了华丽转身，姹紫嫣红的盛大气势远远超过了妖冶、世俗的桃花。

芙蓉树很适合隔着水看。倘若秋九月，你站在江口两水交汇处，透过烟雨朦胧去看彼岸的芙蓉树，便可见它们散落于青砖粉墙的民舍间，影影绰绰，倒也有呼之欲出的立体效果。花还未至盛期，或红或粉刚挤满花苞、爬上枝头，挺立的模样像青春女子的乳房。照在水面上，那红或粉的星星点点，却惊乍乍的，令人有些胡思乱想，譬如，去想象洛水女神在另一种时空里翩若惊鸿。因为洛神与芙蓉树竟有相同的习性，喜欢临水而居。

当然，芙蓉树绝非天生丽质。立水滨，也无亭亭之姿。它永远带着叫人怜爱的寻常女儿的风情——花开，影弄波光；花谢，红拂水面。生死都得到了水的关照，所以又被称作"照水芙蓉"。此物还有一绝，晨晓，花朵的色彩还不过是睡眼迷糊的淡红、淡粉。一过正午，便振作起精神来，红愈红，粉愈粉，容颜大变。于是又得一绰号，叫"弄色芙蓉"。

我去江口,一次是初春,一次是深秋,这里的芙蓉并未给我多少视觉印象。倒是镇最高处的一棵树冠煌煌的大树像画龙点睛之笔在脑海里挥之不去。隔得远,看不出它是大榕树还是重庆常见的黄葛树。只是大得可怕,顶天立地的,像西方古代传说中的通天塔。

　　而芙蓉江边的芙蓉更像是种植在对历史的揣想甚至虚构之中:那树并不在岸上,花也不在枝头,早与江水融为一体,改变了其水质、光泽和气息,尤其是水的性别——芙蓉江旧时曾叫盘古河,自然让人联想起一些蛮荒野性的男性元素。而以芙蓉命名,水便像被雌化了一般,收拾起粗犷和激越而丝缎般地温柔起来,即使有波浪的追逐和漩涡的回荡,也不过如一朵朵芙蓉花次第而开。芙蓉江,从头至尾属于了女人——少女般的纯洁、母亲般的沉静、祖母般的高贵。仿佛,在叙述一个女人的人生,时而天真烂漫,时而静水深流,时而悲切,时而情不自禁。

　　可以这样说,从来没有一条河流像芙蓉江让你产生这么多幻觉,尤其是它总在水、植物与女人三者间不断地变化与互动,让你极容易把它们彼此的身份搞混淆。

　　或许,五代十国时期的后蜀之主孟昶也是分不清楚这三者区别的,否则他就不会把芙蓉当作国色天香的牡丹去铺天盖地种植。这个男人对花草的驾驭能力远胜于对江山的掌控。一时兴起,便携着宠妃花蕊夫人的手,像寻常小户人家的夫妻那样去看那一片片灿若云霞的芙蓉花开。何为倾国？何为倾城？当成都的每一溪边、河畔都摇曳着芙蓉的身影，被称作了"蓉城"，甚至整个后蜀都沦陷于芙蓉明艳的色彩中无以自拔时，这种花朵的意义便被夸大到极致：不但在代言草根的高贵，更在彰显一个君王爱的力量——哪怕这种爱很可能是浅薄、微不足道的……

所以，当时空拉回到千年后的如今，有船在芙蓉江上行进，突突发出冒昧的声响，惊动那迎面而来深不可测的蓝水时，我倒更容易把它与花蕊夫人作类比，而不是什么洛水女神。

我在想象这样的场景——集美艳、才情于一身的花蕊夫人，这个来自西蜀青城风华绝代的女诗人，从满城芙蓉的"天府之国"被押向北方的汴梁，是怎样柔肠寸断地听了一路的杜宇哭啼："行不得也，哥哥。"

她也知道行不得。但描眉与写诗的纤手，怎能阻挡命运？只剩得丈夫莫名而死，婆母绝食而亡，她一身素缟站在宋太祖的面前，瘦弱与哀愁让容颜愈发动人。竟也不卑不亢，从容挥毫写下了那首千古绝唱："君王城上竖降旗，妾在深宫哪得知；十四万人齐解甲，更无一个是男儿。"

无疑，这个女人选择了在大宋的后宫中苟且偷生。即使她真的无比思念先夫孟昶，还画了他的像冒充送子仙人朝拜夕叩，她仍是爱偷生、爱自己，胜过爱一切虚妄中的男人和名节。她的结局自然不堪,仍成为宋氏兄弟权力斗争的牺牲品,被太祖之弟赵光义借打猎之机一箭穿心,死得不明不白,空使后世的文人骚客唏嘘:"千古艰难惟一死,伤心岂独息夫人。"

但细琢磨,自古以来文人骚客对她的哀叹未必准确——

她是个贪生的女子不假,对生命热烈的爱在她许多的诗歌里都有所表达。读一读这样的诗吧:"三月樱桃乍熟时,内人相引看红枝。回头索取黄金弹,绕树藏身打雀儿。"这样一个对生活点点滴滴懂得品尝、如饮甘露的女人,怎肯轻易就熄灭自己蓬勃的生命焰光?尤其是为一些所谓的名节——男权社会强加给女人的意志,自绝,未必值?

我总觉得花蕊夫人这样的女人贪生并不意味着怕死,死也未必是千古唯一艰难的事。而选择活,哪怕是偷生,则更考验着她身心的承受力,如一只弯弓被上帝之手拉到了极限。她不过是在蔑视为别人代过的死亡,正如她早从内心极度蔑视那些"竖降旗""解甲"以及不是男儿的为君为夫者。这样的男人连自己心爱的女人都无法保护,又凭什么去要求女人为其守名节而殉葬呢?花蕊夫人把自己的身体从孟昶之床转移到宋太祖之床,仅仅是因"不得已"而为之么?有多少人能真正听到她鼻子里发出的"哼哼"冷笑声呢?也就只剩下身体这唯一的武器了,她以对它的践踏来反抗男权或命运。为玉碎、为瓦全又如何？皆不重要了，她要的不过是自主的、本能的选择而已。

花蕊夫人这般的女人在现实中是惨烈而悲怆的，却成全了文学；就像芙蓉花开，嗅之，谈不上芬芳，或许真有些怪怪的臭味，却成全了艺术——画卷中的芙蓉花，总是舒展明艳，像丽而不妖的女子，自有自己的坚清。

而芙蓉江又在成全什么呢？这表里如此统一，内涵如此丰盛浩荡的河流，它会成全什么呢？

三

烟雨三月，江口雾重。雾像是陈年的雾，古老的雾，来自明清，或来自更久远的唐朝。雾让江口变得有点像偌大的、出没着大侠与骚客的江湖，弥漫着身不由己的感伤。

雾中唯一的焦点是一叶绛红色的扁舟，由远而近，也像是从深不可测的古代划过来的，或许刚路过了元代马致远的"小桥、流水、人家"。你可以想象它怯怯的桨声，曾惊飞了老树枯藤上的昏鸦，勾起天涯断肠人的愁绪。可惜，近了，近了，才发觉不过是工业时代制造出的铁皮船。但即使这样，也没能彻底破坏江口的古意。

我一直觉得云雾中的芙蓉江才是真正的芙蓉江，如《诗经》里的赋、比、兴。没有它们的装饰，出产于公元前的中国古诗歌们将会是一堆多么直白的俚语。

是的，云雾烟雨，这些似人间又非人间的东西，这些看得见却摸不着的东西，它们伴随着芙蓉江三十五公里长的河道流逸，在气魄宏大的 U 形峡谷间升腾或消散。它们像是在掩盖着真相，却更撩拨起你解读的欲望。我终于懂得了人们为何喜欢用长河、用浩如烟海去比喻历史了，或许就是因为历史也如同女人一般，与水有缘——它姿态百变，风情万端，盛在蜿蜒绵长的河床，便为江河。盛在广阔无垠的空间，便为海洋。历史往往会被许多外因篡改。要接近真相，很难，尤其是我们进入历史长河时很容易被久远的文字所暗示和催眠，不由自主地被美丽的幻境呼唤去……

我承认，在芙蓉江上飘荡，是很难拒绝如梦如幻世界的诱惑的——

怎么形容呢？水动，人移，景换。有些美丽像阳光一样，一泻而下，惊艳，毫无保留；有些美丽像泉水，从地下慢慢渗出来，潺潺作响，却偷袭了你的灵魂；还有一种如这云雾烟雨，劈头盖脑淹没了你，你明知它们比酒更醉人，却偏向雾中去。

比如，船行驶到某处，见到江两岸的岩崖刀劈斧削一般，如两个巨人般的武士傲然站立、对峙，随时都像要拔出利剑来刺穿对方的胸膛。让你想到了电影《指环王》里对虚拟的中土世界河流的展示；

比如，看到那些峰与峰之间突然的空缺，像旋律间的休止符，知道那便是被称为涧的地方。它突然凹进去，幽深，有热带或亚热带的植物的聚集，细细的一丝水流从悬崖上不慌不忙地往下流。不能称它作瀑布，也不能用老土的"白练"来形容，它更像是坐在天上的大姑娘有一搭无一搭扔下来的花朵，茉莉之类的，因为你在空气中分明嗅到了幽然的清香。

芙蓉江就这样曲曲折折走到了自己的最后——江口，如托付终身一般地把自己托付给乌江。

江口雾重。即使秋九月，只要雨起，雾便会卷土重来。雾倘若再狠狠心，别说芙蓉花了，所有的山影屋舍皆可在顷刻间见不着，像是上帝突然脾气发作了，"哗啦"一声，用大胳膊拂去了桌子上的所有家什……

雾在江口象征着什么呢？会不会像一个尽责尽职的使者，在不同的时空间汗流浃背地穿行呢？

嗨，该说说那座衣冠冢了。因为它，江口镇这样山高皇帝远的穷乡僻壤便与当时的锦绣长安扯上了某种关系；而草根般的芙蓉和养在深闺人不识的芙蓉江，又仿佛与身处历史巅峰那个叫武则天的女人有了纠葛。

那座衣冠冢在江口镇乌江对岸的令旗山下。一抬眼，便可目送芙蓉江以谦卑、奉迎的姿态融入乌江，而乌江又马不停蹄一扭头向北而去。

衣冠冢现不过是直径三十余米的黄土丘,上植芭蕉与竹。阔大或纤瘦的叶拥挤在一起,因老成的碧色,总给人一种冷飕飕的寒意。假如有风雨袭来,狂敲猛打,这些阴冷色调的植物便飘也无定,摇也无助,其凄清景象,一如它老无所依、最后被迫自缢的主人。

读唐史的人谁能够把目光掠过长孙无忌的名字呢?他那么了得:一代国舅,一代宰相——唐太宗李世民的内兄、文德皇后的哥哥,"玄武门之变"中最重要的推手与实施者,让李世民成为帝王的首功之臣。先在贞观之治中举足轻重,后又受托辅佐高宗。

他对中国还有一项重大的贡献:领导了律法礼法的修订,产生了著名的唐律疏议,这便是被后世称赞的"西有罗马法,东有唐律"的中国第一部像模像样的大法。唐以后的朝代都以这部《唐律》作为自己法律修订的模板与蓝本。可以说初唐的历史,怎么去书写长孙无忌都不为过。

我曾细细端详过长孙无忌的画像。据说它来自初唐太宗立凌烟阁标榜开国元勋们时,令画师所绘。无忌自然是第一人。这倒让画师犯难了:原来叱咤风云的第一臣既无玉树临风的潇洒,也无目光犀利的霸气,不过是个"面团团"——每一根线条都柔若无骨,啰唆的宽袍大袖像涓涓细流从他身体上顺势而下,毫无激荡。再加上面容温和,有淡淡的微笑藏在一堆黑髯之中，更像是一个与世无争的居家老人。

我怀疑他骨子里是真想做一个与世无争的散淡之人。他虽身居高位，倒不像许多外戚利欲熏心，飞扬跋扈，依恃姐妹的"椒房之宠"肆无忌惮地攫取权力。他曾多次向太宗请辞宰相之职，并说盈满即亏始。

无忌似乎一直对自己的命运走向充满着深深忧患。这未见得是来自他的智慧，而是长期身处权力斗争的风口浪尖，深知朝廷的险恶。他试图自保，所以低调、谨慎、小心翼翼、如履薄冰。他的幸福指数并不高啊，毕竟伴君如伴虎，即使君不是自己的妹夫便是外侄，都是亲人啊。但，对一群早被权力异化的人来说，"亲人"往往是可怕而血腥的称呼。

他果然没逃过宿命——因反对高宗立武则天为后，被武氏派的许敬宗诬陷谋反。高宗听信，把自己的亲舅舅兼老师削爵，流放至当时的黔州（今重庆彭水一带）。那时无忌已是六十好几的年龄，在唐代算是老迈之人了。一个动不动便要作弄老人的朝代，纵以物质丰富、国力强大被称作了盛唐，但人文环境依旧令人胆战心惊。

至此，长孙无忌的命运真让人揪心。从锦绣长安到蛮荒黔州，漫漫长路，可谓从天堂一路滚落下来。黔州一带，现在进去，乘坐现代化的汽车或火车至武隆，仰着头去望一座座巍峨的大山，望不到尽头的大山，也会被这些来自上天的庞然大物吓出一身身汗的，何况对于古代的那个老无所依、性命朝夕不保的流放者。可以想象他曾茂盛的飘飘黑髯恐怕已一夜成雪，戴着枷锁的双手愈发浮肿。他一步一趔趄，老眼昏花地望望前程，依旧是云遮雾罩的大山，他从来都无法想象的大山，令他伤心欲绝的大山。他都不知道自己已衰老的皮囊为何还要留恋这无涯的苦难。一次次地翻山越岭，固执地行走、行走着，尽量拉开与死亡的距离。这一点上，他与花蕊夫人有着惊人的相似：屈辱、苦难，生不如死。但，他仍选择了挣扎地活着。

终于，他走到了江口。江口雾重。但山统统地向后退缩，江面如此开阔，水流在这里随心所欲地盘旋，像另一种飞翔。或许，他还见到了闪烁在雾之中的芙蓉花，乍红乍白的，不过像些循规蹈矩的良民躲在该躲的地方，偷偷拿眼满怀同情地看着他这个来自天朝的人罢了。

走了那么多危途，经历了无数次翻山越岭的长孙无忌，肯定喜欢上江口了。他或许会长长地舒一口气地对自己说，是的，停一停吧。但没想到千万里之外有人比他更心急，要让他停留在这里，并且永远。他被高宗下诏书赐死，自缢。

赐死，把长孙无忌推至怎么一个尊严的极限啊？我相信，彼时彼刻的他，一个温和却孤傲的长者，是以视死如归的姿态去追逐死亡的。

有人说，赐死的诏书其实是皇后武则天授意的，高宗早是傀儡。他性格怯弱又身体单薄，总是头痛欲裂，身心都弱不禁风。而命运偏偏安排了一个大象般强壮的女人来到他身边。女人不但才智超群、气势磅礴，更诡计多端，心子比利剑都凶狠。

但都无关紧要了。

长孙无忌死在了江口。一代名臣，把自己托付给了这个江岸多植芙蓉的村野。

虽然后来他得到平反昭雪，外甥孙显宗皇帝让人把他的尸骨迎回长安，送去了太宗的昭陵伴葬。但，这里的人仍辟出了三亩地，像模像样地为一个失势的流放者建了偌大的衣冠冢。当地人喜欢称它为"天子墓"，却明明知道里面所葬的一切与天子毫无关系。曾有人讥讽当地人愚笨：难道连国舅与天子也分不清？当地人不过憨憨一笑，仍一口一声叫那墓为"天子墓"。

令旗山下的农户多爱在房前屋后种柑橘树。秋天，雨雾来去，万物都像披上了一身灰袍子，准备上路。柑橘金黄的果实，便像它们小心翼翼提着上路的灯笼，一盏一盏，向冬天照去。

长孙无忌到底托付对了，值了，江口是一个多么厚道而美丽的地方。

四

船在芙蓉江上突突向前，浪与漩涡如芙蓉花次第而开，开在蓝幽幽的水之中。有一群唇红齿白的少女在船舱中舞蹈，伸出白生生的胳膊，一转身一扭胯，眼波荡漾，随之也有千万朵芙蓉花在眼波中次第而开。

转瞬即逝的便是历史，眼见为实的便是现在，稍作想象的便是未来，芙蓉江一直在吐故纳新。

身旁有人正兴致勃勃地猜测武隆奇特地貌的由来，竟很肯定地说它是喜马拉雅造山运动的收官之作。我听着，肃然，似乎真感到了来自冥冥之中势不可挡的力量——上天他老人家大笔一挥，山崩地裂，然后定格，武隆"叭"地摆出了一个举世无双的 pose。老人家的笔尖不过微微一颤，抖落下来的墨汁便是芙蓉江了。

芙蓉江担当的哪会是些人类历史的小恩小怨？它是以谦卑与奉迎的姿态把自己和盘托付给了上天，以成全大自然的快意，以及，用亿万数目来计算的似水流年。

你不知道
上天何时翻脸

那种超越你拥抱范围的山水，无法充当你的宠物来爱与恨。

想起这句话的时候，我像被谁的铁鞭狠狠抽了一下，血，汪洋恣肆一般从灵魂里涌出来。

也就是那个时候，我发现桃园大峡谷仿佛是武隆另一个巨大的天坑。人坐在里面会感到大山如掌，很轻柔地蜷过来，怕弄疼我们似的。然而黑的夜却像一队队轻骑兵从山顶上哗啦啦扑将下来，把我们擒住，使之动弹不得。

而我心甘情愿束手就擒，被这神秘得有些诡谲的夜晚——我们几乎是穿过一座山的肚腹、穿过一条时光隧道走入桃园大峡谷的，这是进入《印象武隆》剧场必需的仪式，属于仙女山的仪式。每个人仿佛都要被仙女山的心肺、律动洗涤一番、检验一番才会被放行，去到山的另一个空间。

我们被黑夜扔进更深的黑。因此，你会以为《印象武隆》的舞台有着无边无际的蛮荒——黑压压的大山，像扇子般打开万丈绝壁，风在绝壁间行走，声响如号子般此起彼伏。灯光打过去，绝壁上便生出些千奇百怪的图案，像大山的各种表情。而灯光打过来，你便看见有一潮一潮的人出现。他们就像是这绝壁间偶尔存活下来的岩松或在岩石缝里筑窝的山燕子，绝壁是他们的出生地与出发点。只要细雨纷飞，云雾缭绕，他们便会趁着朦胧一个个身手矫健精灵似的从那里下来。刹那间，声光打出了灵雀图案。灵雀扇动翼翅冲出峡谷，漫天飞舞。天地间忽然充满一种勃勃生机的喜悦，把黑暗赶走。你会发现，那山的深处，藏着我们从未沉没过的家园——

一、崩山

我们的父亲是以纤夫的身份上场。他在回忆，在呼朋唤友，在试图重现令他们痛苦绝望又辉煌无比的时光。他的声音时而嘶哑低回，像是对着江风在自言自语；时而洪亮高亢，炸雷般在你耳边炸响。他喊起上滩号子、拼命号子,仍像个十八岁的崽儿在江上血盆里抓饭吃,精力充沛,近乎疯狂。纤夫,这个人类发展史上最艰苦、最残酷、最倔强的职业角色便从山脚下的舞台,从山边云烟般的灌木丛,从绝壁的岩缝间涌出来,像洪水一样,拉着陈年老酒般的时光之纤从岁月深处爬上来,在你身边呈铺天盖地之势。你的世界全是他们的嗨哟嗨哟,他们裸露的脊背与闪闪发亮的汗珠。他们的号子声像一粒粒饱满的粮食,把桃园大峡谷这座粮仓装得满实满载。

《印象武隆》为何如此浓彩重墨、如歌如诗地去表现纤夫史?

如果你真正走进武隆,才知道这里有一个川江最险处:神出鬼没的上天突然发脾气造成的乌江险滩——羊角碛五里滩。

它让我又想起那句话——你不知道上天何时变脸。它的结尾一定是像铁锤般砸下来的感叹号,而不会是弱弱的问号。因为上天不允许你对它发问。你问了,它也是拒绝回答,有时连小小的暗示也没有。人与上天间签订的条约都是不平等和一次性的。

当年的武隆李家湾山崩形成的羊角碛五里滩,便是来自上天的一次恶狠狠的翻脸。

时隔两百多年了,在文献中读到有关的文字,上天那种狰狞的表情,仍会摧毁我作为人类试图春风得意的笑容。《涪州志》载：乾隆五十年（一七八五年）六月初九日，山崩成滩，乱石棋布，绵延五六里，转峡处，江水高数丈。

我不得不佩服古人对灾难的描述简洁得近似麻木，仿佛是一种科考论文在客观地陈述事实，绝不带一丁点感情色彩的渲染。我曾听一位朋友回忆他目睹的山崩。他说：天啊，那是上天在实施大屠杀，五马分尸一般就把山的一些肢体给活生生撕扯了下来。说这话时，他仍面露惊恐绝望之色。

两百多年了，够长的时间让我们有力量来回放发生在一七八五年的那场灾难。

那又是一个惹是生非的初夏。连日的暴雨终于停息，太阳像老情人一般从云层里钻了出来，与等候它多时的人们握手言欢。一切都祥和平静、山清水秀，万物安妥，没有任何可疑之处。连乌江上行船的人也变得有些懒洋洋的，喊起号子来也比平素日更带些"荤味儿"。那是因为他们心里莫名其妙开始湿润，向着一种遥远迤逦而去。那遥远可能是一座影像模糊的吊脚楼或一个女人的背影，竟都在那一刻杂草丛生，拔都拔不尽。那遥远便是未来，女人便是幸福，二者相加便是这些江上讨生活人的前程。趁着雨过天晴，太阳出来的当头，想想大好前程，他们美滋滋的心情，可想而知。

然而，突然，乌江南岸李家湾一带山峦摇晃、大地颤抖，来自地狱般的巨大声音轰然大作，如烈焰一样地在天地间蹿来蹿去，那是魔鬼的合唱。上天开始用它毫不怜悯与颤抖之手，一层一层扒拉下峭壁、悬崖、岩石和人类的任何侥幸心理，凌空把这些地球上足够巨大的存在一股脑向乌江上扔去——那是成千上万吨的巨石或泥土，顷刻成了这只手任意戏弄的玩具，想怎么扔就怎么扔。

我不知道那个时候活着的人在干什么。悲号？诅咒？绝望？束手待擒？我相信，只要上天给了一线生机，那些整日在大血盆里抓饭吃的桡夫子，即所谓的纤夫，便会连吭都不吭一声就身手矫健、风一般地从上天的眼皮子下溜走、逃生。

遮天蔽日的烟尘散去，大地平静，人们才发现巨石飞翔的目的地，已聚乱石泥沙为碛，长达五六里。因形如羊角，当地人便顺口称它为羊角碛。而他们进一步发现，曾砸出江水万丈高的巨石们，也像一只魔鬼的手，扼住乌江，把它几乎阻隔成两截。水流至此，"湍急汹涌，秋涸险绝，半涨亦恶"，竟断航达一年之久。

当地的人们何等地绝望啊：本来已是穷山恶水，上天还要将人赶尽杀绝。似乎已听到上天幸灾乐祸的笑声了。它袖手旁观，要看看被称为万物之灵的家伙们如何将人生这出戏唱下去——

千里乌江,舞台已空旷。后台鼓锣敲响,一声紧一声地催逼。却是谁敢登场?

二、纤夫

竟是纤夫。

要想乌江不断航,唯有盘滩。那便是船上下此滩的时候"必出载",即人员、货物先卸下,"虚舟乃可行也"。而虚舟时,必须靠纤夫的肩拉背扛,把船拉过羊角碛。到另一端,再上人上货。

人与老天爷叫上了板——

有了这番周折,便有了源源不断的营生;有了营生,便有了大批纤夫、挑夫的涌现;有了这些辛勤的劳动者,便有了犒劳劳动者的食物、生活必需品,甚至奢侈品,如烈性的酒;劳动者酒足饭饱后,多少要思一番"淫欲",他们可是身强力壮的真汉子,身体与心思都需要一个安放之所,于是便出现女人;女人天生就喜欢母亲一般拥着汉子睡觉,为他们上滩煮饭、下河浆洗。怎么也需要一处遮风挡雨的窝。于是,这被上天摧残之地便出现了第一座吊脚楼,第一家商铺,第一个酒肆茶馆,还有,那欲说还休的卖春妓院……

羊角镇像雨后的彩虹,悄然当空。它一时风华绝代,繁荣兴盛，成为乌江流域与龚滩齐名的四大名镇。

纤夫自然是这里最早的原住民。或者说羊角镇就是被他们的肩膀拉来的也不是诳言。

从羊角碛到羊角镇，一字之差，却饱含天地人间的多少玄机。羊角碛是上天的造化，表达上天的意志与个性，那是谁也无法阻挡的力量；羊角镇是那些在上天眼里生若蝼蚁、死如草芥纤夫的作为。他们虽然也害怕上天再次的翻脸、发威，也修庙宇，敬鬼神，抬头望天时，表情一派虔诚、感恩。但是，竟也胆大包天，把自己想象的天堂建筑在上天的翻脸之处——自己痛心疾首的伤口上。

很遗憾，我从未见过一位羊角镇的纤夫。但总是想象他们神情中会是目光炯炯，带有天然的桀骜不驯。精瘦的身条子宛如一枚杀伤力强大的子弹，随时准备向着上天的脑门子射去。

人们一谈及纤夫，便会冠之为川江纤夫。他们吼的号子，也以川江号子之名被列为国家级非物质文化遗产。而我更赞同这样的说法，应该准确地叫他们巴江纤夫或峡江纤夫——他们属于巴国疆域上廪君和巴蔓子的子孙，上苍从来没有待见过的人群。一大堆的穷山恶水、急流险滩和难以飞渡的峡谷天堑，像箭矢一样呼啸着追逐他们的命运。可这些巴人不过是咬咬牙，认了，活下来或死亡了，就这般天雷勾地火地干脆。他们自嘲自己是"死了没埋的人"。可怎么一个埋法啊？他们走滩闯礁，时而如猿猴一样攀爬于悬崖峭壁间，竟把兽类都不敢涉足的禁地，踏出一条条细若游丝的纤道；时而在激流漩涡中生死轮回，一步天堂，一步地狱。可以说，生只是他们的侥幸、偶然，死却是无法抗拒的常态，是他们忠实的随从。每一步的拉纤路都可能是没有讨价还价的死亡直通车。

早些年，羊角镇有个老纤夫李文才，逢人便爱讲起当纤夫的悲苦。他是个孤儿，很小就跟着伯父上船当船桡子：既是船上的勤杂人员，又是随船的纤夫。他说，干纤夫的都是些穷人，穷得也只剩下了一条命。偏偏又与死亡住了两隔壁。最怕那东西像个贼娃子，随时随地翻墙而入。有时拉纤人只顾往前拉，竹篾编成的纤绳却"嘣"一声被礁石磨断，拉纤人便会当即撞到岩头，鲜血迸溅，死于非命；有时，驾船的人看走眼，失了手，把船引进险境，就会把正攀爬于悬崖边的纤夫拉下水，拉到漩涡中去，一条条命顷刻便被急浪收走。他从小到大干得最多的事，就是帮人去认尸。去认那些可能前不久还彼此打过招呼的人。这些活着被叫成人、死了被叫作尸的人还算幸运者，可以入土为安，为一家老小留个念想。而不少纤夫却把千里乌江当成了归属，每一朵浪花都是他们试图飘飘欲仙的坟茔。

李文才曾讲了这么一个魔幻般的故事。当年，船泊峡谷，夜入三更，一弯月像寡妇似的孤零零待在天上，守着他们如死亡般睡去的脸时,偏偏有号子声传来——嗨哟嗨哟的,乌噓呐喊、尖刺刺的,像一把把的刀把天空与水面斩成几截。他们从梦中惊醒,环顾四周,杳无人影。那嘿哟声竟是水下传来的……他们知道那是已成亡灵的弟兄们还在拉纤,趁着月明星稀,江水温柔。他们不过是想把自己的命重新拉回阳间。于是,船上的人反而不惊骇了,唯有悲从心来。不过燃起香,烧几刀纸,送过去,算是对弟兄们的安慰。

死了没埋的人,也就是这样。

但再悲再苦,羊角镇人家干纤夫的多如牛毛。正如他们曾赤条条来到这个世界上,赤条条地上滩下水当纤夫。当他们归去时,或许也因赤条条少了许多麻烦与啰唆。活一天,就拉一天纤。死了,不埋就不埋吧,死哪儿,哪儿就是坟,不怨不恨。反正山高水长,横竖都是乌江的鬼。这些活在刀尖上的人,朝不保夕的生活方式反而给了他们浑身的胆子、豪气、豁达和无比的性感。在武隆有民谚曰:江口的妹子羊角的汉。赞的是两地多出产俊男靓女。而羊角的汉子之所以令人动心,皆缘于他们是一种对大自然极端霸道与恐吓的绝地反击——他们常年拉纤锻炼,肯定身无赘肉,而被烈日江水不断洗礼的肌肤,紧实,黝黑,以至于变成了铜一般的物质,闪烁出金属般的光芒,也像金属般的坚硬,带有了进攻性。他们弓身匍匐前行的身形,真的就像一枚亮晶晶的子弹瞄准前方——向不可知的命运射去。

如果说羊角镇的汉子像一枚枚极具杀伤力的子弹，那么这里的女人呢？写到她们的时候，我真想阳光缓缓地俯下身来，嗅嗅这些与它们一样高贵的灵魂与肉体是多么芬芳——

在偏远的羊角镇还藏有乌江航运史，乃至世界航运史上罕见的一股力量：有人称她们为神秘的女纤夫部落。还有人在兴致勃勃地打听她们拉纤时，会不会也像男纤夫那般为了上滩下河方便，为了防湿衣贴身带来病患，为了少磨损衣裤省钱养家，就一丝不挂地裸行于五里长滩乃至乌江？

哎，这些女纤夫何曾神秘过？她们从来没有远在天边，不过是羊角镇东家的女儿西家的媳妇，或者母亲、或者婆子妈。她们的父亲、丈夫、儿子大都是在乌江上讨生活的劳动者。

羊角镇女孩的哭嫁是乌江流域最经典的。唱起哭嫁歌，一人唱，几人和，几天几夜不停歌——一哭山摇地动，二哭柔肠寸断，三哭余音不绝。也难怪她们要以最悲切的方式来迎接自己人生的大喜：因为在家当姑娘，天塌下来多少有爹妈顶着；出嫁当媳妇，自己将要去顶起别人的天了，她们实在是害怕啊。何况她们嫁的往往是纤夫这样来去无定、生死难测职业的丈夫，从此后的人生也将是风雨兼程，凄苦复凄苦。

乌江流域很盛行各种版本的《送郎调》，自然是女人唱给男人听的，算作情歌，也算作警示。我发现，它也是唱给上苍听的，比如这样的《送郎调》：

送郎送到五里排，

天上的雷公打下来。

天上的雷公莫打我，

我再送他五里哟，就回来。

……

每次听到这歌，都想哭。我不知道天上的雷公是否也像我这样泪点低，动辄便泪水涟涟。只希望雷公是个明白人间情事与慈悲的老好人，那样他便会手下留情，应了这个女子的祈祷。因为她的恳求无一句与荣华富贵有关，甚至为她自己。她贪的不过是一个情字。所以乌江的女子啊，心怀里存放的就是一条波澜壮阔又曲折凶险的乌江。便因此而生死由命，不离不弃。

然而，她们绝非只扮演哭哭啼啼送男人去远方的弱者。在羊角镇，女人当纤夫算不得稀奇。只要生存所需，五里长滩的拉纤队伍中，常常走着婆媳、母女、姐妹和妯娌这样的家族组合。或许前一分钟，她们还在自家吊脚楼里烧火煮饭，一听到河滩喧闹，知道涪陵来的大船要"盘滩"了，就仿佛听到灵魂的召唤，眼睛发亮，"嗵"一声把自家吊脚楼的门一把掩住，撒开两只大脚板就直奔五里滩。拉纤，让竹篾条编成的纤绳勒进自己也曾白皙娇嫩的肩头里，勒出热腾腾的血以及岁月的坚韧、岁月的宽容。最后，那个肩头便什么感觉也没有了。

这些女纤夫自然不会像男纤夫那样裸行。她们仍以对待花朵的方式来待见自己。比如，会在赶场天去为自己选一张可心的手帕。一是用来在拉纤的间隙，躺在礁石上打盹时盖住脸子，防烈日，护皮肤。只要有闲工夫，她们会立即记起自己生为女人身；二是用来与自己心仪的男子在江面上擦肩而过时，挥挥手帕，抒个情。或许每个女纤夫，私下里都拥有好几张手帕——自己买的，那个"死鬼"送的。手帕成了千里乌江男女纤夫之间表达感情中看又中用的小道具。它薄如一枚树叶，又像一片月色似的娇羞无力。想象一下它在男女纤夫粗糙的手指间绞动时的感觉吧，或许是一种最坚硬的东西和最柔软的物质在惺惺相惜——一种无以形容的铁血柔情。甚至让我怀疑这小小的手帕，有时会像风筝一般漫天飞舞，挤满乌江上的每一寸天空，花花绿绿的，让云朵也改变了颜色。它们飞得那么高、缥缈，学识再渊博的历史学家都够不着了。

三、豆干

  有时，你真不知道上天为何说翻脸就翻脸了，是为了惩戒、报复，抑或仅仅就是为了一点好奇心、恶作剧，就给地球来一场山呼海啸，天崩地裂？上天的心思，人类猜了上百万年了，还是无法猜透。人类也渐渐学会了反省，学会小心翼翼地伺候这个主儿。但更学会了坚韧与承受——

  只要你踏进武隆的地界，就很容易发现它的身影——武隆特产豆腐干。其中羊角镇的豆腐干又是精品中的精品，一张响当当的名片。诗人哑铁曾这样来歌咏这经典的名片——

> 从大豆到豆干，像一道谜
> 需要揭开乌云的面纱，躲过
> 雷电的袭击。用身体里
> 积蓄的全部温柔，将大豆
> 无法收敛的哭泣，乳白色的咆哮
> 渐次抚平。再用传统手法
> 克制、忍耐，自我解剖
> 然后灼烧，把最后一滴水分

还给阳光,或者空气

……

做羊角豆腐干的大豆自不用细说。且说水吧:是山崩后藏于地下的那股活水;卤料呢,也是没有被赶尽杀绝的大山里的植物所制。全是些劫后余生。这种豆腐干吃起来绵扎,留在唇齿间的香味有着久久的荡然,仿佛是老天爷淡淡的深情。由它,我竟会联想起诗人舒婷笔下的惠安女子——

天生不爱倾诉苦难

并非苦难已经永远绝迹

当洞箫和琵琶在晚照中

唤醒普遍的忧伤

你把头巾一角轻轻咬在嘴里

……

天知道豆腐干积攒了多少苦难、忍无可忍?到底,它把这里过去与上天的恩怨都包容了,收进自己黄褐色、娇小的身体里,然后飞镖一样地呼呼打出去,掷地有声——羊角镇成为了中国豆腐干第一镇。羊角镇的土特产们好像都带着一种石破天惊的决绝——羊角老醋、羊角猪腰枣，全是些个性独特、外表张扬"以食为天"的天。看得出，羊角镇的人正利用自己的智慧，分分秒秒地犒劳着自己，包括味觉，包括对生命的细微处悠然的体验。一个会耗费两百多年心思和光阴来制作点不起眼的豆腐干与香醋的地方，那里人的性子实在耐磨啊。

那是因为他们懂得了与擅长动不动就翻脸的上天打交道，或许不能仅仅依靠承受与坚韧。

有人说，上天爱我们的方式，我们往往不知晓。我们向上天祈求力量，他却给我们困难。我们克服了困难就拥有了力量；我们向上天祈求希望，他却允许黑暗来临。而我们走出了黑暗，伸手触及的便是满满的希望……上天给了一次惨绝人寰的崩山，也给了一次奇妙的邂逅，羊角镇的人领悟了，他们还给上天的可能要比它指望的更多——那便是热气腾腾了三百多年的羊角镇；用血与性命书写奇迹的船夫、纤夫；诱惑你味觉与情爱的豆腐干、猪腰子枣和一坛子摔翻便可让乌江水香上三年的老醋；以及，外面世界无法克隆的豪放又精致的小镇人生。

其实，在武隆处处可见上天摧残过的痕迹。上天创造武隆时，无疑用力过猛——呵，那种超越你拥抱范围的山水，它无法充当你的宠物来爱与恨，比如尺寸过于磅礴的天生三桥，像地球心肺的地缝，两岸峭壁无边无际的芙蓉江……武隆的景色都是重金属的打击乐，轰天的摇滚，要有强悍的心脏才能 hold 住。

有时，人们选择一处居住地，有与生俱来的偶然，也有生命意志的必然。

芙蓉江流到武隆珠子溪的旋坝，不知为何，水竟把山劈成了两半，然后像女皇一般前呼后拥而去。她一回头张望，奇迹便出现了。旋坝有一个跳鱼滩，每至春季，桃花开至灼灼，就有鱼，比如当地人俗称的"母猪壳"会拼着命从下游跳到几丈高的上游去产卵，生儿育女。见过这个鱼跳奇观的人用动人心魄来形容这一场面——在"白浪和水雾中，一条约摸两尺大小的红尾鲤鱼跃出水流，尾巴神奇地卷向前来，用嘴咬着，一下子就由下游跳上几丈高的上游水中，红闪闪地在空中画出优美的圆弧"。

娇小的鱼类为何要做这么高难度的跳跃？难道没想过有人正设了机关等待它们自投罗网？……但，它们仍是义无反顾、前赴后继地去跳跃，去掀起酣畅的水花，管它下一步是走向死亡或天堂。而且，总有强悍的鱼跳过上天设的局或渔人的追捕，胜利大逃亡了。这些胜利者把强悍的基因留下来，一代又一代地积累，鱼类们仍活得天长地久。

四、遗忘

《印象武隆》到了尾声。黑暗中，我泪流满面。我们的父亲——永远的纤夫在台上用悲凉又坚定的声音喊道：忘了吧，忘了我们吧。金光灿烂的时光之船便载着他向山崖边更深的黑暗处划去，向无垠的宇宙划去，最后的一点光亮也被岁月迅捷地吞没。

这个世界的推陈出新，全得靠所有事物的消失来完成，包括我们的父亲、纤夫、旧的羊角镇与我们自己……消失就像水流必须去的方向，很残酷，却也浪漫与美好。所以，我们更多的时候必须选择遗忘，苦难与哭泣，遗忘曾经的成功与辉煌。当我们具有了强大的遗忘功能，才可能浴火重生。

父亲登上时光之舟消失了。场子里的人在唏嘘、落泪，举行心灵的默哀式来送别曾经代表我们人类与大自然博弈的勇士。却又在顷刻间点亮灯火，迎来一场狂飙般降临的年轻摇滚。瞬间的交替，犹如饱餐了母亲尸骸的大马哈鱼的婴儿们瞬间长大，正气吞山河地要重返海洋。我们在黑暗中吞食了父亲的骨血与传奇，也将在光明的地界分享和传承。

忘了吧。我对消失了的父亲说。转过身去，我对着那些扮演纤夫的小伙子举起摄像镜头，笑靥如花。

白马在上

我还会与父亲相逢，在他走过的所有路上，在我走着的所有路上……

一 山

中国有多少座山叫白马山？

我以为能担得起这个名字的起码要有这些属性：阳刚、英俊、充满男性的荷尔蒙，并尚存、人迹罕至、洪荒又险要的秘境之地。

关于这些，武隆的白马山有过之而无不及。

老天的安排总让人悲欣交集：白马与仙女两山一雄一雌，刚柔相济，可望而不可即，这便是爱情的最佳距离——以凝视来完成相思相恋或许比肢体的接触更意犹未尽……

无疑，老天肯定是站在各种角度来仔细审视过白马山的。它已把好评与宽恕写在了大山的每一个峰峦、峡谷、褶皱里：包括它宛若马头的那座山——那是一匹战马的面容，目光坚定，神情倔强。昂起头，仰天长啸，以自己曾经遭遇的那些灾难深重的过往来向大宇宙求一个和平；包括贯穿山腹的那条呈"之"字形的川湘公路，恐怕也令老天啧啧惊叹了。它长达五十五公里，打通了白马山的"任督二脉"，让险山峻峰一通百通……

当地的老人说，这条路也有它的原始版本，抗战时修的。当年陪都重庆的许多物资便是通过它，再经由湘或黔，运向滇缅战场的。那时的它就有"上十八（公里），平十八（公里），下十八（公里）"之险，走一趟吓死个人……如今这条路重装上阵，武隆人完全可拿它去与贵州晴隆"二十四道拐"的抗战公路媲美了。

而我由衷地喜欢这条路，还因为道路两旁一棵棵向你行注目礼的柳杉。

柳杉又名长叶孔雀松，树形圆整高大，树姿雄伟，胸径可达两米。它们喜欢云遮雾绕的高山，不惧阴湿。它们就像是老天派遣下来的天兵天将，勇士般气宇轩昂地站在白马山的山道旁，站在某种时空的中轴线上。所表达出的内容，远比我们的许多历史教科书更准确和公平。

雨后的白马山是让人最动情的，娇嫩的空气中流淌着五味子蜂蜜的甜腻味，负氧离子们从它们藏身的绿色躯体里偷偷逃逸出来了。我喝下这些绿色的空气,脑子里蹦跶出了青春年少的灵感。而灵感又变成美人那种波光流转的眼神,逼得你必须铆足了劲拿出所有的爱与赞美才能交换她的一瞥——

因为,绿色在决定一座山的生存与死亡!

当绿色枯瘦,山便开始衰老。

所以,还没被人过度消费的白马山,它当然可以跩,可以扬扬得意。还不用细数它的其余珍宝,只是单单凭借优裕殷实的绿色财富,它都足以让自己成为一个泱泱大国。

如何来赞美它如此丰满的绿色体态呢?送上西班牙诗人加西亚·洛尔迦的那首诗吧——

绿啊绿,我爱你的绿

绿的风啊绿的枝

船在海上驶

马在山中驰

黑影笼罩她的腰肢

露台上她沉浸梦里

绿的肌肤,绿的长发

两眼泛着清冷的银光

绿啊绿，我爱你的绿

吉卜赛人的月光下

万物皆望着她

可她却看不见……

我在这座山上行走、做梦，吃带朝露的蔬菜远多于那些在冰柜里逗留已久的肉食……我一直在辨认这座山是不是我身体与心灵的避难所和拯救地……但有一点能确定：我与它之间不需要任何翻译。有一些昼夜我已独自占有了它的温柔与暴戾，如同加缪重返蒂巴萨所获得的：身体里已拥有一个不可战胜的夏天。"即使，你叫我的名字，我也不可能听见；即使听见，我也不可能转身……"

一石

那夜，读松尾芭蕉的俳句："闲寂古池旁，青蛙跳进水中央，扑通一声响"……却是欲静愈无静。山里的蛙声叫得比别处更轰然，一阵压一阵，像一架架飞机降落时的闹腾。

熬到第二天，日头高升，却不毒，和颜悦色地照耀着山水，正是野游的好时光，我说我们得去找一找花石头了。

差不多开了一个多小时的车，翻山越岭，就是去看一块石头。当地人为什么叫它花石头？这种叫法太有刺激性了，花与石——柔弱的与坚硬的掺和在一起。石头开花，多让人浮想联翩。

越野车不是傍着悬崖边上走，就是在芭茅草丛中像瞎子似的乱窜。好不容易轰地一声冲上了山顶，路却断了。

站在高处倒是能看见赵家山虎关水库，像见首不见尾的神龙在崇山峻岭间游走。那绿得不像话的水竟让我瞬间激动。好样的白马山，竟私藏了这么个孩童般干净的宝贝，它是值得松尾芭蕉的青蛙们扑通扑通跳进去的——从东瀛古老的俳句，甚至从中国唐宋的古诗古词中源源不断地一直跳进去，不要有丝毫的犹豫！

还是得去找花石头，这样的好水，岂能茕茕孑立，还需要奇迹来匹配——谁在说，东边有美人，西边就有黄河流。

过一个村便问乡人花石头的位置。"花石头儿啊……"他们呼起花石头时来了个高度的儿化音，像叫他们屋里的细娃，暖融融的。只是他们有人往左指，有人往右指……花石头在他们热情洋溢的指点中愈发是云深不知处了。

山里难得见到几块宽绰点的田坝。若有，四周都会种植一些橙子树、广柑树来围绕，像是在为这些金贵的田坝宣示主权。突然就看到几个男女以布包头，戴着纱罩，持长竿在田垄间奔跑，嘴里"嗬……嗬……"地吼叫，似乎在驱赶什么。同行的姐姐说，他们在赶走野蜂子，不让它们把自己的家蜂裹挟跑了。

还是人厉害啊，我们竟可以去阻挡虫虫界的私奔。而人的私奔是连天神领袖宙斯都管不了的，否则不会因海伦跟着帕里斯王子的出走掀起一场特洛伊战争……

姐姐又说，这个地方太像我当初下乡的涪陵天台乡了。那时也就十六七，一人住在一座黄泥巴筑起的土屋里，离前后的人家都得走十多分钟。倘若有坏人来，喊天老爷都来不及。我每天都用一根粗棒子抵住门，再抱住另一根粗棒子睡觉。夜夜都是半睡半醒，一有动静就翻身而起，立马操起棒子……我想横了，只要有谁敢破门而入，我就乱棒打过去，打死了也活该……

我拿眼盯住姐姐因愤愤然而把鼻眼扭曲了的脸。

小时候，这张脸的花容月貌让我高不可攀。作为姐妹，被美的征服已多于对同性的嫉妒。我是心悦诚服和自豪的。但对那些重庆下半城的崽儿，这张花容月貌脸的存在简直就是灾难：他们为她兄弟反目，乌嘘呐喊地打群架，亮出手锤，时刻准备着要去为她冲锋陷阵……他们比《伊利亚特》中特洛伊城墙上的那群打算为海伦粉身碎骨的老将军具备优势，毕竟年少得闪闪发光，有的是活力四射的心肠与肌肉来践行对美人的承诺。

然而，谁能逃得过大时代的翻云覆雨？转眼间美人与他们各奔各的命。姐姐来到了广阔的天地，却并没有大作为：糊口的劳作与花容月貌在彼此诋毁，眼睁睁见着韶华流逝。对于一个贫困的乡村，人们对美丽女人的敏感还不如一堆能果腹的稻谷。漂亮的脸蛋有什么用呢？谁也消费不起，连姐姐自己也如是观。她说，一次宰猪草，一刀剁下去，碰上了手掌，鲜血飙起丈高……她伸出那只手，给我看还隐隐在目的疤痕，我突然想篡改一下海子的那句诗：姐姐，今夜我不怕得罪全人类，只想护住你。手里仿佛也生出一根粗棒子，操起它便雄赳赳地赶往一九六九年姐姐的那间黑漆漆的知青屋……姐姐当然不明白我此时的内心在怎样地调遣着雷电，她只管咬牙切齿地说，打死了也活该！我不能任人宰割，要死也得先拼一拼……

车又从山上冲下来，无意间便见着旁边的坡上站立着一个小亭子……荒山野岭的，一亭伫立，总有它留人的理由吧。我们爬上去一看，竟是花石头的家——

那个高三米，长二点五米，厚三米，重八吨的莽家伙躲在并不巍峨的亭子里，虽有些缩手缩脚，却也无风雨也无晴，倒也静好！

其实，它正确的叫法应该是化石。曾有专家鉴定："它是海洋遗迹化石，特征由一系列连续、左右交错成人字形的纺锤状潜穴构成，据此可以确认为锯齿迹，时代为四亿多年前的志留纪。它的存在对研究四亿多年前白马山古环境、古地理与古气候,有着重要的科研价值。"

　　四亿年前。这个数字的确太悠远了点吧,我们穷尽几生几世也挨不到它的边缘。但我在触摸这块石头的细节时,竟有一种和四亿年前对上暗号、接上头的感觉——我知道像浮雕一般凝固在石头上的小鱼小虾或其他我们还叫不上姓名的古生物已经死亡四亿多年了。这不到六平方米的方尺间便是一个水族界的庞贝古城。但它们与庞贝古城那些人类面临死亡时惊恐万状不一样,它们游弋的姿势仍显出活泼欢愉,甚至是优雅……大难当头,是它们的智商不知何为恐惧,还是它们天然就会以向死而生的淡定去迎接大自然天崩地裂、海底翻腾的各种变革?

　　它们如此密密麻麻地聚合在一起,集体赴死,看似惨烈,又极其绚烂——

　　以我们人类的观点揣测,它们死前无疑是在英勇搏击、流着长泪地挣扎和告别,因为它们身体与身体的距离已到了亲密无间的程度。或许,它们就是依靠着这样的亲爱才抵抗住死亡前的恐惧,才能够把最美的身姿定格在生命最后的一瞬……

　　要死也得拼一拼。我陡然想起姐姐刚才说过的话——生命之美就在于不那么容易被束手就擒!

　　而它们是被怎样的一场大灾永远钉牢在了石头上的呢?

我们哪里能清楚？纵使考古学家得出一百个结论，对这些小鱼小虾曾经的生命，都是苍白。

关于这座巨石的身世，武隆有一位叫郑立的作家写下了这样的文字："那一片山坡，野草疯长，荆棘葳蕤，树木婆娑，太阳与大地互换着万物昌盛的投名状，月亮、星星与大山轻拂着众生鼎盛的风语，飘逸的绿，流淌的绿，滚动的绿，掩没了民主村通往山顶上烂泥湖的一条山路。这条盘山小路上有一处歇脚地，四围无人居住，距村民活动中心有三公里，离烂泥湖有一公里许。路边上矮坡上有一块大石头，石头下边有一个容纳一两人躲雨的小石嵌。石嵌内，仰头可见在石顶上有一幅石花图，石花枝枝蔓蔓、绿意盎然隐入石缝的深处。这块独异的石头，民主村人叫它花石头，敬之为镇村之石，从没有人说得清它的由来，更没人道得明它的奥秘。它像一块精神的胎记，烙在一村人辈辈代代承袭的记忆。"

考古学家还说，这一带的大山腹中可能还揣有很多这样的花石头。但偏偏就是它蹦跶了出来，还屹立在石顶上，来与这一方村民做伴。村民视它为圣物，有灵性，上上下下，路过此石，不由得望它一眼，嘴里喃喃：花石头儿；累了，坐在布置妥帖的阴凉处，等着山风从那一片又一片半人高的苦蒿丛慢慢移步过来。他们像是把一切都预约好了，相信风和凉爽都不会失信。

二〇一七年六月的某一天，一位村民惊乍乍地跑到村上报信：花石头不见了！大家跑到现场一看，一台挖掘机和一条新推出的百米公路，证据确凿，拐走了他们的花石头！

那真叫个胆大包天！近十吨重的石头竟从那样陡峭的乡道上往下搬，吓死个仙人板板，他们会把花石头折腾得生不如死啊！

村民们气疯了，他们像自家的亲儿子被拐走了，哪里肯依？花石头那是老天赐予他们的镇山之宝、镇村之宝。丢了花石头，就像贾宝玉丢了被视为命根子的那块玉，失魂落魄……他们绝不肯依！

他们像《伊利亚特》中的那群希腊人一样，瞬间就组织起军队去开战，要找回他们的绝世美人。

连在外打工的人也在深夜赶回，心急如焚！每个人都心急如焚！

一帮白马山民主村的乡民，一群特殊的军队向未知出发，满世界去找他们的花石头……

老天保佑，花石头很快有了下落！像一部荒诞剧的结尾：是被一个长坝镇的人挖走的，以一万六千元的价格卖给重庆大学城的一户人家。这个愚蠢的邻镇乡民，不知道自己在犯罪，更不知他引发了一山的愤怒。他与他的买家当然要乖乖地完璧归赵！

七月，花石头回来那天，"民主村人倾巢出动，给花石头披挂上红绸大花，拉出'化石回家了'的横幅，燃放鞭炮，欢迎花石头回家"。

读到郑立先生这样的文字，我第一次被中国乡村表达喜悦之情的方式深深感染，这也是农耕文明几千年遗传下来的幸福密码——当然是红色，只能是红色。正如有句话说的：如果世间真有奇迹，它的颜色就应该是中国红……

这还没完。接下来村民们自发捐钱，多的两千元，少的五十块，共筹了七万元，为他们的花石头建了一个亭子来遮风挡雨。纵或那亭子的建筑审美风格乏善可陈，很影响石头的观赏性，甚至石头该有的野性——一个粗糙的笼子把一头猛兽给困住了。但似乎只有这样石头才有了名正言顺的归属感，有姓氏的家……村民们有这样的意识和行动，已值得人敬佩。他们是以他们发自内心的激情和审美力在爱着属于自己的东西，捍卫大山的尊严，自然的尊严，以及他们自己的尊严，哪里轮得上我们这些外人去说三道四，吹毛求疵？

我不知白马山外有多少人知道这个巨大的宝贝，这个无法用人的双手去搂住的宝贝。那样的山路，开车去看都像惊险片。可偏偏有我先生小学的女同学，六十七八岁的人了，瘦弱单薄，竟和她的先生从赵家场出发，抄小路步行，来回五六个小时，跋山涉水去看过花石头……我们知道花石头的事便是她告诉的。

　　回来的那晚,正读着松尾芭蕉的俳句,就听到扑通扑通的声音响起。哦,是花石头上那些小鱼小虾来了。它们在我眼皮子下复活,一条条的,活蹦乱跳,还打情骂俏……

一花一草

　　在白马山上,总会被花花草草所打扰和羁绊。一座真正的山自然要草木丰盛。如果它真是一匹白马,毛皮也一定要油光水滑,那些花草就是白马山的毛皮,甚或血肉。倘若大山只有些岩石这样的骨骼,那多是拿来给人远眺或匆匆来去的。草木丰盛的地方,才留人坐下来,歇脚,宜室宜家。

　　花花草草,一岁一枯荣,死去又活来,古老又年轻,比我们先到这个世界,又会比我们迟走。嗨,一花一草,它们的王国首都在哪里呢?

(一)醉鱼草
　　我对它的关注,多因为它的花是紫色的。

　　紫色的东西对我有着致命的诱惑。我沉醉于它们在红蓝之间的那种犹疑、患得患失,那种进退维谷。正是这样的不确定、不专情使紫色有了一种奇怪的自由和独立,以及奇怪的神秘和高贵。而这高贵既是孤傲的拒绝，又掺揉着莫名的挑逗性……它会让我想起《红楼梦》中的妙玉，活得很暧昧的那个女子……如果《红楼梦》中的女子可用一种色彩去形容，在墨绿的黛玉、清灰的宝钗、洋红的湘云、湛蓝的探春之后，妙玉便是那欲说还休孤独又傲慢的幽紫。

不过醉鱼草的这种紫却消减了我对紫色的提防与较真，它们的身体里似乎更多地注入了红色的原浆。红色的支持让它的紫色不那么极端和尖锐，有了踟蹰。哎，古中国就有一个名词来形容这种色彩——踟蹰色。

好一个踟蹰色。三四米高的醉鱼草一大蓬一大蓬地在崖上、路边、河畔踟蹰，穗状的花如同已经熟透了的粮食，散发出闷沉沉的香味，把几十平方的范围都加以封锁。每年四至十月都是它们的花期，八月至翌年四月又是它们的生儿育女季。它们活着，一点不踟蹰，一点都不虚度时光，每一分每一秒都用来展示自己的大红大紫，它们是花界的奋斗者。

醉鱼草不只是徒有其表。它的身体的每个部分都能为人所用：全株有小毒，捣碎投入河中能使活鱼麻醉，便于捕捉，故有"醉鱼草"之称；通常认为：花、叶及根皆可药用，有祛风除湿、止咳化痰、散瘀之功效。兽医用枝叶治牛泻血。全株可用作农药，专杀小麦吸浆虫、螟虫及灭孑孓等。

鹿场往云水涧的路上，有两三公里的路边全是醉鱼草，那一带的风似乎都带着紫色的重量，浓郁的气味直刺嗓子眼儿，有点让人呼吸急促——它何止能让鱼醉，完全可把神思恍惚的人捕入另一个空间。每次走到那里，我会朝天长啸几声，再放声高歌，吼意大利民歌《桑塔露琪亚》最后那几句。我要证明我是一个清醒的存在。

也有人气定神闲地走在那里。曾遇见一妇女，拎着一塑料袋不紧不慢走着。见了我，笑吟吟地说：妹妹的声音好生个大，隔几湾都听见了。又问，你从哪里来嗒？我说是重庆渝中区。"哦，莫去过。"我说，就是那个有解放碑的地方。"哦，听说过。""那你去过哪里呢？"我问。"最远也就到过武隆县城。但我娃儿他们去过广州、义乌……"她脸笑得像白马山的太阳，不掺杂质，发黄的大门牙像金属一样闪亮……

她说她原先住羊角镇。拆了，搬去土坎。今天大清早从土坎坐车到碑垭，走了两个小时的路，到了这里。还得走几十分钟的路才到达目的地——她的娘家。

转山转水回娘家，我陡感人伦的美好，又被白马山爽朗的阳光灼了一下。接下来的对话更吓了我一跳：看她走路的劲头，以为她与我差不多大。她却又露出有点发黄的大门牙说：我七十好几了嗒。

（二）一年蓬

去鹿场的路上，低洼地开满了"一年蓬"。如果是乌云压过来，这一方荒野会显得特别颓废，灰色把"一年蓬"的绿叶白花全部剿灭，变成死气沉沉的一片混沌。但只要给一点阳光，白色的小花朵便透明清亮起来，绿色的细叶与枝干也有着不可思议的曼妙。

当然，一两枝"一年蓬"形只影单，哪会引人注目？必须是它们拖家带口的群居，它们一个村庄连接一个村庄地叠加，形成铺天盖地之势，就有意思了，它们成了可以淹没一切的力量！

一年蓬，菊科植物，性凉，味甘苦。可入药。具有消食止泻，清热解毒，截疟之功效。用于消化不良，胃肠炎，齿龈炎，疟疾，毒蛇咬伤。

它有好几个别名。却让我觉得完全是南辕北辙地彼此不搭调——

女菀、墙头草、瞌睡草、白旋覆花。

浪漫的让人想入非非，土的土得掉渣……

站在开满"一年蓬"的荒野上，脑海里会闪出《枕草子》里清少纳言描绘的那个画面："五六月的黄昏。一名穿红色服装的男子，将青草整整齐齐地割下。"——用一种色彩去割下另一种色彩，亏她想得出来，让人有着奇怪的惘然。

一个过路的男人，站在花海的一角与我们聊了半天。这里的山民最多的财富就是揣着大把的时间，随时都可拿它们出来陪你玩。我一直不太清楚我们究竟聊了些什么……比如我们问：这"一年蓬"是天然的还是人栽的？他答：可能是野生的，也可能是人栽的。不太清楚；又问这座石头房子是谁建的。他答：可能是这里的人，也可能是山外的人，不太清楚……

他凡事都"不太清楚"地与我们聊了很久……一个过路的人，似乎是在山野里闲逛，等人聊天的人。

山中才几日，山下已千年。或者，山中几千年，山下才几日——山里山外时空的计算完全不一样……山下总是忙。忙得只争朝夕，偶尔休点闲，仍是手机在手，生怕漏掉了重要的人或事……人是那样猴刨刨活得瞻前顾后，不断刷存在感，生怕世界把自己忘在了脑后。

在山上，时间富得流油，盯个月亮都可大半夜。奇怪的是，时间总在不经意间又生长出来，仿佛取之不尽，该干的事情都干了……包括闲扯。

（三）紫菀

有几晚被一种叫紫菀的小花弄得有些伤感，想来想去，不过是与死亡有关。过去，死亡是很缥缈的东西，通身被文学艺术喷了一道漆，从书本或一些影像艺术中影影绰绰挨过来时，多少给人隔岸观火的美感；而人一过半百，死亡就像被大风刮过来的断枝残树，嘡嘡嘡，沉重地砸在你的屋顶上，甚至长驱直入。稍不留神，你就有亲人或朋友被死神强行掳走……

还是说说紫菀吧——

"紫菀，别名青苑、紫倩、小辫、山白菜、还魂草等；菊科紫菀属，多年生草本。通常生长于潮湿的河边地带，是一味中药，有治风寒咳嗽气喘，虚劳咳吐脓血之功效。花语：回忆、真挚的爱。紫菀传说为痴情的女子所化，为了早卒的爱人，在秋天静静开着紫色的小花等待爱人漂泊的灵魂。

"另一个传说是死去的人为了告慰爱人，在秋天时，坟墓的周围就会开出淡紫的小花。活着的爱人看着这小花，就像见到曾经的爱人一样，沉浸在美丽的回忆与思念中。"

看了这些文字才知为何这种小花有些戳心。死亡对人最大的惩罚并不一定是死者肉体的消亡，而是生者对死者思念的沉重——死亡这件事更多的是对还未死亡者的恐吓和羁绊。

尤其是思念，它是生者扛起来多么痛苦的行囊——那是一架刑具，背负它走完余生得靠勇气和麻木……

所以，在相爱的人之间，先逝者或许是幸福的，就像梵高所言，只要仍被人记得，你便依然活着。

曾经看过一部电影《死神的化身》。主演死神的是那时正当年、帅气爆棚的布拉德·皮特。他为了探究人们为何喜生恶死、好死也求赖活着，便化身为美男子乔布莱恩来到人间。他的不期而至不但搅乱了媒体大亨威廉姆帕里全家宁静的生活，更撩拨起威廉姆帕里女儿苏珊的芳心。

毋庸置疑，布拉德·皮特如果真是个死神，也会让女人们前赴后继扑上去的，更何况在电影中编导还为他设置了若干无法抵御的魅力：英国绅士的气质，文质彬彬，有双孩子般单纯和诗人般忧伤的眼睛，对任何人与事都抱有强烈的好奇心和善意。而在另一方面，死神也日益难以抵御人间的诱惑：泳后苏珊滴着水湿漉漉的长发，一块散发着奶油香气的饼干，荡漾着美妙音乐和女人曳地长裙的派对。更要命的是，他和苏珊深情至骨髓的爱！这种人鬼恋、阴阳恋，绝望，却又无比璀璨……而人间何曾是死神的栖息地？只要知道他的真实身份，谁不把他驱逐出境？他得走了！他用令女人心碎的眼神对苏珊说："我不想离去。"苏珊泪眼婆娑，心如刀割，恨不能追随而去……死亡在相爱的人之间已变得不阴险、寒冷、黑色了，反而彰显出它让生命蔓生出的无限柔情。就像卡夫卡所言：生命之所以有意义，是因为它会停止。

地球多大点啊，哪能承受得了什么东西都没完没了地存在？包括情爱。所以它必须给一切生命一切事物一个删除键。而我们正因为已预知这个删除键早就埋伏在人生的某个角落，才会活得有所顾忌、收敛与珍惜……而且，渐渐也不得不学会接受死神，甚至去亲近死神。因为它本身就是生命的一部分。做到这一点的人，其实在世间便没有什么不能解决的问题了，反而获得了通往自由的车票……

我们已有那么多深爱的亲人、朋友去了那边。那边不会是凄清、陌生之地吧，会不会是另一个家园……所以心平气和地谈论一下死亡，就像在路边会不时遇到紫菀，与它相视一笑，各自释怀……还是女诗人辛波斯卡那首诗痛快——《谈论死亡，不带夸张》：如果有人宣称死亡是万能的／那么，他自己的存在就证明了／死亡并非无所不能／……没有任何生命可以不朽／即使是一瞬／死亡／总是迟了一瞬。

死亡总比生迟了那一瞬。先有生才有死啊！生，到底赢了它。

死亡也是一种公平、语重心长，甚至是希望！

三岛由纪夫的《晓寺》，主人公本多一直记得好友清显离世前对他说的一句话："我们还会见面的，一定会的。就在瀑布的下面……"

我也总相信会再见到父亲：在他所走过的路上。在我所走过的路上。

一院

游山西村

陆游

莫笑农家腊酒浑,

丰年留客足鸡豚。

山重水复疑无路,

柳暗花明又一村。

箫鼓追随春社近,

衣冠简朴古风存。

从今若许闲乘月,

拄杖无时夜叩门。

过故人庄

孟浩然

故人具鸡黍,邀我至田家。

绿树村边合,青山郭外斜。

开轩面场圃,把酒话桑麻。

待到重阳日,还来就菊花。

逢雪宿芙蓉山主人

刘长卿

柴门闻犬吠,

风雪夜归人。

……

读这些古人的诗歌,最羡慕的是他们那个时代似乎走到哪里,都能叩门而进。那些田家、那些柴门之后是不设防的家园,他们处处都可以为自己找到风雪夜归处。

白马山的院子,南中国大山里的院子,都天生携带着侠客小说中的神秘感,或屹立于一座孤独的山头,或深陷于低矮的山坳,或藏身于柳暗花明的大林子里,或临水生长在竹与芭茅草的混居中……这些院子存在的方式原本带有强烈的隐世性。但,它大大方方坐落在那里的样子,又像把自己透彻地打开了,两手一摊,和平地说,来啊!

我真就去了,踏着陆游孟浩然们的足迹,沐浴着古风四处去串各种院子——我不用事先给主人打电话,不用为去窥探或打扰了别人的生活顾虑重重……似乎,满山的院子里都住着我的亲戚,要一张凳子坐、一口水喝都是理所当然。

我很是享受这种残存的农耕文明的脉脉温情……

我们去了山虎关水库深处的张家院子。它背靠大青山，面湖而立。或因离水太近，房子全建在了四五米高的石堡坎之上。一条几乎成六七十度角的石梯，斜斜地伸去有围栏的上院落，像是在死死地抵住那里，如同木跷在支撑踩高跷的人，便使得全木结构的张家大院既有岌岌可危之感，又有赫赫然的气派。

大院应该也有一二百年的光景了。现在仍看得出当年大户人家的排场——红漆残留的大圆木门和雕刻了繁复图案的花窗，都在细说当时的明月照耀下的荣华……

现在这里只住了一对老人，贫困户，每年都要拿国家的补贴。男人瘦小，身体像个还没发育成熟的少年。戴着一顶破旧的军帽，穿着厚实的蓝色化纤面料的西装。大夏天的，他干吗穿这种衣服啊？我看到细汗珠从他鬓角渗出来，淌过脸颊……他细细磨磨把竹竿砍成竹筒，又把竹筒砍成竹片片，好费神的活路儿。一大半天，他一直在做这件事，竹片片在他身边堆积如山，快把他淹没了似的。

我大声武气地问：你弄这些个竹片片来做什么？他答：烧火。

坐在围栏边的他家亲戚说，这个大院子乡里有可能打算来重新修缮。那时来这里可是要买门票了哟。

我站在危危高耸的上院落，望着没有一丝皱纹的天空和湖水，见着那位我们该称为婆婆的老人，利索地梭下那成六七十度角的陡斜石梯，抱一抱柴棒棒噔噔噔几步就爬上来，气都不喘一口，就暗笑自己：替古人担什么心呢？这是他们住了好些世代的家。他们在这里呼吸或叹息，从琐碎的日常间吮吸生命的能量，渐渐便与这里的房、大圆木门、雕了花的窗、陡斜石梯，甚至那些码在坎下美得像艺术品的柴火棒棒成为一体了，生与死，都没什么好抱怨的了！

……我倒更喜欢另一座临湖而立的杨家小院。从半山腰看去它完全是被装置在了诗经的《蒹葭》里，尤其是山里起雾的时候，它像一只飘摇在水中的船，让人为它的势单力薄捏一把汗……小院只住着一位大姐，姓杨，六十六岁了，去年老伴走了。

杨大姐也有儿有女，都在山外打工。问她一人守着院子怕不，"怕啥子，各人的家"。

喜欢杨大姐那张温和笃定、像我二伯母的脸——带着一种牺牲者的认命、无畏和圣洁！

她把小院收拾得干干净净，房前屋后种瓜种豆，花红柳绿。她叹息道：一个人的日子也是日子。还得过。还不能马虎。

我们在她院子待了一上午，吹葫芦丝、拉二胡，闹喳喳的声响不成调，碰到湖水也就各自散开。她安静地坐在鸟雀窜来窜去的屋檐下，一半脸被阳光照亮，轮廓温柔；

一半脸被阴影笼罩，像冰冷的崖山……而后，她起身去厨房忙活，递个头出来对我们说：晌午期（吃）了再走……

还有个大院子，就在公路下面。但一片挺拔笔直的银杉却把它藏得密密实实。如果不是里面偶尔传来弱弱的鸡鸣狗叫，你或许不会发现银杉林子里还有个偌大的院子。

我踏着小路松软的泥土去院子时，一只鸟翘着臀，拖着黄黑相间的尾巴在我前面慢慢地踱着步，像在给我引路，又像在陪伴……嘿，我认识你吗？我问它。

它回头，瞅了我一眼，扑吱地飞走，那么果断。阳光出来了，似乎是被五根手指头从什么地方一把捞起来又使劲弹出去的水花，一点一点洒在了树梢上，再滴落在草丛间。

院落寂静得让人怀疑它是否有人居住。前两次去都没见到过有人，自己推开门拿出条凳来在屋檐下坐起，喝茶看书……

怎么可能是无人居住呢？这家院子建得相当有个性和风格，凹字形，有七八根大木柱支撑起了长长的风雨廊。白墙、绿门绿窗，绿松石的那种绿，色彩的搭配暗地妖娆。这样的色彩运用，在川东农村实在罕见，一般都是白与灰色系或土黄色系的搭配模式，外观上不会掀起人的审美波澜。

它很像一个布好了景，只等演员上场的舞台——阔绰的坝子也是干净得一塌糊涂；农具像装置艺术一样摆放在了该摆放的地方；院前大丛的芭蕉树和仙人掌都是英气逼人，绿得肉墩墩的……

第四次去终于见到了主人。中年的夫妻俩正在拾掇红苕粉：一个把晒成片的裹成筒状，用刀切成圆盘形。一个把圆盘形解开，抖抻，呈条状，然后把若干条状捆在一起，挂在绳子上或置于簸箕里晒干。男主人说，晒还不能完全放在大太阳下，毒日头会一下把苕粉的那点精丝吸了去，苕粉脆了就不绵扎了，得在风雨廊里就着太阳斜过来的那点热度，慢慢阴干……

两人不急不慢伺候着苕粉。我说，你们这种手工操作好慢哟。他们说，没事个嘛，慢慢弄……我当时便决定要买他家的红苕粉了，难得有这种好山好水好空气好性子伺弄出来的吃食了……

我坐在他们旁边读海明威的《流动的盛宴》。那个大块头的美国佬正坐在巴黎的咖啡馆，为一个妙龄女郎心猿意马。二十多岁"巴漂"的他暗自思忖："美人啊，我看着你呢。不管你在等谁，也不管以后是否还能再见到你，反正此时此刻你非我莫属……"接着海明威又决定要暂时离开阴冷的巴黎，去瑞士莱萨旺的一户农家乐待上一些时候。

对，没看错，海明威说的就是农家乐。说那里吃饭便宜，白天看看书，晚上可以和老婆睡在有柴火壁炉的房间里，暖暖和和……

在欧美，一离开城市，到处都是农家乐。记得二〇一四年我们在威尔士的一座大山里便住过这样的农家乐，每一条毛巾全是太阳的芬芳……

硬汉海明威啊，突然有点喜欢不硬汉的你了！

那天，从院子爬上公路，抬头又见到那座大坟蹲在对面的林子里。本来它不该这样招惹眼睛的。密密麻麻的银杉伙同几蓬一人高的山芦苇完全可把它屏蔽掉。但这座大坟竟用了红蓝二色的油漆涂抹了外观，仿若哪国的国旗在那里飘动……每次路过，只要是前后无人，我都会用一阵狂奔来甩掉那怪诞的红与蓝……

这次却在那里又遇见杨大姐，她刚刚去乡里开完会回来。她穿着上世纪八九十年代流行过的那种化纤的花格子女便装，红驼相间，配以深咖色的棉布裤。真好看！她细长的身段被这样柔和的色彩和又有些怀旧感觉的衣衫衬托得很舒朗，有种不惊动的美，包括对山林的不惊动。她见到我，眉眼皆暖，说：妹妹，我院子里有几株花，是你们城里稀罕的。你下山时把它们挖走嘛。要不，待在我院子里可惜了它们……

杨姐保重！

她又暖暖地一笑：妹妹记着来哟！

我知道我不会去挖那稀罕又值钱的花。那些宝贝的东西还是待在大山里好!

如果明年不再来白马山的赵家这里,我与这位杨姓大姐可能此生后会无期。哎,那就以此别过了吧……

一 狗

住白马山车盘的农家乐,邻家喂了几条狗。他们对狗们所干的事就是常常用链子把它们锁在又脏又窄的小房子里,或者就让它们满山遍野乱跑一气自己去找食……能找得到什么吃的,只有天晓得!它们是一群饥寒交迫的狗哇,尤其是到了冬季,这里虽不会冰冻三尺,但也会大雪纷飞。这些狗的命运将何去何从?

好在这还是七八月份,白马山的盛季,可任狗类野蛮生长,无法无天地繁殖。这可能是在它们短暂的狗生中唯一活得有趣的地方,在饥饿与偶尔的自由间,它们可以在广阔天地里"滥情""纵欲",想和谁做就和谁做,想在哪里叫床就在哪里叫床……它们比起那些亦步亦趋地跟随主人,包括交配权也任人宰割的城市宠物狗类来说,毕竟还保持了一点野性的尊严!

住农家乐的人都对这群狗厌恶之极,连六岁的小儿都会挥动着拳头,用胖腿向它们踢去,猛喝一声:滚!所以我常常只能偷偷捡起桌上不吃的肥肉，用纸包好，做贼似的趁人不注意时拿到一个地方去喂它们……我经常为自己如此"浅薄而泛滥"的同情心把自己搞得相当扭捏，在众人面前更是不好意思……有时心太软也是一宗罪。

拿去的吃食太少，几乎被三只身强力壮的狗一抢而空。一条更瘦更弱、折了一条腿的狗总是跟在后面从不抢食。最后剩给它的，几乎是一堆骨头。

它是一条已不当年的母狗，肚皮下像弹孔似的排列着干瘪的乳头。如果形容得仁慈一点，那些乳头像花朵开败后唯余的焦枯枯的花蒂，没有任何生命的美感了。

一只残疾狗，自然抢不过身强力壮的同类，这是自然法则。我这样想。别人却对我说，不尽然。它是那三条狗的妈，脚还没被车撞断时，一吃食，它也总是让着自己三个如狼似虎的狗崽子。

母爱这件事，在狗身上竟也是浩荡无边？

我又被这只充满母爱的狗搞得心神不宁了。

一个大太阳的中午，我看到它独自趴在邻家院子的角落，那三只没心没肺的家伙都没在身边。我便去几张桌收捡了肉、骨头，丢给了它。它先是仰望着我，眼神温柔。然后用三只脚强撑着那只残腿来了个款款起身……让我觉得这个淑女般优雅的起身是对我致谢的某种礼节。然而，它并没急着吃食，而是环顾四周，用更温柔的眼神在寻找着什么。显然它已不习惯吃独食了……它瘸着脚,围绕着一堆天上掉下来的馅饼似的美食一圈一圈地转,不时用眼看我和四周,低声呜呜地叫着——不知在表达喜悦,还是在呼唤它远处的那些没心没肺的崽子,可惜狗的语言我不懂……

终于,它下口了,几下便把地上的一堆肉、骨头吃得干干净净,并伸出枯瘦的舌头把有油水的地方舔得干干净净。显然,这位饥饿的母亲好久没有认认真真吃过什么东西了。

我在大太阳下心满意足地目睹它酣畅地完成了自个儿的私宴,咧嘴一笑。突然便想起《红楼梦》中平儿无辜被王熙凤、贾琏夫妻双打之后,以及香菱的新裙被大观园丫头弄污后,贾宝玉把她们接到怡红院的桥段。绝色美男的宝玉极尽温柔之能事对这两位被委屈被压迫的女子各种解难、体贴安慰……那种好与利益无关,与性无关,也与人世间所解释的那些情爱无关,只是觉得自己必须对这些可怜人做点什么,内心才能放得过自己……

有时同情这件事就是为了自己心里头好受些,与被施者没有多大的关系。做了,就完成了,畅快了,别人记不记得根本不能去纠结。否则,你就变成了债主,余生只能去干收债的事!

过后的几天,这只狗每天都好几趟跛着脚、带着它的儿女，来到我住的农家乐，隔着玻璃拿眼往里瞅。只要看到我，它嘴里就呜呜地轻叫，像个老熟人似的打着招呼。叫声里的那种亲热劲和信任却是让我不忍听的。它错误地高估了自己在我心目中的地位，完全没有认清即或像我这样对异类生命不带恶意的人，也不会为捍卫与己无关的事物去费力淘神！我基本再没给它拿过吃食了。老板娘每次为我们这桌端菜时便黑着一张脸，并拿脸拿色在我们食客与少得可怜的肉食间梭巡，那意思已是在警训：好自为之……终于，她当着农家乐的其他客人面告诫我：不要再去招惹那只狗了。它可贼，喂一次就会天天带一帮狗来。其他客人都烦得很了。再说，你喂得了它一辈子？它比不得你们城里的狗，它天生贱命……

　　离开车盘的那天，我想起什么似的问那邻家人，怎么没见那只瘸狗了呢？那家女主人撇了下嘴，说，又遭撞断了一条腿，在坎角下挺尸呢，活不活得哪个晓得哟……我像被人啪地抽了一鞭子，血色艳红。我想下到坎角去看一眼那只狗。拽着脚走了几步，却突然止步了。我害怕！

一人

　　城门洞离车盘村不过三公里路。

　　城门洞无城门，它是两座巍巍的山岩间，一个被老天一巴掌击穿的洞。我现在从山下望上去，似乎仍可听得到那非人间的崩山巨响。

武隆这一带处处可见喀斯特地貌。喀斯特，这三个字看上去特别的艺术、温文尔雅，像个外国绅士。但，仔细一想，却是这片山河中痛不欲生的血泪史。

好在都过去了，曾经的天崩地裂，乾坤大挪移。只剩下山岩上恍若古中国的城堡，石洞恍若月亮——往左移走着瞧，石洞渐渐纤瘦，成了上弦月；往右亦然，成了下弦月。居中仰望，它便是人世间最大的一轮满月了——朗晴的天，里面就装着湛蓝的天色和大朵的云彩；刮风了，里面就是东倒西歪的草木和惊恐万状的飞鸟；假如有打柴或挖草药的人经过那里，就会看到一些黑乎乎的小蚂蚁在"月亮"里爬行……便会想，他们是怎么上去的啊？那可是叫做登上青天了……

去城门洞那里其实一直都有着路。并且是自古武隆去川黔的通道，也就是当年用马驮驴负或人力肩挑背扛运盐茶去川黔的茶马道。据说现在这里已是驴行者们的打卡地。常常有男女骑着山地车在城门洞处呼啸来去。这些，是在百丈山岩下的我完全不知晓的。不知晓中又失去了一座神秘园——以为只有天神可以挨边的仙境原来早已成为了红男绿女们熙熙攘攘的娱乐超市……

百丈峭壁之下是什么情形？乱石如瀑自上而下——

那可是一面被凝固了的、沉甸甸的瀑布！想来当初肯定是乱石震天动地翻滚下来的。但不知是谁揿了暂停键，巨石们全部都停住了脚步，我支着你，你举起我，搭积木一样狼牙交错地摞起百丈高。谁都不能有丝毫的动弹，哪怕是最弱小的一坨石头。而这些所谓的孱弱者也是有千斤重吧。所以，这里是个巨石阵，巨石的国度。其臣民的身躯个个都是以吨来计算的。我站在它们的脚丫子下，额头冒汗，一再告诫自己，小心点，千万别惹怒了这些莽大汉子。

却有水潺潺作响游走于巨石们的身体间流下来。难以想象它走下来的一路是怎样的且行且阻，因为你听得见水在巨石们身体里面的咆哮如狮如虎，震耳欲聋……

令我动容的是这里藏了座小型水电站。多小？我称它为一个人的水电站。每天只有一个人守在这里——方圆几十里除了大青山就是绝壁的大石崖，就是乱石汹涌的巨石阵……水电站其实有三个人。互轮，每人值二十四小时后才有人攀登上来换班。夏季还好，冬季可以想象；白天还好，夜晚可以想象。倘如是一个雨雪交加，山风呼啸的深夜，一个人在这里怎么个待法……

眼前这位刘姓的工人又是位个头儿很瘦小的男人。我在白马山碰到的男人几乎都是矮小精瘦型的，大概只有这样的体型才适合在山地里奔走，峭壁间攀爬吧。块头大了这里的风也兜不住啊。

一个人在这里怕不怕？

他答：怕啥子？晚上把门一关，一觉到天亮，好睡！

有没有野东西来？

他答：少！来了，把门一关不管它。它耍一会儿就走了。

在他心目中这已是份很不错的工作了，一个月有一千五百元。值完班回去还可去天尺坪茶场采茶，或去山里采药来卖。自由自在，又可几处找钱，这样来过生活在大山里算是很不错的了⋯⋯

我们去，他好高兴，把唯有的两张好条凳端出来给我们坐，把自己安置在一张烂凉椅里，却手脚舒展，不卑不亢。他非常健谈，甚至滔滔不绝。他说，别看我们这里的水，乖得很，是山泉水哦，随便煮个啥东西都香得很⋯⋯

水电站有个厕所，有大半个身子都空悬在岩崖外。站在厕所里仿佛置于云端上，伸手就能捉住些云缕，泉水从脚下哗啦啦地流走⋯⋯

我们离开时，见着他一人站在峭岩上，面对万重大山——无形中有种力量的对比⋯⋯但感觉，他真的不怕！

向神话致敬

辽阔的花朵,一望无际的花朵几乎要抵达月球了。

一、泉,比泪还苦咸

巫溪,大宁河畔,宁厂古镇北岸。

那么多镜头对着它,像机关枪一般地扫射,它成了这个六月桑拿天最当红的明星。在太阳鬼祟得很、一会儿出来一会儿不出来的天气里,它抓住了一个阳光灿烂的下午,成了百感交集的明星。

这个被称为"白鹿神泉"的盐泉,飞溅而下,无穷无尽地流淌,已经几千年的壮怀激烈了。以至于让我觉得它有点像女人惯用的伎俩,开始是乳汁,如今却变成了泪,一个等待着远行者归来的伊人的泪。

其实，泉水比泪还苦咸。在此时此刻，它或许不屑申诉自己的寂寥与孤独，更不想显出受宠若惊的浅薄，它的古老足以让它对着我们这群大惊小怪的家伙表现足够的宽容与仁慈，也展示自己应有的矜持和成熟。它太清楚了，我们喧闹、大呼小叫，比起它的喧闹来不值一提。或许，它正在可怜我们也未尝可知？所以才"出泉如瀑"。

只是我仍觉得它还是像女人的痛哭——受了天大的委屈、天大的骗似的，一个弃妇的痛哭。我就奇怪了，水做女人的极端也莫过林黛玉，泪珠儿从秋流到春，从夏流到冬也有尽时，泪枯而死。而盐泉却无穷无尽地流淌，几千年的壮怀激烈，堪比斗转星移海枯石烂。流出的，简直不是水了，而是发泄，或者是幸福与悲剧、梦想和爱，是几千年的文明史，甚至，根本就是——神话。

什么在支撑它几千年奔泻的水源、能量呢？什么在描绘一个戳不破的神话强势的框架和精巧的细节呢？几千年啊，毕竟不是一天、一月、一年、一百年、一千年……时间过于漫长了，像一座浩大的、绝望的工程，谁也看不到工程的竣工……而盐泉，是不是在奢望胜过时间，如同龟兔赛跑中的那乌龟，只因为，青山依旧在？

是的，抬眼一望，山势峨大，依旧的青山像男人一样耸立。宝源山，这座在上古文献《山海经·海外西经》和大明《一统志·山川》就频频出现的角色依旧毫发无损地站在大宁河畔。当年《一统志·山川》这样描述它："宝源山，在县北三十里，旧名宝山，气象盘蔚，大宁诸山，此独雄峻。上有牡丹、芍药、兰蕙，山半有石穴，出泉如瀑，即（巫溪）咸泉。"

其实，此山让人敬畏，恐怕不只因它为大宁诸山之雄，更在于它是雌雄同体，刚柔相济。想想那些牡丹季、芍药季、女人般的春夏季吧，花在人迹罕至的山上一塌糊涂地开，连孤芳自赏的意识都没有，不过如女人怀胎十月要生出来一样，顺势而为的。那牡丹、芍药本来只是个徒有其表的好看，没有香气。但与山中诸草息息相通、混为一体之后，天然的芬芳便勃然而出，浓郁了此山。雨下来，水生雾，雾又化水，几番轮回，花草的芬芳渗入石岩，再深，就深入到大山的子宫里去了。花草本是多情物，何况还有芬芳催情、雨雾助兴，宝源山便成为没完没了怀孕的女人，生育——出泉如瀑，千秋万代的哗啦作响，只是把原本芬芳的东西变成了苦咸的盐泉。这样的结果，并非那个叫宝源山的在赌气，更不是作弄，而是饱含一颗慈母心——她很清楚：芬芳的东西对一个穷乡僻壤、有蛮荒嫌疑的地方何用之有？唯有盐，古人类生存的必需，才可以改变一方水土一方人的命运。

我面对半山腰这孔"出泉如瀑"的盐泉，内心有着战栗——比惊讶更动态的敬畏。当然，也往往在惊讶与战栗间徘徊，因为这真是比神话更让人不可思议的事情——这里，大山相夹，悬崖危壁，深谷里的宁河水薄见底，不见有多少良田与牧场，鱼虾所出也有自然的大限。而仅靠着这孔泉，这哗啦作响不绝之水流，竟可以成为史书记载的那个繁荣极乐的世外仙国。那些被称为巫咸国里的国民，可以不绩不经，服也；不稼不穑，食也。只因"一泉之利，足以奔走四方，田赋不满六百石，借商贾以为国"。

那时候的大宁河恐怕比如今中国任何一个大都会市中心的主干道还交通拥堵、令警察头痛吧，运盐的商船像寻着了食物的兽，蜂拥而来，万千船桅，比宝源山春天发出来的蕨菜还多，头，一夜间便蹿出来了，惊叹号似的插遍这宁河上下。不知那时的人们面对河道的拥堵，会是扬扬得意呢，还是愁眉苦脸呢？他们肯定有不耐烦的时候：望着天上不断掉下来的馅饼，以及比馅饼更夸张的财富，他们会因不知所措而变得烦躁起来的。于是才想到用山中的竹子根根连接、节节凿空，置于半山崖的栈道上，贴山壁而行，像工业文明时代的自来水管一样，引盐卤水出山。

可以想象盐泉的风头多健，如二八佳人，风骚逼人地长袖善舞，仿佛世道都是为着她转的。所以，修栈道，再艰苦卓绝，一修又修成了一个神话：以宁厂镇为中心沿大宁河右岸南下，"攀岩而过，盘山环绕"，直达龙门峡口，全长竟有八十公里。北上又沿西溪河、东溪河伸向陕、鄂、蜀等地，形成网状。盐水像一个贪玩的行者，无足而走，有多远走多远，野心大得很。它们成了大宁河绝壁上最神秘的行为艺术，有点人神共创的意思，因为整个形态太像神话了，或者，它就是神话。

只说说南下段那六千八百个栈道之孔吧，孔方宽窄约二十厘米，深约五十厘米，孔距在一点四六至二点一八米之间，均在同一水平线上……这样的精于计算、充满着科技含量的浩大工程，假如不是外星人那样的神人建造，而是大山旮旯的寻常人类所为，这样的人又将是群什么样的人呢？谁赋予了他们堪比天神的聪明才智？谁又在为他们装备着大无畏的气概与坚毅？

这般神话，除了让你战栗、敬畏，你还能怎么样呢？难道会像白痴，面对此泉，仍水波不兴地在附近溜达？

二、宁厂，七里半街

宁厂古镇的那七里半边街与盐泉隔河相望，也怅怅相望。中间的吊桥仿佛懂得两岸的心事，走在它的身体上，再摇摇晃晃的，也有山谷的风吹你清醒，让你四处眺望，懂得是走在了历史的浪尖上。

七里半边街依山傍水。山是浩浩荡荡的大山，水是飞流急湍的细水。街，不过是坑坑洼洼顺山势逶迤；房，依山而生；路，沿水而长。高耸的河堤又如城墙，土赭色，条石垒成。像忠厚老实的一群人，把七里半边街高高举起，挂它在悬崖上，让它像大山创作出的一组浮雕。

盐泉曾是乳汁，无私无畏地喂养着宁厂惊世骇俗的繁华——不可遏制的人声鼎沸，金满钵银满钵地挥金如土，水榭楼台的夜歌，深宅大院的娇喘。当然也包括堕落，发生在岸上与船里、富商与穷人之中的不堪。盐泉生出了那么多的是与非，生出了一个个辉煌的时代、家族和人物，却仍固守自己的一。

是的，盐泉是永远的、唯一的一，然后生出了对岸的一切。

只是，它没想到，对岸曾那么丰富的一切，竟在光阴的某一段，突然零落——人烟稀少了，吊脚楼岌岌可危了，水榭楼台衰败了，甚至呈现出残垣断壁的废墟景象。宁厂的盐，不再被人需要。如同有了高档奶粉，人们再不会翻山越岭去救助一位衰老的乳母。有着更多的风光在诱惑人类向前赶，这便是一种残酷的中国古老的哲学命题——九九归一。

依我的感觉，乳母一般的盐泉遥望着对岸会柔肠寸断的，否则，我怎么会把它的哗啦作响想象成等待远行者归来的伊人之泪呢？

来宁厂前，不断有人对我说起它的萧条、寂寥、残垣断壁；去宁厂时，车子与它擦肩而过，抬眼就一目了然，但我对它的存在是视而不见的；走上吊桥，奔它而去，脑子里跳出的是海子的诗《你多么像无人居住的村庄》……

可是，过了桥见到一排虞美人的招展：偏紫的玫红色花朵，翠绿的叶茎，花红柳绿，喜气洋洋，会让你想起家园两个字。种植虞美人的肯定是个女人吧，她在我们以为废墟般的古镇上依旧花红柳绿地过着自己的日子。旁边的薄土里种的是火葱，一派新绿，极不真实。想象炒腊肉与烧河鱼时，随手掐几根，切成葱花或段，忽地就丢进锅子里——古镇人的生活从没停止。

是的，我见到了那些岌岌可危的吊脚楼，有些差不多只剩下房子的梁柱，像房子的遗骸，有着惊心的苍凉；还有一些曾经的豪门大院，连依稀的影子都消失了，不过残存些断壁供你想象而已。更多的是关门闭户，用古老的长梭子铜锁把许多人家的热闹锁在了破败的木门之后。这些人家可能很久都不会再打开木门了，这很久也包括了永远：他们已去了县城，甚至更远的地方。家园在他们咔嚓锁门的一瞬，渐渐荒芜。是的，古镇的居民愈来愈少，剩下的几乎是老人与孩子。以至于，我们要走上一段路，才能见到几户人家，三五行人。

但，我以为这一切并不妨碍古镇的依旧，古镇的魅力，因为生活的点滴——在继续，如同我见到有人栽种的虞美人与火葱，晒在河坝栏杆上的绣花鞋垫，凉椅下神情温和的一只黑白花点狗；还听到象征着中国式休闲的麻将声：四个老人在打，三女一男，打得笑嘻嘻。其中坐在门边的女人，很有些岁数了，短发齐耳，穿着碎花衬衣外套藕荷色马夹，蛮是清爽。我表扬她肤色白皙，年轻时肯定是大美人，她便回过头来，俏皮地接了一句，那是。毫无羞涩之态，一副宠辱不惊的样子。

　　古镇上见到的女人，无论老幼，面容都细腻白皙，呈桃花之色。当地人很郑重地告诉我，她们爱用盐泉洗脸。

　　是吗？又是盐泉在诞生神话，让古镇上有着遍地的美人，直到她们活到七八十岁还捍卫着美人的习性？

　　一位老婆婆站在自家贴了红对联的门口望着我。下午四点的阳光，很柔和地为她镀金，她慈眉善眼的面相像一尊藏身于民间的观世音。是的，她的一切都充满着民间的情绪，衣服上的蓝碎花让人联想起质朴的雏菊，头上裹着下川东乡间传统中的白包帕。但白包帕却那么完美地让她的脸形是当下女明星梦寐以求的"锥子脸"，肤色更白净细腻，连皱纹都忽略不计。我搂着她照相时，她的笑容安静无比，不卑不亢，蕴含着一种秘而不宣的力量。离她家不远处的一壁残墙上贴了几张写着巴掌大"善"字的纸片，上面还写了：人为善，福虽未至，祸已远离。人为恶，祸虽未至，福已远离。纸片新旧不一，重重叠叠的，能够想象得出不断更替它们的那些人怀着怎样的虔诚之心。

古镇上还住着一位叫王美的女孩，小学生。我路过她家门口时，说想喝水，她就忙着递凳递茶。她问我的第一句话是：吃饭没得？我好生奇怪，半下午的，是吃午饭还是晚饭呢？并且，她家也不像开馆子的呀，为何关心我的伙食来呢？后来才发现与我们同行的巫溪美女熊莉也是这样，每遇一位老乡，打招呼，总问一句：吃饭没得？这位巫溪土生土长的女子，衣着时尚，走路身轻如燕，对古镇了若指掌。原来古镇的人，每天只吃两顿饭，半下午的时光，正是他们的晚餐时间。漂亮的熊莉用很好听的声音发出的一声声问候：吃饭没得？再不让我觉得突兀，反而感到有种别样的暖意——这句中国传统的民间问候语，曾被老外们狠狠地笑话过，说它是我们曾经肚子打饥荒时代的产物，又说这样的问候侵犯了别人的隐私。其实，中国式的亲切，中国式的乡里乡亲，他们未必能体会……如果人们之间连饮食都可以彼此关怀，还有什么其他的会是冷漠相向呢？

还是继续说那个叫王美的女孩吧，她的模样与名字一样美。多美呢？像山里的野葡萄或野苹果，一切与山野有关的美丽都附着于她身上，天然、鲜亮、清风一般地可人。她在看李葆田主演的《神医喜来乐》。问她为何看这个，不像是小女孩爱看的嘛？她答：可以学很多中医知识。又聊天，知道她其实也算是留守儿童，父母都在外打工，她是跟着老人住在这里的，每天清晨六点多钟，要走一个多小时路去双河小学读书。回来又是一个多小时……我黯然，为她叫苦，她说哪里苦，镇上有好几个孩子搭着伴耍耍挞挞就是一个来回。她的描述让我几乎就见到她与伙伴们勾肩搭背走在路上、走在山水间的情景。我又问她，住在古镇上好不好？她回答得更干脆：好。我想她说的好也不过是小孩子家觉得乡野间适合她们淘气而已，谁知她接下来的话令我好吃惊，她说喜欢这里是因为它保持了古镇的原生态，风景优美，空气清新……

她说得一点没错，令我肃然起敬。

我们多少是带着凭吊与怜悯来到这里的。但这里有什么供我们去凭吊和怜悯的呢？古镇保持着自己的高贵，比起那些被匆匆忙忙篡改得不成样子、沦为"伪古"的古镇来说，它的破旧反而让人放心了，它毕竟保存着自己的能量。并且，与其他古镇不同的是，它一直还带有神话的天真，处处都像神话故事中的布景：对岸的宝源山不说了，据传上古巫咸率领的"十巫"就是以此山为梯，上下天庭，向天帝传达凡间民众呼声的。镇里的老人说，有时雾罩宝源顶，恍惚间，真像有些人影在烟云间忙碌。对于那些为人民服务的"十巫"，古镇的许多人都坚信他们的存在；大宁河也不用说了，仍是清澈见底。其实，流经古镇这段的宁河水叫后溪，它让我见到了宁河处子时的模样，一切河流处子时的模样，最安全的模样。如果你的鱼线够长，坐在古镇堤坎上便可钓起最干净的鱼。而顺着古镇的地形、河流一弯而形成的绿漪沱像一块毫无瑕疵的翡翠，从河边的古树下长出来似的，为宁河打了一个古香古色的盘扣。还发现了古镇有棵独特的红椿树，树干纤细却笔直，树皮光洁。它心无旁骛地伸长自己的身子，似乎要伸向无限的高度。可临了，却突然分岔，生发三枝丫，像烟花一般打开了自己。奇怪啊，难道谜底也在神话书籍中？

说到书籍，古镇上爱书的人也不少，出诗人或诗意盎然的人。吊桥边有户人家的男主人，在这个下午，慢条斯理地翻阅着一本书。或许离河水太近了，他的房间很是潮湿，书页都沾在了一起。他一页页地翻，估计他会把这桩事情坚持到月亮出来的时候。

穿过门楼，是七里半边街的后崖。崖上竟单家独户地住了人，曲曲弯弯、碎石垒成的石梯像天梯一样通向那里，上面有个八九十岁的老婆婆正拿眼认认真真俯瞰着我们。我说：她多可怜，像被困在了天上。当地八十多岁的陈姓老伯却纠正我：那才不是呢，她慢慢梭梭地就下来了。

这就是古镇人对付时间的办法，相当任性，想干什么就按自己的意思去干，不会在乎时间。因为他们既用不着急猴猴地去功成名就，又用不着去完成GDP。结果，时间倒对他们厚爱起来，仿佛总有大把的时间供他们挥霍，他们成了光阴的胜者，可以从容自在地去满足自己的心愿。

其实，古镇并不完全属于曾经的水榭楼台、深宅大院，林立的商铺、客栈，万千船桅。古镇就是他们——这里的人，属于他们的世代居住、生儿育女、油盐酱醋、生活方式，他们口口相传中的古今故事。他们才是古镇的原生态。

当然，他们也冀盼着古镇凤凰涅槃的那一天。如果是九九归一，并不意味着一切的毁灭，而是重新开始。一，就是出发的起点。但他们也说不着急、不着急，一定要想好，想明白，才能去做恢复古镇往昔辉煌的事。

想一想吧，世界上像这样有四千多年历史、象征古人类文明发祥地的古镇有多少？屈指可数哇。不好好珍惜，不就是对整个人类的犯罪？

……

离开七里半边街，走上吊桥的时候，我又想起了诗歌，著名诗人傅天琳写于二〇〇七年冬天的。她娓娓道来——

谁最静

谁最从容，谁最沉稳

谁能在山水里一坐千年

谁仅凭一盏清茶嚼墨弄文

行李箱要尽量地空、尽量地轻

谁舍得把脂粉、名利、欲念统统扔掉

谁的心为石头柔软

谁的脚趾生满云雾和花香

……

谁最像唐代诗人

……

过了河,再听"白鹿神泉"的声响,不悲不喜,哪里有着伊人的哭泣?几千年的修炼,它安有沉不住气悲悲切切等待什么的道理?不过是聊发着少年狂,在撒自己的欢。

三、春申君下山

现代人不相信神话,如同不相信爱情。

而巫溪恰恰是个诞生神话、哺育神话、丰富神话、歌咏神话的地方。古时,巫溪、巫山属于同一区域,巫溪沿岸的诸山为巫,据说是"唐尧时,巫山以巫咸得名"。巫又通灵,所以这地儿,常被人称作灵山。灵,神秘而灵动,也是看不见摸不着的空灵，有如风一样的东西。而神话最擅长的，莫过于御风而行。

关于"十巫"的神话美得令人惊叹，如同诗歌。《山海经·大荒西经》中写道："大荒之中，有山名曰丰沮玉门，日月所入。有灵山，十巫从此升降，百药爰在。唐尧时人，以作筮著称，能祝延人之福疾，知人之生死存亡，期以岁月论如神，尧帝敬为神巫。"

他们采百草为药，救民于病痛之时，灵山之巅鸾凤歌舞，群兽亲近，稻谷丰收，好一派世界大同的恩爱景象。想那"十巫"作为古人类文明发祥地最早的一批知识分子，之所以能占卜世间万物、人之祸福，其实就在于他们是自然之子，他们一直向自然学习，懂得顺天地心意，服斗转星移。有着敬天地、畏鬼神的谦虚精神。

而《史记·春申君列传》明明白白记载着的春申君，虽是凡人，其传奇也如神话般色彩绚烂。

春申君，名黄歇，战国末期与齐孟尝君、赵平原君、魏信陵君齐名的四大公子。曾为楚相，有门客三千。因功勋卓越，楚王赏赐他淮北十二县，后改封江东，为如今的上海黄浦江一带。上海简称申，便来源于这位战国的名公子。

据考，春申君的故里万顷池便在巫溪的红池坝一带。我非常相信这一考证。想想看，西南地区崇山峻岭，平坦之地不多，企图广阔便有点痴人说梦了，更何况还是万顷池呢。而真有万顷池，恐怕也只有红池坝能够担当了。

你从天子城望下去，再踮起脚望，远些再远些地眺望，也望不到银厂坪的。八月，那里会是铺满花朵的原野。辽阔的花朵，一望无际的花朵几乎要抵达月球了。而如果没有这些花朵，红池坝真的有点像天地初开时的鸿蒙，车子开上好些时候，极目荒原，仍是荒原，不见人烟。可它们却曾是春申君的家园，他一眼便能见到那万顷的花朵。或许就是从小与花朵为伍，他兰心蕙质，有着伶牙俐齿和了不得的辩才，凭着一张嘴便可说服秦昭王休兵，为楚国争得不短的和平时期。

我不知红池坝上的春申君塑像为何把他塑成了带有武夫之气的壮实汉子，想来他是靠头脑与嘴巴闯天下的人，该有些文弱吧，像竹子一样瘦与细长，带着俊逸的仙气。

红池坝的花朵却进入不了神话，编也编不像的。它只与土地、原野有关——冬天疑似死亡，快被当作了肥料。春天偏偏发出芽来，八月则举起了花朵，然后被牛羊们毫不留情地啃食。

春申君会在八月的花季离开家乡，曲折下山，像蝴蝶一般地试图飞越沧海吗？

会的。他从红池坝下来，没有水路，陆路也像鸟道。许多的时候，他不该被称作在走路，而是攀援于悬崖的上下,把魂也挂在了悬崖边缘。

终于是两岸猿声啼不住,春申君一去三千里,抵达了他最终的目的地,面朝大海的黄浦江口,他实现了一个人神话般的长征。

……

巫溪、灵山,生长过这么多神话的沃土,怎么可能不再长出神话的奇葩呢?要知道神话是一种精神、一种品质,乃至会是一种遗传,它在相信它的人们那里——结果。

……

巫溪的夜,我们学着当地人的休闲养生方式,坐在大宁河水边的凉椅上,脱掉鞋与袜,脱掉大都市人莫名的矜持,把脚伸进滔滔的河水里,如同伸进制造神话的梦工厂之中。奇妙的温暖夹裹在仍有寒意的水流翻腾之间,由脚趾向脚心、脚踝、小腿、大腿传递而来,弥漫全身,额头竟冒出热乎乎的汗珠。对面凤凰山的崖纹因急匆匆闪过的车灯,变得明暗不定,倒不诡异,反而像一张变幻无穷、挤眉弄眼、带着俏皮神情的人脸。会是谁的脸呢?巫咸的还是巫姑的?抑或,不过是我们身后那些把啤酒冰镇于河里、正盘算着怎么吃烤鱼的年轻男女的?

绝色巫山

> 我们逃不掉地要行走在三个巫山的
> 身体之间……

去巫山，天色将晚。落日早不知去向，只有快圆满的月像薄薄的剪纸被看不见的一只手，飞快地贴在一重一重黛青的山峦间，然后又迅疾地撕掉。如此反复。我举起手机想去"逮"它，月亮却总像我的灵感，与我兜兜转转：以为抓住了的，不过是些浮光掠影的碎片。

巫山月，一种寓言式的东西，带着我有些迷迷瞪瞪地进入了巫山。

一

黑夜中的巫山码头，水像是从听觉中生长出来的。凡耳朵里有动静的地方，便有水的荡漾——恍惚间，陆上的地盘被无限缩小了，只剩下脚底巴掌大的地方，其他，皆为水域。狂躁的水——长江的水、神女溪的水、大宁河的水，皆不择道而至，它们从峡口来，天上来，风中来……诡异的时候，也从我眼睛里来。于是，我的视觉终于生长出三百六十度全景的水域、"3D"魔幻般的水域。在月光下，它们像沉默的大多数，平静、驯良，悄然地翻动身子，毫无声息地赶路。

有那么一瞬，这一河大水，竟让我的眼睛湿润——它们，是作为个体的我短促生命中难得目睹的河山之变。见过它们前世的我，会情不自禁地问候：一切可好？

这些年每次路过巫山，我都有这种请安的冲动：向长眠于水下的历史、房舍、墙垣、城门、家园……突然掉下去的深渊，深不可测的人的命运……

而在夜晚，能用眼睛去捕捉的，除了巫山水，还有曾被古代文人骚客作为曲牌名、一唱三叹的《巫山高》。巫山有多高？在古人那里根本得不到地理上的准确之解，只有敏感的诗人用单薄的想象和贫瘠的文字在丈量。但，可以闪回的是——他们几乎呈后仰四十五度望山的姿势间，眼睛里无时无刻不充满恐惧……

这样的恐惧或许就是大自然为人设置的一道门槛。

比起古代，巫山那种令人战栗的高与险已渐渐被削弱。尤其是看到一串灯火从大山脚下蜿蜒上升，毫不吃力地攀上峰顶的时候，一个沉重的世界陡然变得轻盈，像一行上青天的白鹭，飞得过于狂放恣肆，飞得令我内心五味杂陈……

这样的巫山，可好？可安？

行走在巫山，意识与身子都有些摇摇晃晃。这不奇怪，因为，我们其实是行走在三个世界里——

脚下的水世界存放着一个积攒了几千年能量的巫山过去式。它是我们的来途与庞大的根须，被种在了离地心最近的地方。它也是我们主动和被动选择的一种命运。看似它们在一百七十五米的脚下水波不兴。但偶尔也会响起一些奇怪的动静，令人感到它们从未真正消失过，不过如蛇进入了冬眠期而已；

而我们面对的巫山进行式，正是一年好光景。凛冬将至，也挡不住这里山野的沸腾——黄栌、乌桕、枫树……最不起眼的一丛丛灌木，巫峡上下的常住民，春夏秋，它们不过是一种存在，本能地活着，无多大作为，更不显山露水。挨到冬天，当普天下的红叶都被冰霜、雨夹雪扫荡殆尽，埋葬了最后的光艳，它们却突然反攻，用终日在云遮雾绕里酝酿的那点狠、那点躁动，开始发力。

十万亩红叶，十万亩草木界的普罗大众，性觉醒了！青春期的反叛无人可挡——从绿色的守拙向自己的另一种状态逆行：红，更红，绯红，殷红，红得发紫……哪怕速朽，它们也要在死亡前夕先掀起一场真正属于自己的冬季狂欢。它的成因至今仍是谜：为何植物界要在最寒冷的时节，在一个叫巫山的峡江地带，以红色的名义，上演一台轰轰烈烈的山川秀？

或许在巫山千米以上被称为"天路"的黄岩环行旅游公路上，能找到上苍这样安排的理由。深冬，巫峡水是一年中最沉静与纯粹期，重返青春，清澈见底。它是夺回疆土的女王，需要普天下的山呼万岁与拥戴。而红叶便以自己排山倒海的红，成为了女王最忠实的追随者，去烘托那一水比碧玉更昂贵的绿。

……

还有一个巫山在我们的头顶上像鹰一般盘旋，却无法触及。它是文化、文学意义上的巫山：几千年来文人骚客用笔墨书写出来的世界；不同个体臆想创造的空间；无数民歌民谣口口相传的秘境……

三个巫山，互为因果，互相渗透，彼此滋润与烘托。我们深一脚浅一脚走在它们的身体上，内心明白巫山的朝云、暮雨其实是一种事物的两个变相。也更加明白，我们逃不掉地要行走在三个巫山的身体之间，踩痛一些，踩伤一些，在三个巫山的左靴右鞋间，找到它们共生的泥土和羁绊。

二

巫山、高唐、宋玉、神女、云雨，这十个中国汉字排列在一起，那样的美妙、性感，呼唤人的想象力。它更具一种画面感，富春山居图那样国宝级别的大画；又像是一部电影片的分镜头，起承转合、层层递进，始于神秘莫测，终于风轻云淡……

而巫山最绝妙之处便在于，它的历史真相总与神话传说、文学虚构黏合在一起：真相中涂抹了几多传奇和文学演绎？不得而知；神话和文学里又包裹了几多真实信息？亦不得而知。

高唐今犹在。巫山县西北部的巫峡镇高唐村，也就是长江北岸高丘山的耒鹤峰上，高唐观遗址仍历历在目。它苍老得不成个样子了，却仍是耳聪目明，在风吹雨打里去听峡江船的笛鸣，继续做着自己的春秋大梦。

据《入蜀记》（宋·陆游著）、《夔州府志》、《巫山县志》等文献记载，高唐观始建于战国，是长江三峡中最古老的名刹之一，具有两千余年悠久历史。它也因宋玉所著的《高唐赋》声名大振。

三峡水险，巫峡段更甚。自古以来，先民们皆有在望得见大水的高处建寺修观来祈福避邪的风俗。宋玉乃战国时人，高唐观也是战国时所建。是先有宋玉的《高唐赋》

才有了高唐观,抑或反之?这倒是令人兴趣盎然要刨根问底的事情。因为,也有好事者经过所谓的考证,说宋玉笔下的"高唐"应在湖北境内,与重庆的巫山绝然无关……

显然,这个"考古学家"一个字都没读懂《高唐赋》。因为赋中所写的山川景物、地理特征、气候环境,走遍中国,唯巫山巫峡可以对应……

提及巫山,人们脑海里闪烁的肯定是"云雨"二字,皆会出现幽会、情爱之类的联想。这样来阅读巫山,并不算亵渎,只是过于浅薄、阴柔、无力。

巫山的确是云与雨的大本营。天下之云仿佛都诞生于巫山,天下之雨仿佛也落在了巫山。这皆因巫山本来就是人类生长的摇篮。

一九八五年著名的古人类学家黄万波在巫山县龙骨坡发现的"能人巫山亚种",即学术上通常指的"巫山人",距今已二百零四万年。与东非早更新世能人处于同一进化水平。这一发现轰动了世界。它不仅动摇了"人类起源于非洲"的学说,也证实了中国乃至东亚型的人类,最早的诞生地或许就在三峡地区。

比我们早到世界两千多年的宋玉对这一切了然于心。他在《高唐赋》里不但赞美巫山"高矣显矣,临望远矣",更是一针见血地指出巫山的"广矣普矣,万物祖矣。上属于天,下见于渊,珍怪奇伟,不可称论"。并五体投地地感叹："惟高唐之大体兮，殊无物类之可仪比。"

是什么让宋玉看出巫山的独一无二、无以复制？并且，不但看到巫山令人倾心、折服甚至战栗的景色，更能看出它是人类的哺育地与出发地？这里的动植物也是世间万事万物的始祖？是什么让一个遣词造句的文人具备了洞察天地奥妙的大脑，懂得水升腾乃为云，云厚积乃为雨，雨自天而降，乃为水……天地间这样无限的循环、互动，乃生养万物，生育人类……无雨云，无万物，无世界？文学的宋玉走到高处，与科学欣喜相逢，这难道只是偶然？

宋玉之所以如此的幸运，是他相信了自己眼睛见到的一切。他是真实的信徒，从不以观念的偏见去修改视觉的本能。

所以，以人间男欢女爱的"云雨"去注解天地宇宙范畴的大云雨，多少是对巫山、宋玉的误读。

三

仿佛，中国的传统文化体系一直对像宋玉这样的文人是抵制的、贬低的、边缘化的。

宋玉，中国古代的四大美男，屈原后最优秀的辞赋作家，楚辞汉赋的承上启下者。其辞赋华丽绚烂、美不可言。他是名副其实的金玉其外又金玉其内的古今奇男子。包括他的名为玉,字子渊,也是令人目眩头晕的唯美和哀愁。他的存在一直给人不真实感,以至于现在,他变成了电游玩主游戏中的人物:长发披肩,白衣飘逸,执剑或者戟,凌空飞舞,所向无敌……

可惜,真实的他手无缚鸡之力,从来都是弱者。他所有的优秀,包括如花的容颜都成为了围剿他的口实与武器。他的万丈光芒先天就对人构成杀伤力,充满了进攻性——这怎么公平?上苍给他如此俊美的外表,还给他如此的风流倜傥、才华横溢……以及《九辩》《高唐赋》《神女赋》《登徒子好色赋》一篇篇皆可称为不朽的作品。这在讲究中庸、平衡的中国文化体系中,怎么会容忍?

于是,命运这个家伙开始调戏上这位美男子,让他少年得志,在楚襄王面前当上文学侍臣,后又升为楚国大夫。中年却走上华容道,被楚考烈王冷落、放逐……同他老师屈原一样心怀忧思却只能辗转于乡野:"数遭患祸,身困极也。亡财遗物,逢寇贼也。心常愤懑,意未服也。丧妃失耦,块独立也。远客寄居,孤单特也。后党失辈,惆愁独也,窃内念已,自悯伤也。"

公元前二二二年,宋玉七十六岁,楚被秦灭。他,油枯灯尽,死亡如秋风扫落叶——在流放地云梦泽,他,孤寂而逝。与老师相似,死在了离水很近的地方。

作为古人,他活得已经够长了。而这样的长,对他却是一种残忍，相当于一种凌迟——让美男子被同类和岁月双倍地摧毁，他自己还得眼睁睁地目睹，无可奈何地承受。乃至死后，他也不得安宁。

从来没有一个诗人像宋玉那样，死后被各种声音打扰，甚至攻击。司马迁一面承认他是屈原之后重要的辞赋家，一面又责其对君王的"莫敢直谏"；郭沫若干脆就在话剧《屈原》里把他刻画成卖师求荣的奸类……他的墓地被毁，故居被捣，好长一段时间里，乡人都不敢提其名……

宋玉的悲剧，其实一直就是中国文学或者文化的悲剧。当属于审美范畴的文学被统治者、强权、意识形态所利用、任意肢解、篡改的时候，文学与诗人就成为了被欺压与被侮辱者。

宋玉的为人与作品比许多歪曲他的人或许更正直和高洁。他在《九辩》里写："独耿介而不随兮，原慕先圣之遗教。处浊世而显荣兮，非余心之所乐。与其无义而有名兮，宁穷处而守高。"

他在人们往往只瞧见艳遇、性、绝代佳人的《高唐赋》《神女赋》中蕴藏了那么多深刻的寓意，甚至到了结尾干脆就直接跳将出来，劝谏本朝的君王："思万方，忧国害，开贤圣，辅不逮……"像他这样出身低微的读书人，试图以一个香艳的故事、虚构的美女来引导掌握自己生死大权的最高领导者改邪归正，虽有些文人可笑的天真，难道就没见其澎湃着一种战士的血性？如果说，屈原对当政者的批评如疾风暴雨般的激烈，宋玉仅仅是选择了滴水穿石的温和方式——风格不同而已。而当我们今天的文人隔着两千年的安全距离，放肆地吐槽宋玉的柔弱，不如屈原慷慨担当的时候，也不妨考量考量自己的背脊骨，看是否都比宋玉硬朗许多？

四

宋玉美丽的文字山呼海啸地滚滚而来，瑰丽的幻景席卷了凡人庸常的思维。且不说宋玉对人神交合赋予的古老而庄严的宗教热忱给了我们多少启迪：人与天地的沟通才能使雨水充沛、万物生长、五谷丰登；单是令我们想象一下人神交合的场面，也会让我们的小心脏如同飙上了高音，无法着陆了——

那会是在岌岌可危的高峰之巅，甚或，就在云端之上？那种悬空的翻腾弄出的动静大概要世间地动山摇了吧？

宋玉下笔竟也是地动山摇啊！

我一直觉得，宋玉就是文学意义上那个巫山梦幻国的始作俑者、缔造者。没有宋玉，没有他的《高唐赋》《神女赋》就没有了千百年来令文人骚客们津津乐道咀嚼着的那些个话题。也不能让风急浪高、曲折危险的狭窄巫峡，成为历代诗人们亮相的舞台——李白来了，骆宾王来了，孟浩然来了，白居易来了，刘禹锡来了，陆游来了，元稹来了……他们甘愿担着性命之虞也要穿越大半个中国来到巫山，已无关睡与不睡的闲扯，倒真心"只为阳台一片云"。元稹的一句"曾经沧海难为水，除却巫山不是云"让巫山云雨冉冉升起，变成了另一种物质：唯一的、坚如钢铁的东西。原来深情比匕首更钻心……

所有的诗人"行到巫山必有诗"——这里的山水、故事自带诗歌强大的磁场，他们被紧紧地吸住，不带任何杂质了，唯余一场诗人与天地对饮的宴席……中国的文人除了需要陶渊明的桃花源来解决他们对不堪现实的逃避，也需要宋玉的巫山幻景来刺激他们才情的荷尔蒙。只有诗让他们感到自己活着，并且就是要凌虚高蹈地狂。

神女，这个住在巫山之阳、高丘之阻，且为朝云、暮为行雨的女子，是宋玉奉献给巫山的神祇和守护者，也是他为中国文学奉献的一尊自由女神像。在他之前，还没有哪一部文学作品如此激情澎湃又详尽细腻地描写、歌咏过女人。要知道，那还是中国的上古时期，女人往往连个正经的名字都不具备，《诗经》里的"所谓伊人"也只是蒹葭苍苍的水边遥远而模糊的背影。而宋玉却给了他梦中的女人全方位的镜头——远观，近睇，毫发毕现的特写：她心跳的律动，呼吸的起伏，衣衫的飘拂，环佩的叮当，一颦一笑，千娇百媚……她多情时，愿荐枕席伴君朝暮；不悦时，"薄怒以自持兮，曾不可乎犯干……欢情未接，将辞而去"。这样的女子，即使是经历两千年的飞越，谪落于我们今天的烟火人间，仍堪称女神——一位能自主支配自己灵魂与肉体，绝不因权力、金钱割让自己领土的女人，她的尊严真是高不可攀。

每次去巫山都会眼巴巴寻找神女峰，这几乎成为去巫山的某种仪式。此次恰好落脚在神女峰对岸的山下。隔着湍流急骤的长江水，隔着懒懒冬日漫不经心洒下的几缕阳光，去看高处的神女峰，它几乎是被冷冰冰的灰色紧紧包裹。或许就是这样坚清的色彩一巴掌把我推到了十万八千里之外，多少有些清醒了——因我只是在寻找一块奇石，并非在仰视一位女神，她当然会"迁延引身，不可亲附"……

好姑娘，谁让您站那么高，几乎已站成永恒？

神女自然不会理会这些弱智的问题。她只管站在那里，站成了陈子昂的那首诗：前不见古人，后不见来者……事实上，她早在陈子昂诞生前就站在那里了。我甚至怀疑，她是否已在宋玉之前就已抵达了自己的位置——当初，她就是巫山众峰中最婀娜风流的那一座。逆流而上的宋玉仰头看见她，天雷勾地火，恍惚间难以辨别其为石乎，人乎，神乎。接近天际、接近诡谲云雾的东西，谁又能看得真切？宋玉只能目瞪口呆。崇尚老庄哲学的他，收敛起男性文人常有的轻狂、狎昵，只想象自己是扶摇直上的大鹏，飞至神女峰上，用两场美不胜收的梦献予她，毫无邪念地跪拜在她面前。他知道只有以梦为浆，才能与一位有血有肉的神女黏合在一起，并站在神女的位置，以大无畏的眼神瞥过千山万水……

神女峰究竟是谁的化身？宋玉笔下那位主动与楚怀王交欢，却坚拒楚襄王的佳人？帮助大禹治水的玉皇小女儿瑶姬？盼郎不归、泪尽而绝的山野怨女？谁能知道呢，这恐怕是造物主也无法回答的千古之谜。巫山人愿意揣着这个无解的谜，嘴角浮着神秘的笑意说一句 sorry，无可奉告。因为，当他们把神女峰作为自己的守护神时，早就懂得信仰比"科考"更迷人，更具有价值。

我想，假若舒婷现在来写《神女峰》，或许再不会祈愿她的神女从高处扑将下来，找一个男人肩头靠靠，痛哭一晚。诗人会让神女坚守自己的位置，咬紧牙关独自去承受高处不胜寒的孤寂和狰狞的电闪雷鸣。因为已阅读了人生大江大海的舒婷肯定知道，男人的肩头不可能是女人的家园，"新的背叛"里永远不该包含女人自己的独立与自由。

神女站在高山之巅上展览千年又如何？她成为了女性

这种人类成长与文明进化的楷模，不依附、不屈从、不卖身……她注定孤独也注定自由。但她是胜利女神，任意来往于天地之间，小凡间的恩怨情仇为一地鸡毛。

五

很奇怪，在巫山的两三天竟无夜雨。倒是月亮满满一轮，无懈可击。升起来的时候，也不奔高空而去，只在山巅徜徉。其身形的巨硕，色泽的金黄，模样的勾魂，只可以用一词来形容才能状其貌——绝色。

绝色，极端到令人绝望的颜色与品相，天地独造，世间无双。而巫山、高唐、宋玉、神女、云雨，这么一个组合竟是无法拆分，更无法批量生产的。

美的东西彼此相遇，竟是一种连环套。对岁月的杀伤力，也绵长得令人绝望。

巫山以一轮清亮的满月来与我们作别。巫山啊，就这样有情有义，有始有终。

黄桷坪
悠远的担当

> 它们挺胸收腹，大步向前，像所有雄性的进攻者……

一

黄桷坪的名字，本乡本土的，绝对的巴渝风，给人永恒的故乡感。它让人想起绿色、悠远、湿漉漉的一切；想起在曾经偏僻的渝西之城，藏一平坝，上有树树黄桷，向隅而生。那里的人似乎总在徘徊——在代表工业霸权主义的高烟囱之下，以及代表艺术诉说的川美大门口前。但，徘徊只是一种形式，骨子里，黄桷坪的人们不过是从容过着自己的市井日子。

所谓市井，也就像这里的那家著名小饭馆"坎下豆花"，大堂子开敞通透，却嘈杂混乱不堪，像人来人往的火车站台，地下或是垃圾累累，桌上或是流汤滴水。但，就不缺人气。永远有满实满载乌嘘呐喊的亢奋食客。这或许便是黄桷坪的法则——表面的粗糙却孕育与包裹着无比强悍的激情与创造力。所以，当八百余名工人、学生、艺术家联手，用三万支画笔、一万二千五百公斤的各色涂料、油漆，在黄桷坪街道两旁的每幢楼房上涂鸦——让每座房屋穿上奇妙的新衣，打出属于自己的个性旗语，留下难以磨灭印记的时候，你以为他们在干什么？他们在创造中国的又一大奇观——在创造一座艺术长城啊。八百余人、三万支画笔、一万二千五百公斤颜料，这一串数字够豪迈、够气派了吧？它或许可以加入吉尼斯家族了。至此，你或许才懂得：什么叫真正的永远——永远就是在载入历史的东西。它便如黄桷坪这样的一条街，因为一点二五公里道路两旁建筑的涂鸦艺术，总面积达到五万平方米，成为了当今中国或许是世界最大的涂鸦长街。而其开先河的勇敢，足以让它在重庆、中国，乃至世界的城市发展史上永远好一阵子了。而这种永远带给人们的心灵撞击，犹如翻山越岭的古刹钟声，一路荡开去，向着未来的方向经久不息。

当然，黄桷坪的概念，从来都不局限于一条街道，甚至川美校园、坦克库、"501艺术库"。黄桷坪不只涉及一个实体的地理方位，而是重庆城乃至中国西部的艺术高地，承载了太多重庆人特有的浪漫气质与艺术梦想。也就是说，黄桷坪三个字的内涵与外延无边无际。甚至，黄桷坪在纠正外地人对重庆、重庆人的长期偏见。曾几何时，外地人认为重庆人因身处川东困苦之地，与生俱来便携带一身暴戾之气：急性子、火气旺，说话吼来吼去，天不怕地不怕地躁动。重庆人仿佛先天就是产业工人的后备军，与沉着、优雅的艺术气质实在相距十万八千里。然而，他们却忘了搞艺术的必备元素——激情、创造力。在这一点上，重庆人天生注定。或许说，重庆地理气候条件亏欠了这里人的生活，却成全了我们的艺术感觉。中国最大的涂鸦一条街为何会诞生于重庆，而不是北京、上海这样的政治文化集中地，也不是一贯以新锐时尚享誉中国的广州呢？这也是天注定——如果说，重庆与中国的其他城市相比有何不同，便在于它的立体、它站立的姿态，它一直在行走的动感。而黄桷坪就是这座动感之城队列第一排的冲锋战士，满街的涂鸦是它为自己装备的迷彩服。穿上迷彩服，它们挺胸收腹，大步向前，像所有雄性的进攻者，代表重庆，向着艺术世界，出击。

二

为何是渝西一隅？为何离重庆若干的繁华与喧嚣有着思想体系上的遥远？这或许便是黄桷坪之所以成为黄桷坪的奥秘所在。从某种意义上讲，黄桷坪就是拿来做点不切实际的小资梦或者奋发图强的艺术大梦的。

这些人之中，有许多外乡人，他们因为艺术，留在了黄桷坪。他们围绕着艺术来谋生，过着自己想要的那种生活。他们被称为"黄漂"。

每每看到这两个字，都令人有绮丽的联想，仿佛岁月悠长的黄桷坪真成了慢吞吞流动着的河水，宛若扬子江在这一地段行走时由于江面开阔所形成的那种平缓假象。而众多生活在这里的边缘艺术家与试图拿艺术来谋生的人，都像潜伏于波涛里的大鱼小鱼，偶尔地张望一下河岸的风景，偶尔露峥嵘。他们学会了慢，享受着静水深流的意境。所以，黄桷坪的日子与重庆其他地区有相当的不同——有些是似而非，有些错乱混搭，有些奔腾与有些颓废。一方面仍保持着重庆原生态的市井生活，一方面又在充分享受一种遗世独立艺术王国的氛围。它把市井当成艺术的模特儿，又让艺术去点燃庸常的柴米油盐的日子。所以，那些"黄漂"自个儿也把日子过得黑白颠倒，昼夜难辨，摸不到何为艺术、何为生活的那条边界线。

在黄桷坪，你最容易邂逅奇装异服的人。或者说，这里便是可以夸张地穿衣打扮、我行我素、衣不惊人誓不休的特区。有的人仿佛就是要通过衣衫的自由张扬来让艺术灵感从天而降；而有的人似乎要借助衣衫的穿越来抵达自己梦想的未来帝国。于是，黄桷坪成为了重庆，乃至中国西部最大的服装发布 T 型台，形形色色的来来往往，形形色色的身体与灵魂，形形色色的漂与留——黄桷坪由此有了无法无天的鲜活面容。

我曾在黄桷坪一幢修建于上世纪八十年代的房子里见到两位来自世界时尚之都巴黎的年轻人，他们自称是典型的"黄漂"，一个"漂龄"三年，一个已长达七年。他们都是"坎下豆花"的常客，像重庆男人那样用一串"把子"去"洗刷"看不惯的任何人。他们立足黄桷坪却放眼世界：拍微电影，设计国际流行的珠宝服饰，画一些谜语般的油画。他们已经非常热情、忠诚、自觉地把自己彻底重庆化、黄桷坪化。你若不解，他们会带着你走向窗户，从那里可以看到外面的另一幢楼姜黄的墙面上，几丛玫瑰红的水草像硕大无比的女妖之手在向上攀援，在急不可待地想要拽住点什么。或许那便是灰蒙蒙的一角天空。而涂鸦之下，卖油条豆浆的小贩刚刚撤离，售水果的小贩便占山为王。他们便会说，你看你看，这里好热闹、好好耍儿。没有哪里比这里更好耍儿了。他们在说"耍"的时候，把它强烈地儿化了,俨然是重庆丰都一带的浓郁口音。

三

我无法算出那些年去过多少次黄桷坪。潜意识中,我会把去黄桷坪的次数用来量化自己对艺术的热忱度与忠诚度。从另一个角度而言,黄桷坪也像盛大的艺术普及地、孵化地,担负着向市民传递艺术信息,展示艺术魅力,激发其艺术热情的重任。

细细回忆每次去黄桷坪的情景,都是些美好、纯粹,如阳光般温暖金黄的时光。

上世纪八十年代,黄桷坪有一种神秘的遥远,公共汽车在坑坑洼洼的石子路上左奔右突大半天,才能见着川美那像兵工厂般严谨又简朴的大门。于是寻着几株香樟、几株银杏一路往里走,过了标志性的鲁迅坐像,再与更多夸张抽象的人与物雕塑擦肩而过,便可望见一溜石梯之上那幢爬满青藤的苏式红砖展览馆。在那里,我见到过罗中立巨幅的画作《春蚕》:老祖母把头低下去,低进尘埃,专心于一生一世的辛劳,唯余丝丝银发像白雪般飞舞,像旌旗般招展;见到过高小华的早期代表作《为什么》。他描绘的那些在惨烈浩劫时代中被摧毁的青葱生命与灵魂,曾是我们城市的宝贝——妈妈的儿子、少女的爱人……他们的倒下，是那样的无辜，轻若鸿毛；见到过何多苓《春风已经苏醒》中那位有着淡愁与迷惘的姑娘。她的眼神犹如秋天里收割稻谷的镰刀，也在收割你内心的孤寂。

还有龙全同学、程从林同学等人的画。

他们的画令我激动得发抖。

说他们是同学一点都不夸张，的确都是中国当年恢复高考后史无前例的那批人：七七届、七八届。只是万没想到的，我竟是在目睹中国美术史上划时代的电闪雷鸣，一些将来叱咤中国画坛并主持某种流派的大画家纷纷降世……

多么荣幸，曾经，黄桷坪的一片树叶飘下来，就会像丘比特之箭一般，去射中一位享誉今天中国美术界的著名画家。黄桷坪曾是重庆名人、艺术家居住率最高的地方，拥有着值得重庆城永远为之傲娇的川美七七级、七八级、七九级的学子。他们的青春也如永远的彩虹当空，引领着我们向上，向着无限深邃的天际，去筑就一代人共同的、不可复制的时间记忆。

以后的上世纪九十年代、二十一世纪初，以及现在，川美一直在为我们这座城默默奉献着愈来愈丰盛的视觉大餐。从"卡塞尔文献展50年——移动中的档案馆"中国巡展的首展站，到"黑土大地"俄罗斯油画展的登陆，黄桷坪的姿态也日趋大气、包容，似乎要把天下真正的艺术、艺术家一揽入怀。

当我徜徉在川美的第二代展览馆里，目睹着卡塞尔文献展的档案，第一次知道德国卡塞尔文献展对于当代世界艺术的意义可用影视的"奥斯卡奖"来对应时，其内心的喜悦难以言表，那是一种融入人类大家庭的归属感。可以说，近三十年来，这种喜悦经久不衰、高潮迭起，黄桷坪的赠予真是无比慷慨：包括欣赏西班牙艺术大师戈雅的铜版画，俄罗斯现实主义画家列宾、列维坦的真迹作品的时候……似乎，黄桷坪把一个地球都搬到了我面前，除了忐忑、目不暇接，我唯余感恩。

黄桷坪也给了我许多"生活在别处"的体验：在坦克库甬道里喝咖啡的黄昏，把镀在老坦克上的夕阳的最后一抹艳红，也混在赭色液体里全喝下去了。那一瞬，突然变得耳聪目明，仿佛可以听到、看到来自扬子江水面那些大小船只的声声笛鸣以及它们奔突的身影，它们给了这里所有事件发生时三百六十度广阔的背景；在黄桷坪的喜马拉雅书店，四十多度的高温酷热天，我们的派对在深夜开始。一位年轻的现代艺术摄影师用若干入口与出口的标识，让所有参与者共同来孵化一个作品。而穿着曳地棉布长裙的我们像一群神经质的失眠者，上下求索，却无法找到属于自己的出口。像这样先锋、新潮、充满诡异色彩的派对在黄桷坪比比皆是，纯属常态。如果谁还会大惊小怪，他就不属于黄桷坪，不过是个土得掉渣的 OUT 者。

其实，黄桷坪是一条性格多变、动静无序、色彩斑斓的河流。它就是要鱼龙混杂，泥沙俱下。对它，不能加任何定语，只能堆砌无穷尽的形容词。所以它才对每一位长期或短暂游弋在这里的"黄漂"充满刺激感与诱惑力。

现在，黄桷坪很安静，并安详。工业文明留下的遗产——几只大烟囱依然屹立在那里，像巨人的手指，引导我们向月光靠近——而艺术不就是照耀安抚人类、让我们向善而生的永恒月光么？黄桷坪注定要担当，一如它曾经的崛起、变革与坚守；一如重庆发电厂高耸入云的烟囱，军工厂宽敞的坦克仓库……它们都曾担当起人类文明进程的荣光。所以，无论面对怎样的沧桑之变，黄桷坪都会是驾轻就熟的。因为，它早就把复杂的一切处理为清白的艺术了。想想一双艺术之手去驾驶坦克的感觉吧，它轰隆隆攻克的只是些没有想象力的苍白山丘，迎来的将是水草丰美的一马平川。

写诗的时候你叫南岸

种子撒出去,收割人已坐在门口。

关于南岸,诗人马拉有句诗一直为我制造了迷雾,让我身陷其中,辨不了东西,无法突围。他说:内心的南岸下雨了……

我从渝中的长滨路隔水相望,南山是迤逦千里的巍然,江水是迤逦千里的婉约。南滨路夹在山与水之间,不窘迫不尴尬,二十五公里的迤逦,二十五公里的从容,仿佛天然就是山与水的同盟!然而,的确是烟云时分多于艳阳高照,哪怕是八月天,只要南山巅乱云飞渡,南滨路就徘徊着一种乡愁似的东西。就着那样的东西,恰好可以写诗……

一、那一条路，适合骑马而行

我喜欢把二十五公里的南滨路叫作左南滨和右南滨，就像宋词里有上下阕之分。以石板坡长江大桥南桥头为界，往鹅公岩大桥方向的南滨路，为左。

我对这条路有一种隐秘的热情，就像聂鲁达骑一匹瘦马穿行于智利的深山老林，独自嗟叹，我觉得这条路是属于我的私有财产，适合骑马而行，游魂般地晃来晃去，不赶路。我就曾在黑乎乎的子夜带着外地客驾车穿行于这条路上，只想让他们看看重庆式的抒情方式——

三月，春雨初来，怯生生的娇嫩，洒在行道树红叶李的身上，不轻不重，刚好去催生或吹落那些淡紫的小碎花。

红叶李是很容易被人误读的植物。一不小心就把它当作了桃花、樱花，或杏花。其实人家的大名叫紫叶李，小名才叫红叶李，蔷薇科李属落叶小乔木，高可达八米，喜生长于水边和峡谷地带。左南滨与扬子江咫尺之隔，常年水雾爬上岸来与红叶李唱和，便让这一带红叶李的长势远胜他处。

当初决定用红叶李为行道树的人会不会也读过韩愈的那首诗："草树知春不久归，百般红紫斗芳菲。杨花榆荚无才思，惟解漫天作雪飞。"无疑，红叶李也如杨花榆荚一样，缺乏点国色天香的容颜。但它紫红发亮的叶子，举出淡紫发亮的花朵，形成一团团紫色的云雾，若女子烟视媚行，也让人动容。尤其是在暗夜里，车灯打在紫色的云雾间，你会明显感到它们因被惊吓而生发的颤抖和喘息。霎然，紫云长大了，甚至很巨硕，那是因为花朵在分崩离析，飘飞，朝着我们眼睛的方向，有些就径直射入我们的眼睛，然后直抵内心……

那么娇弱庸常的花，只是借了黑夜的计谋，就把那条路伪装成漫天雪飞的国度。

当然还会让你听到扬子江的鼾声。一听就是个睡得不安分的男人发出的声响。他若干次来回翻腾的结果，是把铜元道那一带的半山腰打湿了，湖泊悄然而生——扬子江的水站立起来，跨过南滨路的斑马线，在铜元局那一带安家立业，成了融侨半岛公园。

五月天的下午，我在那里瞎逛过：湖畔野心勃勃的黄鸢尾、风起云涌的白芦苇、几只鹭鸟像我们腼腆的姐妹躲在石岩缝隙里，以及，岸上那艘等待着海洋的海盗船和几列等待着铁轨的红火车……

我对自己说，生命有时需要这样的搁浅和等待，就如需要瞎逛和无所事事。时间哪能都拿去精打细算……包括吃饭这件事，我们都得给它相当的尊严和尊重，给它辽阔明亮点的空间以及丰腴花式点的时间——

好吧，就从半山腰的融侨半岛公园携带着满身绿意

"杀"下山去，如同攥了一壶酒直奔铜元道那个吃喝玩乐扎堆的江湖，随便挑"景婆婆""熙园""菌海丛岭"任一家，或者去店堂装饰得金碧辉煌蒙古风情的那个店吃一席冰水煮羊肉，都会发现，诗意和远方其实也在一食一饮之间。

千万不要贬低我们唇齿对美好的感受力，它是如此真实、直接和强悍，也绝对合乎天理人道：无论天灾人祸把我们逼到何等的绝境，只要这些餐饮店大门敞开，就像幸福的黄手帕在一个地方高高悬挂，召唤并候着我们回去。我们就有理由和激情与这个世界再谈一场没完没了的爱情，纵横皆有时日。

在阴沉沉的天光下，我曾仔细地琢磨过铜元道街头的那尊雕像：一个个个头不大的人人儿，蹲身，双手展翅，背扛一只体积是他N多倍的大象。那种渺小与庞大的对比，很荒诞又很真理，一针见血！那便是我们人类面对大自然时的真相吧，无力、无奈、无用，但我们仍觉得自己力大无穷——我们的敬畏和顺应，就是撑起无边无际大自然的那个支点吧，所谓四两拨千斤。终归，我们也会得到它的怜爱和宽恕而生生不息……

二、挂在悬崖上的皓月

右南滨路是从长江大桥南桥头到大佛寺大桥，全程十八公里。

这十八公里太厚实、壮阔、波澜起伏、浩荡无涯了。总之，再堆砌中国的众多形容词来赞美它，都会显出汉语言的寡淡。那么，动用十几部长篇小说去撰写是否就能淋漓尽致了呢？我也表示怀疑。

先说说这十八公里的承载能量吧：古巴渝十二景，它已占了黄葛晚渡、海棠烟雨、字水宵灯、龙门浩月四景；重庆的文化形态大禹文化、开埠文化、码头文化、抗战文化、宗教文化、巴渝文化它几乎悉数占齐；它的沿江有七座桥通向外面的世界；它有罕见的僧尼合庙的慈云寺；有已经打造好令人惊艳的弹子石老街、龙门浩老街和正在打造的慈云寺老街、米市街……它有一年一度国际知名的马拉松比赛；而重庆那些有实力有名气的餐企，都会在它的江岸拥有自己看得见风景的房间：白乐天、渝丰堂、德庄、锦禧、陶然居、大蓉和……

如果，以上这些文字都味同嚼蜡，缺乏生命介入的知冷知热，我也能轻易便拎出几段个人经历，来证明这条路的给予——

譬如，黄昏，握一杯咖啡，透过精典书店的阔窗，去读临江的那一列像金色火车一样的黄银杏。桌上的书，反被荒芜……

譬如，裹着厚袍子去重庆长江当代美术馆看世界顶尖级的以色列摄影大师、战地记者泽夫·科罕的《光之书写》摄影展，顷刻便沦陷于他的黑白光之魅与力量间，难以自拔——他的光影除了在诉说人世的苦难，也在悲悯和拯救。

常常，我还出没于原美术馆、法国水师营参加社交活动……

右南滨，早就在为这座城的时尚倡导冲锋陷阵，也成为了前沿高地。它骨子里散发出的那种大气、厚积薄发的艺术范儿、罗曼蒂克总是轻而易举就将我们一网打尽……

我也想说一说这里的行道植物，竟用了半人高的玫瑰。它们不是玫瑰花束、丛，是树，壮壮实实的树！玫瑰或粉或红，花朵的尺寸也有些超标，长出了巨硕感，像是些在天空下举着手争先恐后要发言的小朋友。而玫瑰的香气更宛若原子弹的爆炸。只要你一靠近就把你卷进去，连同你的梦。吔，它让右南滨很多地方芬芳四溢，成为了香街。记得我一位来自北方的朋友走到这里，突然就长叹起来：重庆好会骗人。我们以为这里满城就只嗅得到火锅的牛油味，哪知你们还藏了这一手，一条街的玫瑰香。双重面孔双重诱惑，太奢侈了！你们可知在我们冰天雪地的城市里，行道树半年都是用的假花……你们快感谢上天吧。

我嘿嘿笑着，觉得他对南滨路的了解仍是个瞎子摸象，只摸到象的脚指头。我说，带你去爬一爬龙门浩古街吧，你站得高一点，或许能把南滨路的妖艳看得更清晰点。但未必完整哦……

南岸多"浩"，上浩、下浩、龙门浩……何为"浩"？江边被碛石隔开形成的自然水域。它们就像水中月，被石头推向岸边，甚至是悬崖上……

"宋绍兴年间，每逢枯水季节，便能看到刻有'龙门'二字的碛石俯卧在长江的碧波中，犹如长龙戏水……一条数公里长的碛石从瓦厂湾延伸到野猫溪，中间不知何故又被拦腰截断，形成一个浩口，顾江边形成'龙门浩'，龙门浩的街名便由此而来。"有"老重庆"写道。

"浩"，自然亲水，老街自然亲山。从下而上唯有顺着陡峭的石梯坎气喘吁吁地爬啊爬。当然也可以坐电梯，但就无法品味什么叫重庆了——那个给你艰辛又给你酣畅的重庆，那个叫痛快的重庆。

爬到半山腰，仿佛一切豁然开朗，一眼便可望见上古：泪水婆娑的涂山氏一声声唤着夫君大禹的名字，回吧，回吧，片刻也好。而大禹是听不见的。听见了也三过家门而不入。他有比哄一个女人更重要的事业。他是个逆行者，注定要去出生入死，拯救万民。其伟业中也注定要回荡着女人的哭泣，乃至与妻小的后会无期。这就是命：命运与使命！涂山美女休怪大禹。

只是这个传说，总让我有些为那个实质上的寡妇、望穿秋水的女子痛彻心扉！幸好它发生在上古，还很可能只是一则神话；

第二眼，可看到一百多年前。"1891"这个敏感的数字，像一把尖刀在刺破重庆的肌肤，又像一把钥匙在打开重庆厚重的大门——咔嚓，重庆开埠了！法、日、美、德争先恐后来抢地盘，沿着山势开洋行、办工厂、造别墅……"龙门浩成了西方工业文明最早进入重庆的'万国商埠'，也成为重庆民族工业最早起航的地方"。

山下各国商船千帆云集，山上各种语言此起彼落。在这个山头，你刚与人用英语问候：Good morning；在那个山头，就得一低头无限娇羞地道别：さようなら……

那些繁华、喧嚣、挣扎、屈辱与崛起、吐故纳新，龙门浩是才下眉头，又上心头，沉默是金！皓月照着旧怆新愁时，它会捂住自己的伤口说，我就是一只蚕，啃食的是桑叶，吐出来的是丝；啃食的是沧桑，吐出来的是愈战愈勇。

第三眼张望，仍会见到那些带着浓郁年代感、犹如身穿各式年代时装的建筑：美国大使馆武官住处旧址群，美国使馆酒吧旧址，意大利使馆旧址（后成为比利时大使馆），新华信托储蓄银行旧址，重庆最早的海关别墅旧址……这些曾经爬满青藤的"垂垂老者"，在近几年龙门浩老街的打造中，返老还童了，继续不带偏见、公正客观地叙述着自己的身世。我们真的不要小觑这些用石头、砖瓦、木头建起来的房子。别以为它们没有体温，更没有如簧的巧舌，就任人摆布。殊不知，只要它们仍伫立于那里，就是真实的历史在娓娓道来，容不得虚构和演义。

正因为如此，龙门浩老街的修复打造者们慎之又慎，整体采用了倚山就势、退台式的建筑风格，蕴含一种对这方水土的尊重、珍爱、包容、执着、退让、求和与留异，让它很山城、很重庆，并聘请了一流的文物修复工匠，用各地收集起来的一百六十万块旧砖、四十万片旧瓦、三万吨旧条石，修旧如旧，"为重庆打造了一条能贮藏这座城市历史、人文、事件、民俗、传说综合性博物馆式的街区"。

在流水潺潺的山崖拐角处，"既下山"民宿把自己的名字刻在了青条石堡坎凹进去的一方石龛里。蔓藤从崖上垂下来，还叠加了自己草书般的影子，把那里弄得有些暗地妖娆。

坐在"既下山"宽绰的院坝里，左望一幢楼有一百多年的历史，右望一幢楼亦是德高望重。几棵年事已高的黄葛树更是老当益壮。流逝的岁月全变成了千金万银，在抬高它的身价。

这座民宿的设计者是国内著名设计师谢柯。他要这里如同重庆这座城，慢慢成长，有着自然、温暖、隐约、克制的东方式情绪——

湖广会馆、洪崖洞、万家灯火在彼，"既下山"在此——在悠然见南山的南山脚下，中间是橘红色的东水门大桥作为媒介，彼此都是在眺望、牵挂；彼此都在修行……

再往上攀登，便至老街的"峰顶"——龙门壹号。假若要踏入那悬空的玻璃星光观景台，假若夜色恰好蜂拥而至，必须要先调整一下呼吸……其实，哪有什么危险会吓唬你。但，有比它更让你心跳过速的东西——美啊，有时候比危险更危险！

那里，重庆最美的城市阳台，苍穹之下，你可以打开双臂，去左拥右抱三百六十度的世界：远景是整个渝中区半岛的宛如游龙，近景是东水门大桥的翩若飞鸿。温柔的嘉陵、粗犷的扬子掀起江风把几千年的江州、渝州、恭州……以及现在的那个魔幻之城——无问西东的重庆全送来眼底，星斗铺天盖地……

然而，与龙门浩老街最勾肩搭背的接触方式是找一个地方真正坐下来，喝点吃点，把内心当成牧场，放一千匹野马去晒太阳。譬如就坐在 BANANA 挂满摩洛哥花花绿绿地毯的露台，看着橘红色的东水门大桥——红桥妹妹撒个娇就把自己的一只脚搁在了南山脚下。轨道六号线却如同欲去竞争狮王的刚成年公狮，吼叫着冲将过来，不只是莽莽撞撞地一头冲向山肚子里去，也冲向你的胆识、格局……过瘾吧！满世界你哪里去找这种大浪漫，这种叫重庆的浪漫！

还不仅仅如此，天上翱翔的飞机、索道缆车，地上跑着的各式车，水里游弋的大小船只——几乎是人类具有的交通工具在这里济济一堂，天上、地上、水上都在大呼小叫，还叫唤个不停，你的语言、别人的语言突然变得多余，唯有如谜般的静默。

我想起若干年前写的那首诗《南岸》：

种子撒出去

收割人已候在了门口

家书刚寄出

母亲已坐上绿皮火车

情歌唱了一句

梅花已落满南山

书才读了半页

情郎已坐索道而至

南岸

我想在你湿漉漉的诱惑里

清瘦下去

面容天真

像月亮清白的一生

痴迷于阅读与友谊

南岸

涨水的时候

你叫南岸

熟睡的时候

你叫南岸

写诗的时候

你叫南岸

拥抱的时候

你叫南岸

2017年钟声敲响的时候

你叫南岸

　　这首出生于我梦境里的诗,是当时为精典书店从解放碑移至南滨路"1891"的那一夜而写;是为清风般的书籍与友情而写；是为高山和流水而写……

当我老攀爬于老街缀满红月季、紫三角梅的悬崖花道间时，回头，霎然发现古代的那轮皓月，如今的那弯皎月，水中闪烁的细月，山巅曳步的满月，全都挂在龙门浩的悬崖上了，美得令人惊心动魄！

梅花便落满南山

> 她们背靠着背,韶华流水。

这是已故先锋派诗人张枣代表作《镜中》的最后一句,简单得像熟睡的孩子,却足以激活我们对南山的一切遐想:梅花像信笺一般飘飞,暗香袭人,让整座山都不堪承受似的。南山更遥远了,或许它永远只能住在中国古诗歌里成为一种仙风道骨般的意象,可望而不可即。所以,古诗歌里一出现南山的字样时,都像是被袅袅云烟包藏着的大境界,在陶渊明一次次悠然的抬头间,闪现。

对重庆人而言,南山永远在彼岸。隔着一河大水,如隔了文字去想象的风景、佳人和春梦,欲辨已忘言。

我常把去南山当成一种心灵旅行。

那年六月嗅着一坡又一坡的栀子花香爬山,抵清水溪,一只鸟儿魅影似的扎过来,以箭矢般的速度。临了,却只是娇媚地叫一声"哎啊"便各自飞去,像另一个世界的亲人来给你打招呼。

南山拥有许多像清水溪一样漂亮的地名——放牛坪、龙井村、春天岭、泉山林、峡嘴,都像是些山野亲生的儿童,浑然天成,带着对农耕文明最诚挚的敬意。当然,最出名的莫过于黄桷垭。台湾的著名作家三毛曾叨叨:黄桷树,黄桷垭,黄桷垭下有人家,生个儿子吃军粮,生个女儿会文章。上世纪九十年代初,这个会文章的女儿曾回过重庆。我面对面采访她,问:不去出生地黄桷垭看看?"不啦",她把青灰色的烟屑弹向冰蓝的烟缸,沉重地抬起眼皮。

后来,我才知道三毛还是去了黄桷垭,并在芜杂的小巷中找到自己出生时所住的房子。这,其实是相当有难度的一件事:三毛仅仅在那里待到五岁,心智还处于发蒙期。几十年后,已走过万水千山的她,是凭着怎样的直觉返回自己出生地的?

并且,她对这样的寻访是多么去意踟蹰……

有一天,我终于才知这叫近乡情怯。犹如人老了照镜子,会被镜中的那个陌生人吓一跳,再黯然神伤的。

黄桷垭一直很念旧,始终对三毛一往情深,重修了她其实只待了很短暂时光的故居。她回不回来,她的岁月都放在那里,包括曾经在坡坡坎坎间背过她的邻家姐姐也仍住在古镇上。那姐姐叫陈平安，与三毛陈平的真名似是而非。如果三毛还活着，也是七十多岁的老人了，恐怕再没有丰沛的头发供她扎两条麻花辫了；而如果当初她回到黄桷垭时与邻家姐姐相认，俩女人，从儿童时光被直接射向了中老年，其中几十年的光阴像被谁偷走似的，恐怕也像极了张枣另一首诗中的句子："我们有时也背靠着背，韶华流水。"

黄桷垭的大地名中还有个几乎快消失的小地名——邮村。第一次听人提起，我便备感它的亲爱。哦，亲爱的邮村，它让我想到了普希金的皇村，流淌着乡村与皇室行宫奇妙嫁接的奇异血液，细枝末节都与你肌肤相亲。抗战时期国民政府邮政总局就设在这里的文峰塔下。那些捧着金饭碗的人带着他们的眷属也住在这里，故名邮村。

邮差，自古便是最令人敬重的职业。在没有电话、手机、网络的过往，信使干的活儿比天使还要多：烽火连三月也罢，生死两茫茫也罢，那比金子还宝贵的家书都是靠他们拼着命来传递的。

当年的邮村，男人在外奔波，女人在家里静候。那真是些马蹄声慌乱的年代啊，你说女人们怎么就能坐得住、眉眼安稳呢？也包括了他们的女儿们。据说是后来国民政府回迁南京，邮村走了一些还都的人。但留下的更多。货币贬值，穷困潦倒，这些人的女儿就坐在黄桷垭的街口卖些衣物什么的。个个模样儿清秀且不说,更有一股凛然之气,谁敢去唐突冒犯?

一朋友在邮村度过了他的童年、少年、青年时光,当然是新中国成立后,邮村成了一座叫广益中学的教工家属区。

他提起广益中学,总说是头顶上的学校,它像云雾般罩着邮村,因为它的历史比北大、清华还要长久好些年。提起邮村,他更是声情并茂地追忆:那是一个带着西洋气息的世外桃源啊,最有当年陪都的身世感。一幢一幢的青瓦黄楼,掩映在黄桷树与洋槐的婆娑树影里。洋槐开花时,香气会把人的魂儿都招出来的。小洋楼一律的两层,外墙是月色般的柠檬黄,门窗皆为赭色。窗分为老虎窗和木格窗。木格窗得用小棍支开,有一种犹抱琵琶似的周折。下雨了,他会故意支开窗,看雨水顺小青瓦的屋檐溜下来,成帘,便幻想着有些缥缈的事物会穿帘而至;雨住方晴,他会踩着漆成枣红色的杉木楼梯爬上阁楼,不经意间往窗外看,老虎窗外高高耸立的洋槐树上挂了好大一张蜘蛛网,像露天电影的银幕,雨珠还停歇在那里,被清洗得干干净净的阳光照着,闪耀着令人感动的光,仿若永恒。

那天,他从邮村给山下的姑娘寄了一张明信片,上面就抄了张枣的《镜中》——

只要想起一生中后悔的事

梅花便落了下来

比如看她游泳到河的另一岸

比如登上一株松木梯子

危险的事固然美丽

不如看她骑马归来

面颊温暖

羞惭。低下头，回答着皇帝

一面镜子永远等候她

让她坐到镜中常坐的地方

望着窗外，只要想起一生中后悔的事

梅花便落满了南山

  只是他把信右下角的年月日写成了一九九三年九月二十三日。其实那还只是一九八四年的初冬。

  多年以来，我无可救药地爱着张枣的这首《镜中》，以至于不敢轻易老去。曾经，与那位住邮村的朋友为《镜中》的诸多意象发生过诸多争论，如什么是危险的事？谁是骑马归来的女郎？谁，又是等待着回答的皇帝？我们流连于这镜中一般的爱、惆怅与哀愁，因为，它们那么安全，不过是虚拟世界中的蟋蟀响动。

前年，我在飞机上读报读到了张枣逝世的消息。他永别人间之地是距离故国、距离南山都相当遥远的德国，终年四十八岁。北岛说：张枣对语言本身有一种近乎病态的敏感，写了不少极端的试验性之作，有的成功有的失败。但无论如何，他对汉语现代诗歌有着特殊的贡献。

我对北岛的病态说并不反感。艺术或文学本身就是拿来给人犯病的。以所谓正常人的得失观是无法真正抵达它们的王国的，犹如我们没能醉得踉跄之时根本无法失身于爱情。

我望了望机窗外，白云挂在那里，如一床床雪白的被单，经过幼儿园阿姨的手洗得干干净净晒在大太阳下的被单，似乎还让人嗅到了那一股子干爽的阳光气息。我们在其中钻来钻去，像是在和谁玩一场亲密的捉迷藏。

那人肯定不会是上帝了。因为即使是白云重重叠叠，天际仍让人一目了然——那里并没有设置什么天堂。而没有天堂，上帝会住在哪儿呢？

我想张枣很可能早就在琢磨这些问题，否则他就不会那样写道"死亡猜你的年纪，认为你这时还年轻"（《死亡的比喻》）。他曾叹息叶芝四十八岁成名有点大器晚成了，却没想到死亡猜中了他的年纪，竟也是四十八岁。他会后悔自己对叶芝的嘀咕以及许多事情么？

他真的很可能早就在琢磨这些问题了——他让终极

审判者不住在天堂，而是住在离江水更近的南山，那是让他备感亲切的人间。然后让梅花落下来，像信笺一样，也是落在了离泥土更近的地方。

他其实一直是个怕孤寂、渴望熟睡的孩子，只想睡在踏实的大陆。

想到此，我为这位从未谋面的诗人、永远无法谋面的诗人，泪流满面。

从黄桷垭出发的人

我向门边捱过去,挥手:三毛再见!

一、三毛

从前,山下到黄桷垭,只能去爬黄葛古道,一爬小半天。那古道真古,始于唐,兴于宋元,鼎盛于明清……;那古道旁真植有黄葛树,大大小小,各荫一方天地,一棵隐匿在另一棵的身后,随古道婉约、长高,绿意通天,伸入无限的迷离;那石板路上的石板也都是几百岁高龄的老家伙了。人们把它们重重叠叠彼此镶嵌,一块垫着另一块的背脊骨,它们也毫无怨怼,老老实实地顺了自己的命,任千万只脚千万次地踩在自己的身体上,踩出泛着青色的光溜溜的肌肤。

有些石板上也留有深深浅浅的马蹄印。可以想见擅长爬山的川地马登这样陡峭的坡地也是不易，要使出拼命的劲来。于是一路烙下的这些马蹄印，个个皆辛苦，犹如一枚枚的勋章，在一路颁发。

三毛说，没想到的是父亲会采用骑马这种交通方式，去山里的律所上班……会不会也包括了去山下美丰银行大楼上班的时候？当律师的父亲是那样文弱。

这在我听来也像是个神话——

骑马上山还容易。下山，那些几百岁的青石板多少长了些苔藓。如果再遇上雨霖霖，泥泞处，会不会马失前蹄？还有，当年接近海棠溪码头的那一带是马尾松林遮天蔽日。大暑天走着，也有森森阴冷气偷袭背脊。如果是雾气沉沉的酷冬季呢，重庆冬季总比夏季长啊。父亲即使顺畅地下了山，他的马会拴在海棠溪码头的哪里？坐船过江爬上陡峭的石梯坎后，是经储奇门还是望龙门到打铜街？是徒步还是坐车？在美丰大楼这座当时重庆最高最时髦的标志性大楼里，父亲又是在怎么个废寝忘食地仔细做事？

三毛好想知道这一切。她总觉得父亲在这片土地上的故事像一堆刚刚燃尽的炭火，尚有余温。但，能清楚告诉她的人好像已没有了。短促的几十年却是朝花夕拾，变了人间。

她说，儿时，睡在黄桷垭的老院子里，总听得到那匹马嗒嗒走路时的声响，它们的轻与重，让她一下便能判断出父亲离得有多远。是已在三皇庙的老黄葛树下歇脚,还是迈入了他们缪家院子的后门?踢踏声近了,便是她的节日;远了,她的小胸膛里便装满忧伤……

我后来才知道,那时以马代步在山上山下奔波求生的还不止三毛的父亲。大画家傅抱石也算一个。傅氏当时住在歌乐山,要下到沙坪坝的中央大学来讲课,坐不起轿子时,也会选择骑马而行。

那个年代像三毛父亲陈嗣庆这样的中国精英人士,哪怕在抗战大后方的重庆,也活得很不容易。左肩总想以一己之长来报效国家,右肩还得担负一家大小的生命安危和柴米油盐……他们是中国历史上最累的那一拨男人。

差不多快三十年前,我和三毛坐在重庆饭店,隔窗频频去眺望对街的那幢当年的美丰银行大楼,以此来向一位辛苦又伟大的父亲致敬!

这是我和三毛的第一次见面,在重庆寒色渐现的深秋。我坐在三毛身边,就像坐在自己的梦里面,见着一个穿花布长裙的女子影影绰绰从撒哈拉沙漠、西班牙的橄榄树林、秘鲁的马丘比丘古城走过来,叹着气,千山万水的。

怎么可能呢,这位照亮过我生命的女子,竟与我咫尺之隔?

她人很疲惫了,不停地咳嗽。身体的衰弱仿佛在拖累她的灵魂。好在,她的声音实在年轻,让人不敢相信那是一个中年女人的声音，清亮，温暖，迷人。那是第一时间里会激励你去接近并呵护它主人的声音。

我们的话题从一对耳环谈起。

那天，我把自己打扮得"很三毛"，浑身叮叮当当，戴了红红绿绿夸张的藏式耳环和首饰。其实，这已是我多年的着装风格了，带着对都市精致规范的不屑，仿佛随时都会叮叮当当踏上陌生之旅去流浪。

而"流浪的教母"正与我面对面，她比我想象的瘦小、虚弱……哪里寻得到她狂放不羁的焰火？她喜欢低头，长发顺耳流泻而下，脸颊更显清癯，皱纹在那里不动声色。

她问：你的耳环在哪里买的？夸张得好！……

女人通向女人原来就这么简单！

我们汪洋恣肆地聊她那些在别人眼里根本不值半毛钱的"宝贝"——从美浓乡下淘到的一把油纸伞；雕刻着福字的老铜戒指……她说，有些东西跟着你的年代一久，便成了家人。家人哪里能去论贵贱，也不能随便就丢下吧？

我小心翼翼地与她绕到了男人这个话题——我们绕过了荷西……我不忍心，她实在不是我们以为的那个强悍潇洒、百毒不惧的三毛。

我们谈那些无关痛痒的男人，过一把指点江山的瘾。

三毛对内地男人有种文化和地域的陌生感，他们让她好奇、新鲜又困惑。她语调婉转地说，觉不觉得中国现代的男人好像缺少点旧式男人的儒雅气和谦和？我极其赞同："还是该让他们穿长衫子。让他们粗野的时候多少没这么利索。"她被我的话弄笑了，眼里突然炯炯有神起来。"台湾偶尔也会见到穿长衫子的男子。只是在一种场合，带着礼服性的色彩。但好像都不对呀。好像穿长衫子的男子就只能待在那样的时空里。走过了，就不是那回事了……"她真是明察秋毫。但，似乎再尖锐的问题经她柔声细语地说出来，就不那么锋芒毕露了，她的声音自带一种敦厚和宽容。

川端康成曾说，青年人有爱情，老年人有死亡。恰好站在中年门槛上的三毛，似乎把爱情与死亡都看成了大川和山谷一样的万事万物……

爱情一直是三毛很重要的人生课程。在这个课程中，她既是学生，又是老师；她既会看见树，更会看见森林。她理解的爱情也与常人不同，有种宗教意义上的广阔，不是那种情感上的小女人，计较着一亩一地的得失。

三毛说自己其实是不擅交际的人，所以有时会造成一些读者对她的误会。我知道，三毛有她的另一个世界，那是她为自己独留的桃花源。我们这些"武陵人"自以为早已闯进去过，其实，即便作了多少记号，也不会再找到入口了……谁又能真正懂三毛？尤其是夜深人静时的三毛，谁会深味她的辗转反侧？荷西走后，她一直在做的一件事，就是藏匿好自己的伤口，把它藏在自己也找不到的地方……

我问她这次去不去黄桷垭看看，那个她的出生地，她在那里待到四五岁，才随父母去南京，而后又去的台湾，算起来已四十三四年了。三毛没有回答我，感觉得到她的踟躅。她在纠结什么呢？少小离家，就怕老大还？她害怕了那沉甸甸的四十多年的光阴？那些光阴都没有自己的姓名，强加在人身上的时候，容易把人弄丢……

还好，她还没把自己的幼年弄丢，黄桷垭在她记忆中丝毫没有衰老过，她总是把它和那个野里野气的陈懋平一起记录在案了——

她还记得自己只管瞎胡闹，嗵地一声却掉进了地下埋着的大水缸里。大人把她捞起来时，脸都吓白了，她却边往外吐水边幽默地叫道：感谢上帝。黄桷垭背街的山上坟堆林立。大人在吓唬：别去哦，别让里边躺着的人逮住了哦！她却不信邪，偏爱在那些坟堆与坟堆之间爬来爬去。天黑了，大人喊了又喊，她仍在那里晃荡。

她问我，重庆现在还有那种小黄菊花吗？一到四五月份，野外到处都是的那种小黄菊花？我说还有还有，仲春便漫山遍野了，一直开到夏天的尾巴。我们也叫它小黄菊花。还查过，说不清学名该叫"假还阳参"还是"串叶松香草"……

"哦，"她把玩着那时的点滴，"我很喜欢和姐姐一道用妈妈的空药瓶子盛满井水，养一大蓬小黄菊花在房子里。它也有香气，带着药味的那种。"

……

该告别了。我把那对色彩扎眼的藏式耳环送给了三毛。她摊在一只手的掌心间，用另一只手去拨弄，欢喜雀跃地说：真给我了吗？我要带着它回台湾，还有好多地方……

那一刻我相信了三毛的喜悦。我以为那样喜悦着的三毛就是她该有的样子和永远的样子。所以我起身告别的姿势无比轻盈，仿若第二天我们又会再见面——

我向门边挨过去，挥手：三毛再见！

她如梦初醒：啊，这就走了……

一直记得她仿佛被什么蜇了一下的眼神，倏忽便黯然。她是个怕告别的人。

我步履轻快地下楼，以为后会有期。却没想到这一面竟永恒……

两个多月后，传来三毛走了的消息——这么多年了，我都是用"走"这个中国字来表述一个事实。曾为三毛留下了若干经典瞬间的人像摄影大师肖全也同样，在我们谈及那个伸手不见五指的黑暗时刻时，他双手向天开启，说，三毛是嘭地飞走了……那个字怎能属于三毛？我更不愿接受她的自我了断！那成了我生命悬崖下沧海中的漩涡……

一九九二年深秋，我在敦煌的鸣沙山到处找三毛的衣冠冢。沙海浩渺，人如蝼蚁，哪里找得到？

风才不管。它仿佛是从月牙泉那些长势喜人的芦苇丛之间一路吹拂过来的，掺和了些水的湿润，让人神清气爽，恍惚作了春风。想起三毛为电影《滚滚红尘》写的那句歌词：……至今世间仍有隐约的耳语跟随我俩的传说……独怆然而涕下。

二、三毛的家　黄桷垭

前年，戊戌年的最后几天，我辗转于黄葛古道，去寻找三毛的出生地。

古道从长江边那个叫海棠溪的地方从容地盘向云雾深处，两旁那些读透了人世悲欢的黄葛树，各自会在不同的季节里舍去黄叶吐出新绿。这种奇特的现象据说源于当年它扎根南山的时辰而无关冬夏抑或春秋。

黄葛树们实在比古道更有人间烟火气。当年，从海棠溪到黄桷垭，说不清有多少黄葛树下，会因地制宜弄出这样的"标配"：一方石板、数块石凳，青石板上一摞粗瓷海碗干干净净，一旁必有一尊肚大嘴短的土釉陶壶，壶里必是甘甜解渴的老荫茶。各色行人想要歇息，便随性拣一处坐下，只需一文钱，老荫茶管够！绿荫簇拥、清风满怀，口舌生津、周身通泰；若要临时打个尖，也有绿豆稀饭和盐大蒜⋯⋯至于那些小崽儿和妹崽，更向往石桌边上的凉粉凉面甚或得一直爬上黄桷垭正街街口，才有望咬一口的又香又脆的猪油麻花⋯⋯

在三皇庙那里，我发了一会儿呆。长在崖边的那棵年岁久远的黄桷树像是位被人用鞭子抽打着学劈叉的老人，硬生生去掰开双腿，结果你会看到那些枝丫与主干连接处所漫浸出的丝丝血痂。我的外婆和外公晚年又从北京到重庆跟着二舅，寄居在这棵大树对面的破旧平房里。我十七岁时跟着妈妈来看他们，大冬天，两个北方来的老人怕冷，不敢下床，只得偎在床上取暖，快下午两点了，还没吃午饭⋯⋯

黄桷垭给我第一回的印象，竟是猝不及防看到了人生晚景的怆然⋯⋯

而现在的我也开始走在了衰老的路上。我来寻三毛故居时，似乎有点懂得当初她的犹豫——要猝不及防去与另一时空的自己相见，需要勇气！

从三皇庙继续往上转过一个弯，青石板路便有些平缓，慢了下来也收敛了一些艰难。一根硕大的方形石柱默立在道旁斑驳的树影里，石柱面向黄桷古道一侧有一道被凿出的深深凹槽——那就是原来山门的遗迹。当年那扇一尺厚的硬木山门在暮色里隆隆落下与石柱咬合妥帖，让那些还未爬到三皇庙的商旅过客，只能在摇曳不定的马灯光影里，倚靠着三皇庙的墙根等待晨风中山门的再次隆隆升起，才能上路……

过了被废弃的山门，再上坡便是黄桷垭老街。老街也走过无数次了，我的一位堂舅曾是老街口那个饭店的大厨师。说起来，他与三毛家都是抗战时从江浙那边逃难至重庆的。只是，后来，三毛家得以南迁、回家。堂舅买不起船票，便留在了黄桷垭，生儿育女，死了也就葬在了南山脚下……他除了口音间还依稀残留些江苏宿迁方言的痕迹，大半辈子都托付给黄桷垭这个异乡了。不过，堂舅却从不感伤。他说，老街虽是偏角了一点，下个山、进个城得好大一趟。但老街多清静，夏天又凉快。

这倒是，这一带，抗战时为防空袭广植了香樟和其他的树种。如今这些树都成了两三人才能合抱的粗壮大汉子，山风呼啸起来，香樟的气息便弥漫这里的每一座山头，像锋利的万千颗小牙齿，咬住人的魂魄，老街就被另一种洪水淹没。

很长一段时间我都疑惑：为什么这条仿佛建在天边的街市，倒成了重庆当年通向外边的茶马古道？那些盐贩子接下来将怎么走啊，上天吗？

仿佛，三毛也问过我这个问题。她说小时候最爱问大人一个问题，我们是不是住在了天上……

我终于坐在三毛天上的家院坝里了。透过四周的树丛可以看到山下的影影绰绰的房舍、公路……它们更让这个院子犹如残荷摇曳在水面，所有的声响都有了一种凌虚蹈高……

院子里有棵高大的洋槐树，长长的树枝像身姿纤弱的鸢尾花在空中绽放。我问住在这里的主人杨世维先生，知不知道它好多岁了，六十出头的他说，我们搬来时这棵树就长在这里。也会觉得它挡道，但舍不得砍，人家栽它时总是有道理的嘛。

院子能让我们凭吊的东西并不多，有点代表性的就是那扇瘦长的大门。再确切一点：便是那个门框还固执地从当年站到了现在。而门是不是原装货已值得怀疑。

我站在门边，伸长脖子往里瞧，黑漆漆的屋子里堆着一些塑料桶之类的杂物。杨先生指给我看：三毛好像就是在这间屋子里出生的……

历史就这样变成了好像……识途的老马，真是老眼昏花了！

想来，当年这屋子肯定也是又暗又潮湿，所以三毛才宁肯去那些坟堆间爬来爬去……那里至少是个敞亮的天地。当然还有这么个院坝，它会是儿时三毛的乐园吧……

四方桌，竹凉椅，竹篾片编织的热水瓶壳……我们和杨先生在茶水热气腾腾的飘浮间来谈三毛——

一九九〇年，也就是我见到三毛的那一次，三毛还是回到黄桷垭看了自己的出生地。据说，她行色匆匆又毫无惊动……她让我想起生于河、长于海，最后又拼着命溯游回出生地的大马哈鱼，在熟悉又陌生的地方产卵，筋疲力尽，丢盔弃甲，腐烂，完成自己的轮回……

杨先生说，他妈见到过三毛。但那时，他母亲也好，黄桷垭的人也好，并不太懂三毛对他们的重要性……后来，不断有人上这里来找三毛，千里迢迢的，南腔北调的，还有人拿着三毛的书坐在这里的石梯坎上一读就是一下午的，于是，他们就干脆开起了"三毛闲散茶社"。人来了，有地方坐，有水喝。"我们就像是在帮着三毛招待客人……"

杨先生有着让人放心的笑容和巴渝男人的耿直和暖和，言语还幽默。看着他忙前忙后端茶递水，倒觉得他是照料三毛家院子很合适的人。但他说：这里马上要拆了，重新修缮。我们要搬走了。

又是一个告别！我看到他的眼神也像被什么蜇了一下，倏忽间便黯然了。唉，他也在与三毛说再见……

二〇一八年与二〇一九年，都是在十月，我见到了三毛的大姐陈田心、弟弟陈杰以及弟媳、侄女，还有其闺蜜——画家薛幼春……几十年了，三毛的家人终于来到重庆、南岸、黄桷垭找他们家族的足迹，更是来替他们的亲人斟酌、开启她的新家——黄桷垭老街有了三毛纪念馆。

我们在一起无拘无束家人般地聊天，他们为我构建了另一个立体可触的三毛的世界，让我得以更深邃地继续阅读三毛。至少，她不再是我幻觉中那个孤孤单单漂泊于尘世间的女子，只是靠喝点浪漫和狂放不羁的西北风而存在。她也是人家的妹妹、姐姐、小姑子、姨和叽叽喳喳说悄悄话的闺蜜。

这一家子个个温文尔雅、气宇不凡，配得上做三毛的家人。小弟陈杰谈吐幽默风趣，好酒不滥酒，拥有一个漂亮的太太。外侄女黄齐芸低调、话不多。但她诵读起自己写给姨妈三毛的文字时，打湿了我们的眼睛……尤其是近八旬的大姐陈田心，穿一身玉白色的蕾丝旗袍，斜戴一顶浅驼色的薄呢贝雷帽，两耳缀着红珊瑚的耳环，与同样是红珊瑚的花朵胸饰遥相呼应……她说话，柔声细气；微笑，抹着珊瑚红的嘴唇便成优美的弧形……感谢她，能让我揣想到三毛老去的样子，肯定也会这样美得清风徐来，感人肺腑……眼睛里是出发者永不熄灭的光芒！

薛幼春女士穿着当年三毛送给她的布长袍，白底蓝花，扎染的那种，头上系着同色系的发带。这样的打扮给了身体充分的自由和轻松，也是一个出发者应有的装束。我小心翼翼和她谈及心里的结——三毛为什么要放弃？

她握住我的手,语气坚定:三毛从没放弃!她身体的痛非一般人能去想象和承受。她不愿它再拖垮自己的灵魂。

重庆南岸的深秋夜,冷雨开始敲窗。但坐在豪华的五星级酒店里是听不到雨声怎么个一声接一声的……我沉入自己的海洋,四周游动着海参——女诗人辛波斯卡说:它舍弃一半自我,留给饥饿的世界,带着另一半逃逸。/它暴烈地将自己分成死亡与拯救,惩罚与奖赏,曾经与未来……

女诗人这样写着海参面临危险时的"自断":它把自己分成了肉体和诗歌,"一边是喉咙,另一边是笑声"……

南山南 风清月白

> 那个庞然大物便在烟雨中像扇面一样徐徐打开自己。

突然有一天发现,重庆被掰成了两极。北重庆的江北、渝北、两江新区是北极,车水马龙,人声鼎沸,众多声名显赫的大道担负着一个欲望都市的勃勃生机。那是重庆的A面:热火朝天的奋斗,艰苦卓绝的创业,辗转难眠的挣扎。那样的重庆是奔跑着的兄弟;

由北至南,风一般掠过黄花园大桥、石黄隧道,再飞越长江大桥,景致陡变,南极的南重庆来了。南岸与巴南,娉娉婷婷地来,身姿绰约,仪态万方。

南重庆的南,是以扬子江为起点,南山为翼,一路秀色,向着泉水叮咚的小泉、南泉……迤逦而去。

这是重庆的B面,山高水长,优雅从容。一直匆匆行走着的城在这里终于可以喘一口气停歇下来。这样的重庆是一个可以纤云弄巧、撒个娇的女子。

一座城必须拥有两副面孔才能动若脱兔，静若处子；才能进可拥抱热烈，退可省视内心。

应该说这是上苍赐予我们重庆人的智慧：让我们打拼向北，有奋斗的地盘；幽居向南，有修身养性的福祉。我们可在人生的不同阶段择地而居，来匹配内心所需。

重庆人也很幸运：纵使生长在山高坡陡路不平、冬阴夏热受熬煎的恶地方，却在采菊的日子里，总有几座山可以悠然而望。其中的南山更以其独特气质成为了重庆的首善之山。

这是一座什么样的山呢？

春雨细柔的午后，南山后山的一个半山腰上，忽略周遭所有的房舍去望山，那个庞然大物便在烟雨中像扇面一样徐徐打开自己，也打开了自己的灵魂。那是有形、有声响与色彩的灵魂。隔着淡雾，仿佛会觉得它们是些绿色的马匹，被慢镜头摇过来，蹄声婉约，面容慈善……

看山，有各种看法。我看山往往喜欢透过一扇窗，在形式上的"定"中，去享受无限的"不定"——受到约束的美，有着让人喘着气去攀援的喜悦，尤其是可以推窗见山的时候。

推窗，这个动作也有无限的可能——恍惚之间，会觉得所推之窗是来自东坡词中的小轩窗,而所见之山也是明代那个避世的建文帝相偎而眠的古山……

不知道中国究竟有多少山被称之为南山,只知道所谓的南山一直是中国诗辞歌赋中的宠儿,备受文人骚客、僧侣侠客的偏爱。在他们失意的时候,爱与放弃的时候,顿悟的时候,一座南山便会从他们的心底拔地而起,如树木一样地长高,直抵云端……把他们丢失在尘埃里的人格重拾起来,随长高的南山而超然天外。

南山早已不是一个具体的地理称谓,而成为了世间的某种境界,令人高山仰止,修行得道。可以说,自古的中国文人都有着不可言状的南山情结。

重庆人同样有着浓郁的南山情结。这种情结像酿上了几百年的老酒,先弄醉了诗人们的诗兴,再弄醉其诗歌。无论是豪放派,还是婉约派,一碰到南山这个主题,就恍惚起来:诗人张枣在《镜中》里说,"只要想起一生中后悔的事,梅花便落满南山";同样是外地诗人文佳君的《在南山》是这样的缠绵,"在纸上,我说着永远的梅,我说出幸福与花蕾"。重庆的南山,永远是梅的故乡。暗香浮动在有关它的所有想象和回忆中。我们抬头,在悠然见它之前,已先嗅到来自那座山的芬芳。

然而,当你真正傍着南山而居时,哪里还会在乎人生琐碎庸俗的痛不痛、悔不悔?你会流连于此山此水的传奇，因为你也将成为这些传奇的一部分——

其实南山行走到这个地界，已如一头雪豹向阳而生。

南山的阳面，少了跋涉的艰辛，多了从容的浪漫。花溪河成了标配，它摇曳着纤细的腰身，把灵动的触觉伸向许多有故事的地方——

海拔五百零四米的建文峰，奇石、陡壁，山道如线，盘旋而上，去抚慰一位落难废帝的余生。

所说的建文帝便是明朝朱元璋之孙朱允炆。称帝后，因一三三九年政改触动王藩利益，被其叔朱棣起兵发难逼迫下台，并四处追杀。传说建文帝避难，来过渝州，重庆很多地方都隐约过他的身影。重庆人对这位废帝的景仰已不是对皇权的攀附之心，而是出自人性的悲悯。

而传说中建文帝最主要的栖身地便是此处。它原叫禹山，是因有建文帝行走的传说而改为建文峰。

山顶有庙，庙旁有泉，泉边有茶树。朱允炆大难不死，必有后福。这福便是这方天地赐予的，让他在这里削发为僧，以泉泡茶来涤荡曾经帝王家的血雨腥风。见着南山的时候，他已是尘埃落定、凤凰涅槃的槛外人，过着一份踏踏实实的日子，修道、慈悲为怀，与自然相敬如宾。

而陪都时期的国民政府主席林森也同样带着一份归隐之心，在花溪河畔建起他的听泉楼。

这位政坛上不与独裁同流合污的智者，生活中忠贞又寂寞的绅士虽在重庆先后有过四处居所，如李子坝的官邸、歌乐山的林园，然而最钟爱之处仍是这南山脚下的听泉楼。

他亲自察勘风水，认为这一带是重庆的上上福天洞地，别处难以企及，并精心布置了这远离喧嚣的仙居。

灰砖小楼一面靠山，三面为绝壁，遗世独立地站在山崖上，一如它布长衫、美髯飘飘的主人悠然地站在那里，看黄桷古道如命运之手，悄然地向远方探索。听水流悬瀑声声入耳，不废时日。

林森真是把泉水的语言全都听懂了，尤其是他在二楼轩敞的大露台凭栏远眺时，那些徐来的清风，带来了南山的气息，特别是冬季蜡梅的花讯，这让身处波诡云谲时局中的他总算找到修身养性的大好处所，而能抖一抖身上不干净的尘土，超然物外。

陪都时期的"财神爷"——国民政府行政院长兼财政部长孔祥熙竟也看好这方风水，把自己的官邸"孔公馆"藏在了建文峰的半山腰，偎在一片苍松翠柏之中，与林森为邻。

这位让林森极为不屑的蒋介石财大气粗的连襟，与青芝老人的低调淡泊截然不同，偏偏要在这清幽之地弄出些喧哗来。他的望月楼外墙一派艳红，像个搔首弄姿的摩登女郎在大秀自己的性感。他常常邀请达官贵人来此消夏，夜夜笙歌，舞影翩翩。蒋介石等要人都是孔园的座上宾。

恐怕连喜欢搞谍报的日本人也没打探到，这里的防空洞里藏着一个陪都时期最妖艳的舞厅。而宋美龄、孔二小姐等一众名媛会借着树影与黑夜的掩护遁入地下，去汪洋恣肆地莺歌燕舞。她们的长旗袍总像某种宣言拂过石阶上的青苔，抵达灯光阑珊处。那艳红的望月楼上依然有文人骚客在望月，依然演绎着中国式的风雅颂……

陪都时候的重庆就是这样：敌机为非作歹之后，人们从废墟上爬起来，抖落悲伤，收拾心情，麻将照打，舞照跳……命硬得很！

孔祥熙一直从骨子里喜欢这个被南山与花溪河双倍宠幸的家园。即便后来去了大洋的另一端美国定居，仍对这里的一草一木没齿难忘。年至八十高龄了，一说起南山脚下的这座孔园，还会因思之切切，老泪纵横……他说，那样的风水上上地，此生已无福消受了……

比起这位"财神爷"、这位重庆的过客，我们幸运多了，能与这方风水签一个终身契约。我们与我们的子孙可以居定南山，情定南山，在这里生老病死、子孙绵延。

南山将赐予我们这个喧哗的时代难得的一种生活方式——风清月白的清静与自在，从容淡定的养生与修炼。它让我们大隐隐于心，隐于与自然的一步之遥间。

前不久我把家从解放碑下的储奇门，搬到了南山南的茶园。其实这需要一种勇气——我在渝中区已生活了三十多年，从沧北路搬至枇杷山，从枇杷山搬至枣子岚垭，又搬至十八梯旁的储奇门，转山转水，总是在重庆那片奇妙的半岛上。那里的气息、街道、小巷、石梯、吆喝声……已像一条条的叶脉伸进我的岁月里，支撑起生命的框架。我能在树梢上站稳，迎接季节的洗礼，皆在于渝中区这棵葳蕤坚实的大树对我这片绿叶的滋养。我的人生，大半就是渝中人生。然而我竟然没有能抵御住南山的诱惑，如一只知时节的鸟，在岁月的秋节回归山林。

南山南，看南山时觉得它很像严母慈父：云雾罩山之时，反而有种凌厉的肃杀；阳光普洒的下午，连满山遍野的山芦苇也是茸毛闪亮，身姿婀娜，摇啊摇，似乎在摇动一座山。而木芙蓉的花朵们也从悬崖上垂下来，胭脂云从山的身体里任性地跑了出来，顾不上自己身份的是贵是贱。南山也有点顾不上了：梅花还走在十一月的路上，杜鹃更在遥远的时空里候场……南山却没闲着，山芦苇、木芙蓉、茶花的花苞，有什么它要了什么，不挑食。像一口重庆的大火锅，包罗万象，包烫百菜，它从来没有傲慢与偏见……

我在南山南的山脚下，一觉睡去，夜夜安稳，好像一直都睡在那里……

海棠悬念

"只恐夜深花睡去"……

一

菜花艳黄时到荣昌,感官上会遭遇一场意乱情迷的挑战。

还好有雨。灰调的雨雾让一切色彩降低了明度,降低了过度的张扬与极端所带来的危险指数。浓妆淡抹间,小城找到了她的平衡与和谐,维护了小城惯有的审美意趣——安宁、雅致、收放自如。

比起荣昌这个名字来,我觉得昌州似乎更符合人们对这里山水的感觉。昌州两个字有一种道不出的绵长感,仿佛像一幅卷轴画,被纤纤玉指徐徐推开,一千三百个年头,放电影似的展现,古老得令人叹息。总以为岁月像把砍柴刀，已把这里曾经的细枝末节全砍光了。却未想到一千三百年不过是些数字的堆砌，这里该花红柳绿的，依旧是那般春情流溢；该小桥流水的，依旧是那般古朴清雅。就连同神话传奇般的海棠香国的身影，仍在山水间有踪可循。上苍对这里宠了一千三百年了，还嫌不够，仍不离不弃。由此可知，什么才叫得天独厚，什么才叫卿卿我我。

二

荣昌夜，灯火来自都市，风来自乡村。二者不再被户口割裂，不再被等级割裂。夜，变得大有深意。在海棠大道散步，发现道路有令人艳羡的宽绰，似乎天生就是拿来让人作闲庭信步的，作三五成群高谈阔论的，作勾肩搭背打情骂俏的。

当然，这样的路怎会是天生的呢？记得前两次来，这里还是荒郊野外，然后又变为推土机轰鸣的大工地。推土机，这助推城市文明前进的工具，说城市是它推成的一点也不夸张，因为城市的标志之一便是道路，人们是追随着道路走进城市的。然而，很久以来，我对道路都充满着极度的抱怨甚至敌意，尤其是看到有些道路如同刺刀一般野蛮而残忍地挑破大地的经脉，强暴式地糟蹋了乡村，让城市畸形地诞生的时候，我心如刀绞。

这也牵扯到我对城市的看法——城市差不多成为了我的宿敌,我对它的控诉滔滔不绝,认为它的扩张破坏了人与土地、人与自然的联系。但,我又不得不承认自己其实是那么贪恋着城市、依赖着城市。

这种城市情结也是人类不可遏制的情结。城市经常在我们的光荣与梦想中扮演着背景角色;而我们又会情不自禁地惦记着乡村,想念乡村,回忆乡村。城市是我们的去,乡村是我们的来。来去之间,我们却常常不知所措。我在想,为何中国当下的一些县城会变得不伦不类、毫无特色地恶俗呢?或许便是有太多的人、尤其是那些县城的管理者从来都未解决好如何从乡村来、如何到城市去的问题吧。

荣昌的道路则保持了与自然神圣而亲密的联系。它们像是从自然之树上生长出来的根须,小心翼翼地向城市延伸,带着自己应有的敬畏与察言观色的懂事。它们几乎是很轻地把自己放在了大地上,生怕惊了自然的酣睡或小憩。记得从县城新区到路孔古镇的一路,我敢说那是重庆乃至全国最美的路线了——渝西的浅丘地貌让这里像麦浪般回旋,大片的油菜花与星星点点的桃花、梨花都证明它与土地仍保持着深厚的衣食关系。你抽搐着鼻翼,吸一口空气,便洗去满肺的尘埃。这是千金难买的清新渝西啊,它让城市与乡村、山水与山水结合得如此天衣无缝。

三

　　荣昌的许多道路两旁都驻扎着大批的海棠兵团。它们是一股强大的红粉势力，排成两队行列，游龙般地向天际迤逦而去，真是神龙见首不见尾。你甚至怀疑，它们从来都不是看上去的那么微小与弱不禁风，而是一群颇有心机的战士。它们向你猛扑过来的时候，你其实根本没有还手之力，只得束手待擒。

　　夜观海棠，有着奇妙的恍惚感，你会忽而把它当作初樱、忽而当红梅、忽而当梨花的。比如这里的贴梗海棠，其色泽鲜亮得不可思议，远不是他地的同类可比的。那样的红像是在红色家族中把异己杂色赶尽杀绝后，硕果仅存的那么一丁点儿的纯粹。因此，红，便成了故事的开始——一笼贴梗海棠待在那里便像一堆火旺在那里了。故事的场景也有了。更别说一片、一大片的贴梗海棠呈现的景象，那似乎要燃红半个城，让这里的气温飙升了。把它看作红梅未必是在抬举它，它可比红梅更娇媚多情，更适合进入诗词与歌赋。

　　那么，你对垂丝海棠又会有什么抵抗力呢，像试图去抵抗早被你觉察的阴谋？它的花朵样子几乎被夜色模糊，花与枝条已融为一体，变成一条条银白色的绸练，随风而舞。当然这样的比喻有些过时。我更愿意把它们想象成是那些刚完成毕业考试就冲上街头撒野的女学生。她们常常顶着一头故意漂白的乱发，肆无忌惮地甩动。纵是撒野，旁人看去，倒是一种青春无敌的诱人。

　　而西府海棠则更给我怀想的空间。我没见过张大千著名的《海棠春睡图》。但凭直觉却认为他画的极可能就是西府海棠。谁又真正见过海棠睡觉的情形呢？东坡有首写夜海棠的诗，写得缠绵悱恻。他说：只恐夜深花睡去，故烧高烛照红妆。原来在东坡那里，花与红妆美人已莫辨彼此。作为海棠的极端粉丝，他唯恐夜风寒厉，会冻坏了美人。所以要燃起高烛，变夜为昼，以己为屏，伴美人安然度过漫漫黑夜；与东坡不同的是，张大千似乎更钟情于海棠的酣睡。这位出生四川内江、从小比邻"海棠香国"古昌州长大的大师，暮年之时仍以少年的忐忑忆起他爱慕的海棠，留下意味无穷的诗句："一生不解海棠娇。"

四

　　谁又能解海棠娇呢？尤其面对的是三月雨中的夜海棠，它的悬念如此繁杂。它安静却不沉郁，多情却不风骚。它或华丽、或雍容、或雅致、或草根，都各安天命，顺乎自然。海棠真是个边界模糊、又肯包容与担当的主儿啊。它常常让我想起三位少女，遥远的大观园中的。她们以白海棠咏诗，但她们的心事终成虚化，白茫茫的虚无大地成了她们最后的归宿。然而其才情与心智的超凡、干净都像海棠一般令人刻骨铭记。比如薛宝钗，哪怕有点小心机，写海棠时也是风轻云淡似的豁达："淡极始知花更艳，愁多焉得玉无痕。"她一辈子便做了淡极的海棠，守拙、守寡，守成一朵无色无香的海棠，令人嗟叹；而黛玉的诗"偷来梨蕊三分白，借得梅花一缕魂"，却是在接近海棠气质、琢磨海棠精神；最后的诗魁——湘云，写海棠："神仙昨日降都门，种得蓝田玉一盆。自是霜娥偏爱冷，非关倩女欲离魂。秋阴捧出何方雪，雨渍添来隔宿痕。却喜诗人吟不倦，岂令寂寞度朝昏？"好明亮的一个女子，哪里看不透这朝昏的终点不过是海棠的香消玉殒？但她仍不会去悲忧"他年葬侬知是谁"的问题，只管吟不倦这无定的人生。所以，她才是曹雪芹最偏爱的女人，大无畏的斗士。也怪不得她的咏海棠会搅动大观园里所有女子的青春。

  自古以来，还有什么花卉能像海棠这般得到如此多文人骚客的追捧、咏诵？海棠注定属于诗歌、青春少年与情爱，属于最美好与纯洁的情愫，再恶劣、粗糙、邪气的环境与人只要被成千上万朵海棠花爱抚一把，也许都会变成丝绸般的柔软质地。何况海棠故里的古昌州、今荣昌先天就具备了山清水秀、人杰地灵的禀赋，海棠选择这里托付终身，早已是缘分天定。

写到这里，我的笔尖竟有些多情，指望它能伸向更古老的时光，像武艺高强的侠客一般穿越尘封的往昔——我想拨开隋代的云烟，去拜见那位发明海棠香气的李姓女子。她一定是个明眸皓齿的美人，通体芬芳，走过每一株海棠树下的时候都会像情人般地给花们打招呼：一日不见，如隔三秋啊——

这个李姓的女子真是历史留给荣昌最大的悬念和无穷的遐想。

张爱玲曾有三恨，第一便是海棠无香。

她也是孤陋寡闻了。如果早知道有这么一个古昌州曾是香海棠树树迎风，就像蝴蝶真的飞越过沧海，她是不是会收拾起自己的傲慢与偏见？

所以，荣昌之夜之所以让我恍惚，还不只是欲睡的夜海棠吧，或许更有李姓女子的气息。我断定她从未离开过这个叫静南的古昌州府地，只是住进了海棠的花蕊里，任形态各异的花瓣做了她的代言人。她的语言简单却令人动容——等待，她在说她要等待。她等在那里，不急不躁。只等着再出现一位懂花的人，把她以及芬芳从尘封的往昔里，一一释放。

一座叫照母的山

并为这千年之痛再痛上千年。

远远去望照母山,觉得此山虽有龙脊之势,却无咄咄逼人的暴戾。它卧在那里,那么意味深长,恰到好处。在北部新区如云图般回旋着的浅丘地貌中,它如此低调,却成为众望所归的领袖。

每次登照母山,皆逢雨。雨柔肠百结地飘着,像李清照那些来去踟蹰的诗词;偶尔也大颗大颗地洒落下来,如颗粒饱满的玉米从粮袋里倾泻而出。之后,雨骤然而停,山间突然变得澄明。

在两种雨中穿行,常让我恍惚,觉得自己会遇到一个人——此山的第一个居民,南宋时期重庆江北县洛碛籍的状元郎冯时行。他心事重重地在照母山庄芭蕉树掩映的月门和长长廊亭间徘徊,像一个孤儿。

人无论多大年龄,失去了母亲,都会活得像个孤儿。尤其是男人。他们与母亲的联系在胎腹中已注定:母亲是他们一生的守护神,他们也将自己视为母亲当然的保护者。

当初,冯时行的母亲重病缠身,无法随他这个朝廷的弃儿到被贬之地——黎州赴任,他只得将老母托付给妻子与这座大竹林旁的山峦。有感于妻子为他照母尽孝,他把在山上结庐而居的山庄取名为照母山庄,以谢妻子的深情……现在来想象他与母亲的那场别离,仍让人痛得战栗,并为这千年前的痛再痛上千年。在生离往往意味着死别的古代,归期是一个多么缥缈的数字。归来又如何?面对的几乎是物是人非的黯然魂断。

果然,冯状元一去多年再返此山时,母已作黄土中人,妻已是两鬓染霜。奈何不了命运的他,唯有撂开锦衣玉食、红尘名利,只求粗粮布衣,依山而居,傍竹而息,为长眠于此的母亲守孝三年。

三年,可钻营多少名与利,富与贵?但这位南宋的状元郎却情愿这样虚度,哪怕与母亲已阴阳永隔。古人的寿命与今人相论,短了许多,却肯拿出光阴来拥抱自己的至亲挚友和想要的生活,所以,反而比今人活得更深情、更有内心感。后人羡慕加钦佩，便给此山取了一个极富感情色彩的名字——照母山。

一座山往往是一个城市的图书馆或一所大学。

我们在照母山上能直观地阅读到巴渝传统中深厚而温暖的孝文化历史。它像一束坚定的光芒，从幽远的时代跋涉而来，走得艰辛，却仍抵达了我们内心。在如今新建的照母山庄，无论是屋檐瓦当的瓦头、岩柱的装饰，甚至亲子乐园的十二尊石刻上，出现最多的元素便是各种字体的"孝"——甲骨文的"孝"，钟鼎文的"孝"，小篆的"孝"，隶书、行楷、草书的"孝"，像高矮胖瘦的各色人，像元、明、清、民国、现代的芸芸众生。这座山因这么多"孝"字的集合、登高望远而变得更有故事和传奇了，有着令人细细咀嚼的与众不同——倘徉此山，会发现孝爱文化已是打造这座森林公园与植物园的主宰灵魂——那便是对大自然尽孝，对每一个游山的市民尽孝。

像波浪般起伏的"孝道"路，香樟成林、玉兰飘雪。深秋，枫香集体恋爱了似的，红森林红得像一队队正浪起的爵士乐团，让你恨不能钻进它震天动地的声贝中，去做那个向爱投降的人。

能使你投降的大林子在照母山比比皆是。挂着小灯笼般橘色果实的柿子林，挂着翡翠般亮晶晶青枣的枣林，还有杨梅林、枇杷林、晓风吹落桃红的桃花林，照母山的植物踏着四季更迭的节奏，孕育、生产、奉献，不迟到也不早退。

这种"虽由人作，宛自天开"的理念也渗透在这里的一切如何布局中——庭、廊、楼、阁、塔、牌坊怎样构建，花境、小桥、溪水怎样营造？所有细节怎样与自然严丝合缝，这不仅在测试人的能力，更在测试人对自然的敬畏心。真好，此山的建筑仿佛都是由一些虔诚的手把它们轻轻地放在了森林里——拙朴的原木亭廊，坚清的青瓦粉墙，与摇曳的绿芭蕉、银狼毫、芒草遥相呼应，也就是让人浮想联翩的世外之景了。

还有石材们。照母山公园的石材多少有些来历：来自云南的火山石，贵州的青瓦，嘉陵江边的鹅卵石，当地崖间的黄砂岩。把自然的东西送还给自然，这算不算是一份日月可鉴的孝心呢？

在公园的后山有一片梦幻般的花海。季节一到，各色花像涨潮时的潮汐汪洋恣肆地开满山坡、洼地，向着天空与这个城市女人的欲望奔涌而去。你会发现，女人爱花远比爱男人来得猛烈。她们会迅即呼朋唤友，直奔花海，沉溺其中，妖五妖六地搔首弄姿，照相：自拍、他拍，没完没了，要把岁月的魂儿都拍出来似的。

关于这片花海，曾听到这么个传说：说是这块花花世界差点就不存在了。幸亏当时这个公园的建设者千方百计把它从开发商的手中夺回来，才为这座城的女人们保存了可以做鸳鸯蝴蝶梦的地方。

有一天我得以证实这绝非传说，心里便霍然生出一种庄严的东西，看花海的眼神也多了几分劫后余生的珍爱。

照母山庄下，千年的阴沉木像一条黑龙，卧在那里。那是照母山的镇山之宝。别以为它一动不动。稍有情况，它会像猛士般地出击。它得为北重庆守住这座山，就像当年的冯时行要与自己的母亲生死相依。

东泉之水

撕掉彼此肌肤的伪装,把自己的魂魄插入对方的心脏……

银杏黄得死心塌地的时候,每一枚叶片都变成了一轮小太阳在寒天里飞舞。那东泉水的冷暖也恰到好处了,好得就像金骏眉泡至第三四泡,刚泡出其花样年华的妩媚与体贴入微的情致来……此时的东泉水翻手为云,覆手为雨,简单、宽厚、任劳任怨……像一床床厚实的被褥在保守每个生命的隐私;又像曼妙的轻纱在撩拨人的欲望;更像命中注定的爱人,拥你入怀,心无旁骛……或许正因为如此,你对东泉水有了无限的信任和依赖,毫无设防地把身心托付其中,视若回家……待泉水如沸,热气升腾而起,飘浮于树梢,那浸润了水气的银杏叶便会像有心事的女人,失足于水中。你会惊觉:原来水中的那个人才是最真实的自己。

　　世间万物中,水最具表现力,像精灵似的穿越于三态:凝固时,冰清玉洁;流动时,万马奔腾;飞翔时,幻化作云……水,从来都是万种风情,不与谁说;水又是知恩图报的东西:你珍爱它,宝贝它,它的分子图案便惊艳优美,反之则混浊一团。水有它的智慧、情感和赐予。古往今来,许多先哲都是在与水的缠绵中,得天地之大道。想古时的屈子被放逐时,常行吟于大泽之畔。一渔夫与他关于水的对话让我警觉到,即使若三闾大夫那样聪慧的智者,有时在了悟自然与人关系的玄机上,可能都还不如一乡野之人。那时的中国人似乎天生就是哲学家,并且敢于挑战权威。渔夫就不了然屈子的迂腐,道出自己的通达之变:他说,沧浪之水清兮,可以濯吾缨;沧浪之水浊兮,可以濯吾足……他不仅揭示出人与水互动中,人灵性的重要。更说出,面对一个不甚深情的世界时,如何去深情款款地活着……水,是我们最好的老师,也是最忠实的守护神……所以人总是逐水而居。

　　重庆东西南北各有一泉,犹如四条龙在镇守着山高坡陡、水急峡险的巴渝之地。这也是上苍对巴人为数不多的怜爱,也是对这些敢于在穷山恶水间求生存的人们最实在的奖赏。比起早已扬名天下的南北温泉,东泉还有些低调与草根,缺一点派头,更是幽远……但恰恰因为其幽远、草根，东泉的天然风貌还没被所谓提档升级、伪品质、伪文化的改造绞杀得万劫不复。

东泉幸运，仍然能够在重峦叠嶂的照拂下溪流清澈，田野生动，原始的少年情怀继续流淌在乡镇生活的每一细节之中……而白沙寺深处那棵"十八半"树仿佛就蕴含着古镇的一种精神向度："半老"托举起"半幼"、"半死"中绽放出"半生"。当古老的银杏与青壮年的黄葛树合而为一时，那便是共赴悲欢，唇齿相依，撕掉彼此肌肤的伪装，把自己的魂魄插入了对方心脏。如此，世间的奇迹便炫然登场，成就了一棵千古奇树。奇树在冬日也毫不衰颓，而是如诗如画地拔出自己形态各异的树枝，如剑如虹地直插天空……

不知为何有这样的感觉：东泉之水是专门为伺候冬天而准备的。冬之巴渝，有着苦寒的嫌疑，像是被太阳遗弃的孤儿，阴沉沉、冷飕飕的天气，如同蛇蝎出洞，四处流窜……此时此刻，若有一种高达五十二度，如烈酒一般的泉水来涤荡身心，无疑为雪中送炭，天地之大爱……东泉水，富含氡、氟、锶、锌、锂等人体必需的多种元素，是十分珍贵的医疗型矿泉水。怪不得生活在东泉的人，一年四季难得求医：劳作累了，脱去一身束缚，跳进泉水里除污解乏，回归赤子之态；心有烦乱，便扶摇于泉水之上，极目星空，忧欢皆忘；偶有头疼脑热，泉水便是取之不尽、用之不竭的解药……他乡是靠山吃山,靠海吃海,这里便是靠泉吃泉。东泉人的每一步进退都无不倚仗泉的兴衰、盈亏……所以这里的人视泉如命、如老祖宗和亲亲的子孙……谁坏了这里的水,东泉人便会诅咒他祖宗十八代!

这里的故事和传奇也仿佛永远与水、与泉有关。传扬最多的恐怕便是所谓的"裸浴"风俗:东泉人从不避讳自己从明代以来就盛行的"裸浴"风俗。因为这种张扬着生命奔放之美的民风恰恰证明了此地人心的纯朴,乡约的井然。上世纪八十年代,我一从事摄影的朋友,曾在东泉待过不少时日。东泉的"裸浴"风俗之美,让他至今仍感叹不已……他说,那时,当地人"裸浴"多选在月上树梢、天地间有雾霭相掩的黄昏。鸭溪河畔、有泉眼的池塘边,常可见树影或包谷林的晃动,冷不防便从其后闪出一个白花花的人来,"嗖"地一声,扎入水中,俄顷,水面便笑语喧喧,犹如闹市。那些被水解放了身体的人,孩童一般戏水打闹、大呼小叫,过节般地享受着与水的亲密接触。那种赤条条无任何修饰的快乐极有感染力,常常诱惑他也有了抛开一切,赤条条扑进水里的冲动。由此,他更加相信:人的确来自于水。水是人最真实而可靠的家园。只有在这野性的水中,人与人才无论贫富美丑皆获得相同的待遇,实现了真正的平等……也由此,他对东泉的水有了由衷的感激,包括那个天然成趣的风俗。因为不是每个地方的水都担得起这种风俗背后巨大的正能量，都干净如斯，可供自己的子民放放心心地去裸浴……这是一种豪华级别的享受，豪华到走遍中国，这样的地方也是凤毛麟角的……

想起当年像神话般的泸沽湖，远离上落水村、下落水村的荒野，便有若干掘地而就的水凼。热气像一群群灰鸽子似的飞出来，掩护着泡泉的男女。男女虽一池共泡，却自有规矩：男女各据一角，完毕，上岸，各自赶路……大抵上，真正敢裸浴的地方，恰恰有赤子般干净的境界。而可供人"裸浴"的泉水、河流都是天堂的泪水，小心翼翼地来到人间，就是想试一试人是否还具有初心？试一试躯体之中有着百分之七十水元素的人，是否还能回归于水……

新年刚刚着陆的日子里，阳光刺破绿窗帘，像一条条漏网之鱼在我房间里活蹦乱跳。我心烦意乱。突然就那么想念东温泉的水了，犹如酒徒的胃里伸出无数的欲望之手……好吧，就让那五十二度、烈酒一般的东泉之水来涤荡我的不干不净吧，我将顺水推舟……水之上，我排汗解毒，脸颊通红……

重庆的眼神

每一种眼神都在叙述一个女人的万水千山。

千年风吹过,太多的人与事那么容易速朽。但总有些东西坚如磐石、青翠欲滴。比如诗歌,比如美人,比如像诗歌一般的女人眼神。

不知唐代诗人于鹄当年入巴时,是否也被这里女子的眼神狠狠"灼伤"过,以至于他在巴渝流连多日,不写天不写地,只把一腔诗情全付于令他惊叹的"巴女",写下了那首流传千古的《巴女谣》:

巴女骑牛唱竹枝,藕丝菱叶傍江时。
不愁日暮还家错,记得芭蕉出槿篱。

剥开诗歌的核，你会发现诗人是在赞颂一位自由行走着的"巴女"。她不会被任何形式的家羁绊，她本身就是自己的家园。

千年风吹过，总有一些坚如磐石的东西谜一般遗传下来，比如"巴女"的眼神。今天，我仿佛又看到了这古老又青春的眼神，尤其是在细品以"祝福祖国·祝福重庆"为主题的"重庆女性影像展"时，千年前被诗人歌咏过的那个俏丽活泼、自由自在的"巴女"又跃然眼前。只是如今这七十位重庆城最具典型性的"巴女"，比起她们的先辈来是有过之而无不及，是N多N多的升级版，其眼神中的语言更是前无古人的丰富壮阔……

这些眼神或许来自阅尽岁月底色的八十九岁，或许来自刚刚打开奋斗课本的十九岁；或许来自共和国新一代的女将军、重庆长江轮船公司总船长、国家级的服装设计大师、川剧艺术家、科学家、歌唱家、大律师、文物修复专家、南丁格尔奖章获得者、重庆第一位鲁迅文学奖获得者、前女子国足队长……或许又来自一位城市守护者的警察，生如夏花的抗癌英雄母亲……

这七十种流转着的眼神，如同迸溅飞舞的箭矢，击打着我们时代的岩崖，如此火辣热烈，风轻云淡；如此深邃幽远，迷离神秘；有的是曾经沧海难为水的决绝，有的是千江有水千江月的旖旎；有的是轻舟已过万重山的豪放，有的是千树万树梨花开的温柔……每一种眼神都在叙说一个女人的万水千山，一部起承转合的人生大戏。它们不仅在泄露她们内心的悸动，甚至在不折不扣地展示她们的个人史。

但它们的意义绝不仅仅如此。这些眼神也在述说重庆，述说这座城千回百转的沧桑——它在历史行进中掀起的风云，担当的大任，积淀的厚重；述说这座城七十年来飞驰般的勇往直前、华丽转身，怎样长成了一个巨大的感叹号，屹立在世人面前……这些眼神就是这座英勇之城、坚韧之城的某种 Logo，永远向外，充满着好奇，接纳一切，兼容一切；也是这座魔幻之城最个性的细节：平平仄仄的石梯，逶迤狭窄的小巷，面朝大江贴崖而立的吊脚楼，上天入地穿楼而过的轨道列车……

它们不按常规出牌，它们惊鸿一瞥，电闪雷鸣。它们像星辰一样，闪耀在这座城的天空，无须人们去仰望，而是记住——共和国与重庆城的发展变化中，女性的力量从不缺席。她们以柔克刚，娇嫩的肩头同样在扛起国家民族的大任，这从七十位影像主人的社会角色已清晰可见。而她们耀眼的身份和精彩的人生，绝不是谁的恩赐，而是以汗水、智慧和勇敢为自己博来的荣光。七十年来，这座城女性势不可当的进步与壮大，其释放出的能量、绽放出的魅力，不仅让她们自身的生命呈现出空前的质感、价值，更为重庆带来了万千气象、绚烂与光艳……

自古以来，人们总是以母性的形象来形容土地、祖国……这是因为母性象征着安全与温暖、承受与包容，更意味着母性本身就是创造世界、推动人类发展的原始的、不可替代的力量，所以我们才有女娲补天、女娲造人的瑰丽传说。母性，一种能与大自然抗衡的力量，一种能繁衍生殖人类本身的力量，它从来都是国之本，城之本。只是在人类发展的大多历史时期，这种力量被人为地抹杀和掩盖……

新中国成立的七十年来，给了女性独立、自主、创造、强大、身心自由喜悦的全新舞台。而重庆这个舞台似乎更是为女性天造地设——七十年来，重庆是女人张扬个性的天堂，拼搏奋斗的战场，谈情说爱的温柔乡，以至于这里有一道风景叫做美人铺天盖地……

因此，这次为庆祝新中国成立七十周年而举办的"重庆女性影像展"，其创意是如此的大气、贴切而动人。祖国、重庆，这四个汉字对我们而言不再是空泛的名词或音节，而是这些女性和所有重庆女性的眼神与笑靥，举手投足，快意人生。这四个汉字也更成为有温度、画面、故事的生命体屹立在我们面前，既古老又年轻，既神圣又亲切，让我们膜拜，更让我们珍爱。

七十种眼神，七十条河的澎湃，花朵的手势和语言……七是神秘的数字，蕴含着无穷的奇妙。而七的十倍，能量可想而知，汇集在一起便是献给祖国、献给重庆的厚礼。

在此我觉得我们整座城都应该向这次活动的主办方、承办方致敬。因为他们是在抒写重庆的历史，抒写重庆的女性史。

这是一个宏伟又绚丽的大工程。它竟由一群人默默地万丈高楼平地起、一砖一瓦向天际延伸……这群人满怀激情，不求回报；专心敬业，宁缺毋滥；追求个性，拒绝平庸。

这更是一个涌动着信仰和情怀的工程。在长达近一年的策划、摄影中，有太多的艰难、芜杂、琐碎……只有满怀使命感，才能令创作团队坚持自己的方向，保持激情、灵感、高级的审美情趣以及专业精神……就像主创摄影师老虎所说："一个不经意的动作，一扬眉，一抬脚，一扶手，一个沉吟的片刻中，就可能显露出一种神奇的力量，这都是我们在拍摄人物肖像中，要努力下功夫捕捉的瞬间。"由此可见，他们要完成的已不是炮制一大堆"美人照"那么简单。他们的"野心"很大，是要准确、细腻地捕捉历史，哪怕是一个瞬间、片段或角度。而当它们重叠、连接在一起的时候，真实的历史便会庄严地漫开……

他们只是这座城的普通市民。但他们却自觉地扛起了这一代重庆人该有的担当——把今天告诉未来！再过七十年,那时的重庆人也许会在端详这些影像、这些面容、这些眼神时发出赞叹:哦,我们重庆女人一直活得绚烂夺目。

记住这众多的名字吧,这些主办者、承办者、联络者、摄影师、化妆师、灯光师、布景师以及七十位参与嘉宾,并心存感激。他们积沙成塔,共同书写了重庆城的一个传奇。这座城需要传奇,无论现在还是未来,传奇都像这座城繁星一般的灯光,从夜里伸出万千只手,召唤人回家。

千年风吹过。这些眼神会因此时此刻的重庆,一个风华正茂的时代,悠远地青翠欲滴,一如重庆城悠远地坚如磐石……

很幸运，
我活在了重庆（代后记）

我坦诚，我曾是重庆的背叛者。尤其是三十多岁时，我对这座城已嫌弃之极，包括它的山高路不平、飞扬跋扈酷冷酷热的气候、烂朽朽的街道、战吼似的说话方式、总是摆脱不了大县城氛围的那种style……

故乡是每个人无法选择的。但可以选择逃离，选择前程。于是，我去了北海。并非那里有多好，但至少能让我看到一些广阔和舒展的东西，譬如沙滩和海，渔民修长结实的腿部和从巉岩上扑向深渊的仙人掌……我需要年轻空气和文化的刺激，包括永远也听不懂的当地话。

我开始在那里落脚谋生，不只是我，还有我的家人。一天深夜，我的先生和儿子、小妹在楼下唤我的名字。他们背着被盖卷从重庆来"投奔"我了。

生活又成了生活，一日三餐，睁开眼睛，滴落在脑海里的水珠是钱的问题。我在异乡困窘又残存着新鲜感觉的日子里懒嗒嗒地做媒体人、看书、写作、交南腔北调的朋友，四处乱逛，成了那个海滨之城有点名气的作家……其实一切都还算过得去，偶尔还觉得自己在风生水起。但突然在一个深夜，月光照着镜中的一张脸，它像有了涟漪的一泓水，它在思念和惦记，刻骨铭心！我对自己说，该回重庆了，我的父母之邦。原来其他的地方我都只是在途经、打望，然后找回家的路。

一九九八年情人节的深夜，我坐火车抵达重庆菜园坝火车站。那时南区路那爿山崖上还如雨后森林缀满蘑菇一般缀满着大大小小的吊脚楼。微弱的灯火在几朵蘑菇的身体里隐约闪烁，却让我泪流满面——我把它们看作是这座故城为我归来专门留着的灯，也代表着对我这个背叛者的宽恕。

幸好我赶在了不惑之年前回到了重庆,回到了刚刚因直辖不久而意气风发、兴利除弊、旧貌换新颜、华丽转身的重庆。这二十多年来,重庆真是一日千里,变化多端,一不小心,一不用GPS导航,你就会在这座自己的浩浩荡荡的城市里弄丢自己!

它真的已成为三千万人口的泱泱大城,并且日渐向国际style靠拢——政治、经济、城市建设中的高楼、道路、轨道列车、桥梁……,文化建设中的剧院、美术馆、博物馆……以及城中流行的绯闻和民间段子都多少脱离了大县城的趣味,有了大都市的传奇……总之,这座长江上游、西南地区的经济重镇虽然比上不足,也比下有余,终于找到并占据了自己该有的位置!在这二十多年中,我是这座城日益变迁、发展、壮阔的见证者和参与者,生逢其时!人的一生不过如白驹之过隙。好多人只能盯着一些没有名称更新的日子、一成不变的面孔、从不发生意外的环境过上一辈子,就像读了一部情节寡淡的小说便打发了生死。

我们多好,二十多年便抵得过许多其他国家的人几百年、几代人才能经历的风云、波澜。我们要大脑疯转，才能跟得上时代噔噔噔百米跨栏的飞越。我们谁敢衰老、认！

并且，重庆生得是如此惊心动魄，从气候、环境、人文到人的性格……全方位地极端、激烈。踩在重庆的土地上，必须要有勇士般一鼓作气的斗志；必须打完仗后才有资格分享胜利果实。不能优柔寡断、王顾左右而言他！重庆自古就是危危乎高耸之地，所以才有李白的"思君不见下渝州"、"两岸猿声啼不住，轻舟已过万重山"……一个"下"、一个"过"，玩的都是危机四伏，速度与激情……

当今的重庆更以魔幻景象吸引和吓飞好多异地客的魂魄——

李子坝那里的单轨列车穿楼而过便被他们说成是让子弹飞一会儿。真的就有游客建议，应把那列轨道列车搞成子弹的造型，让它去洞穿重庆湿漉漉的灰蓝天空；其实，那个景也有点审美疲劳了，还有更挑战心脏的内容人们还不太知道吧——从鹅岭翻过山崖过来，也就是从唐朝李商隐听夜雨的浮图关沿小路蜿蜒而下，要抵达李子坝的公路，得穿过头顶上的轨道线。倘若那时刚有"子弹"飞过，轰隆隆、轰隆隆，头顶惊雷炸响，大地在震动，人就像被丢进洗衣机甩干功能的那一挡，旋转，失去所有思考般地旋转……最后怎么样？灵魂出窍！

真想一把逮住李商隐的袍子，把他从唐朝拽到现在来，让他再写一首《夜雨寄北》，绝对不会那么感伤了吧，他定然豪气地大笔一挥：巴山夜雨听惊雷（轨道列车也成了那惊雷的一部分了吧）……

还有一次陪几位外地朋友开车从较场口凯旋路拐一个大弯梭下解放西路，把她们个个惊吓到花容失色，觉得自己随时都可能失去地心引力，被抛到空中去。我说，至于吗，还没带你们去走李子坝那一带的三层马路，更没上歌乐山的三百梯呢……

重庆就是一座只供具有挑战精神和勇敢的人生存与游乐的城市。它天生就有点调皮捣蛋，与人作对，不让你过得那么舒服。但很有趣的是，当你将就它、适应它，或者突然就扼住其喉咙，它便会转身变脸，低眉顺眼，露出醇厚的微笑。它欠你多少，就会补偿多少——它给了你山路坎坷，便会还你矫健如飞的双腿；给了太多的雾，便会还你花容月貌；给了你酷冷酷热，便会还你耿直的性子、快人快语……

最重要的是，它决不会让谁把它误作成别的什么地方，哪怕在依稀的梦境里，也决不会让自己的眉眼与任何一座城混淆。这在现代中国城市彼此"撞脸"非常严峻的情形下，真不容易啊！它完全可以拍着胸膛说，在中国、在满世界，自己都是那个独一无二。所以，无论是远方的来客还是与它朝夕相守的老伴，即或醉得一塌糊涂了，还是会嗅着一锅正宗的重庆火锅浓郁的牛油味，呼过丘二：再来一份毛肚嘛……

我们活在一个独一无二的城市，也让自己的生命多少有些独一无二吧。这就是重庆的价值，重庆的给予！

重庆这座城的性别到底是男是女，是雄是雌，是刚是柔？考察这个问题也比其他城多一些思量！比如伦敦就是个男人，巴黎更像个女人；北京如同穿长衫子的中年熟男，上海宛若旗袍加身的嗲嗲少妇……重庆却让人一言难尽：当你捧读重庆的工业史，在字里行间读到"重钢""嘉陵""空压""江陵""长安"……这些大型国企、兵工厂的名字时，便有些雄壮的工业设备巨人般地向你走来，哐哐作响，步履豪放。那一瞬，你会认定重庆是彻底的man；大暑天，你看到上身光胴胴的崽儿们和"把子"（脏话）连天的女娃子当街喝夜啤酒，像要打起来似的猜码划拳，声震四周，你会绝望地认为这座城市仍旧是码头文化的那一套，怎么都高雅不起来，像个胡子拉碴的糙汉子……

如果只会这样带着偏见，潦草而粗略地来读重庆，就大错特错了。打开重庆这本书的正确方式是，俯下身来，像淘金者一样，用手细细去刨开河床浅滩上的沙砾，瞪大眼睛一点一点寻找埋伏在其中的散碎金粒子——

比如聆听回荡于重庆街头巷尾的许多叫卖声，那真是巴渝的歌唱，别有风情在心头。早年间，有一个人有一幅画面是好多人至今的记忆犹新，他们的不断讲述，让我也身临其境了。他们说，上世纪六十年代那时，有位高大魁梧的汉子提着小竹篮，走街串巷地卖发醪糟的曲子和一种给小儿消食的吃食。有人在两路口见过他，有人在七星岗捍卫路那一带见过他，有人在下半城的凤凰台见过他。似乎他走过了重庆城，重庆城也走过了他，半个城的人都可以作证。而人们之所以对他印象深刻，除了他长得高大魁梧、气宇轩昂，有一副齐胸的漂亮美髯，还在于他总是穿着香云纱质地的对襟衫。走热了，汗会把那身香云纱打得透湿。而那时，穿这种质地、款式的人少之又少，他真像是从另一个时空走来的人。更有，他一边走，一边吆喝：醪糟曲子打食曲。前四字高亢、嘹亮、悠扬，响遏行云，后三字却霍然低下来，急促地收拢，比民谣更民谣……小屁孩们都喜欢跟在他的后面悄悄地学着这吆喝。但不敢跟得太紧，学得太大声……威风凛凛的他总让人觉得其人为武林高手，哪敢冒犯……

他从哪里来，又会到哪里去？高大魁梧相貌堂堂的他为何干着提篮小卖的营生？为何六十年代末重庆城满大街再也不见其踪影？这些都成了谜，成了小说的素材。我一直对讲给我听的人说，那个穿香云纱卖打药的他绝对是个柔情似水的男子。他不过是以提篮走街串巷作为掩护，实际是在找人，而且肯定是在找一个女人……

这个故事算不算重庆的一种温柔呢？

还讲一个更古老的故事吧：那一天，唐元和十四年（公元八一九年）的一个春天，被贬的白居易白乐天途经三峡赴忠州（现忠县）任刺史。可以想象才被泪水打湿了的江州司马的苦闷和忐忑，尤其是要穿过凶险莫测的巫峡。而当时秭归令繁知一听说白居易要来，事先便在巫山神女庙的粉壁上大书："忠州刺史今才子，行到巫山必有诗……"

白乐天船行此地，遥望神女庙、粉墙、诗歌，郁气尽舒，喜逢知己，邀繁知一舟中长叙、唱和，写出："巫女庙花红似粉，昭君村柳翠于眉。诚知老去风情少，见此争无一句诗？"想来那一天肯定风和日丽，水波不兴，才能让两位小官僚一抛官场的疼痛，只顾诗来诗去……

重庆多体贴，尽让远道而来不被时代待见、不被人生待见的伤者行到渝州必有情，坐看云舒云起——李白、杜甫、刘禹锡、李商隐、白居易、元稹以及后来的臧克家、艾青、郭沫若、巴金、老舍……都在这片土地上写出了好诗好文。重庆亏待过谁?

记得有一次与一位江苏的作家聊天,他说重庆和南京有缘,一个曾做过民国政府的首都,一个是陪都。我玩笑着说,正都抗战时倒把大半个中国丢了,重庆这个陪都倒让中国翻盘了。重庆的命硬!

重庆在中国历史上多次扮演过拯救者的角色,改变历史的角色:譬如南宋末年,合川小小的钓鱼城抵抗蒙古大军整整三十六年。虽最终打开城门降蒙,但也让蒙哥汗殒命于此,蒙军主力被牵于此。它被欧洲史学家们称为"上帝折鞭处",不但让宋朝多了些时日苟延残喘,更改变了整个世界的格局;另一次当然是现代的抗日战争时期,重庆成为了当时中国乃至世界抵抗法西斯的重要大本营和精神堡垒之一,炸不垮,拖不垮,吓不垮……又是整整的八年。它以火热心肠,宽广胸怀收留了四方人士,八方难民……重庆成为了中国的退路,中国文化人与文化的退路……重庆的母城——渝中区更以自己的弹丸之地为整个中华民族顶起了半边天,即便是活在大轰炸的威胁与摧毁中,母城也不是忧郁的,重庆城也不是颓废的，生活也不是哭丧个脸的……它们给了所有人无比倔强和蓬勃的生命力——炸毁了的地方又会重新长出新的家园；敌机刚走，人们涌出防空洞铺面照开、麻将照打、舞照跳……所以，抗战胜利后，大画家丰子恺离开重庆返回杭州时深情款款地说：谢谢重庆！我想那时候的中国人都在全体起立，向重庆鞠躬敬礼吧！

你说，重庆是男是女啊？

它如此慷慨激昂、雄壮有力、婉转风情、以柔克刚……它是雌雄同体，刚柔并济。总是绝路逢生！

你怎么读它都是些皮毛的功夫，肤浅、前言不搭后语、挂一漏万、傻拙拙的。倒不如像搂定爱人一样抱着它结结实实地亲上一万口，亲上一万年，看够不够？

"离你最近的地方，路途最远……旅人得叩击每个生人的门，才得以敲响自己的家门……"

原来，重庆就在这里啊，我们生与死的地方……

二〇二〇年 十月七日